眠眠

契约罪

著

重庆出版集团 重庆出版社

图书在版编目（CIP）数据

契约罪 / 眠眠著. -- 重庆：重庆出版社，2024.
8. --ISBN 978-7-229-18956-3

I. I247.5

中国国家版本馆 CIP 数据核字第 20248FC044 号

契约罪
QIYUE ZUI

眠 眠 著

图书策划：李　子
责任编辑：李　梅　刘星宇
责任校对：朱彦谚
装帧设计：大摩北京设计事务所

重庆出版集团
重庆出版社　出版

重庆市南岸区南滨路 162 号 1 幢　邮政编码：400061　http://www.cqph.com
重庆市鹏程印务有限公司印刷
重庆出版集团图书发行有限公司发行
E-MAIL:fxchu@cqph.com　邮购电话：023-61520656
全国新华书店经销

开本：890mm×1240mm　1/32　印张：8.625　字数：300千
2024年8月第1版　2024年8月第1次印刷
ISBN 978-7-229-18956-3
定价：55.00元

如有印装质量问题，请向本集团图书发行有限公司调换：023-61520678

版权所有　侵权必究

CONTENTS 【目录】

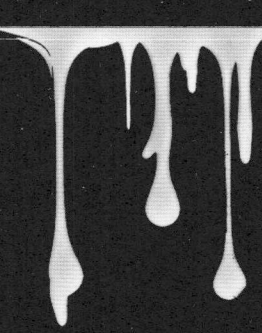

楔子
001

【第一章】
季风之章（一）
003

【第二章】
白烨之章（一）
014

【第三章】
白烨之章（二）
027

【第四章】
季风之章（二）
039

【第五章】

白烨之章（三）
050

【第六章】

季风之章（三）
062

【第七章】

白烨之章（四）
074

【第八章】

季风之章（四）
089

【第九章】

白烨之章（五）
103

【第十章】

季风之章（五）
116

【第十一章】

白烨之章（六）
130

【第十二章】

季风之章（六）
141

【第十三章】

白烨之章（七）
156

【第十五章】

季风之章（七）
170

【第十六章】

白烨之章（八）
183

【第十七章】

季风之章（八）
196

【第十八章】
白烨之章（九）
209

【第十九章】
季风之章（九）
226

【第二十章】
白烨之章（十）
240

【第二十一章】
季风之章（十）
258

后记
268

楔子

一九九八年。七月九日。周四。

凌晨的宁滨市郊红叶山麓住宅小区，无人，空旷。下了整日的雨在午夜渐渐停歇。街道上唯有昏黄的街灯交织着夏夜此起彼伏的蝉鸣，稀稀落落的公寓楼一片黑暗，显然家家户户都已进入梦乡。

在这个年代，市区的酒吧街区尚未改建，电影院远未大红大紫，连KTV都还被称为练歌房。普通市民们并无太多夜生活的选择，看看电视便早早休息构成了晚间活动的常态。

至于这个地处偏僻的小区，便更不例外了：长廊下、花坛边、小道上，都空空荡荡。大概因为只有那些奇形怪状的灌木丛相伴，小路两侧那些黑黢黢的行道树愈加显得寂寥。

一阵由远及近的引擎声打破了寂静。伴随着声响，一辆浅绿色的出租车缓缓停在了小区门口的路边。顷刻，车门打开，走出一个约莫二十岁的年轻女孩。她衣着得体时尚，面容姣好，只是苍白的脸上写满了疲惫，似乎是刚刚结束夜班返家。

出租司机摇下车窗，探出脑袋问："小姑娘，晚上一个人走回家，没事儿吧？"

女孩微微笑了下，回道："不要紧的，已经到小区门口了。里面路挺窄的，很不容易开，我自己走五六分钟就到家了。"

司机又问道："真不用？我开得进去，没事儿。"

女孩很坚持："真的不用麻烦了，谢谢您。"

"哦哦，自己小心点就好。"司机点了点头，然后发动引擎，很快驶远了。

女孩叹了口气，朝自己家的方向快步走去。虽然离家已然很近，道路更是烂熟于心，但作为一个独身女子，她对深夜无人的小路还是心存一丝畏惧，此刻努力排除脑海中恐怖电影的场景，恨不得立刻到家。

鞋跟敲打路面发出嗒嗒嗒的声响，并且频率越来越快。女孩隐约望见自己家所在的居民楼出现在视线中，微微松了口气，但脚下丝毫没有减速。

嗯，只要通过这段灯光最昏暗的小路，我就一鼓作气冲上楼梯到家。她安慰自己说。

然而最后这段小路的路灯坏了许久，黑暗的窄道里能见度不到五米，加之路面坑坑洼洼还有很深的积水，女孩被迫放慢步调，借着远处的微光小心地沿着路的边缘行进。

便在此时，女孩侧后方的绿化灌木丛内忽然传来"嚆嚆嚆"的怪异声音。那声音并不大，却几乎不像是人类之口发出的，伴随着怪声，身后的灌木丛也哗哗作响……

女孩顿时花容失色，猛地浑身一颤，刚要扭头去看，便感到眼前一黑，一股难闻恶臭的气味传进鼻腔，紧接着口鼻就被迅速封住，一股巨大的力量将她向后拽去。她在脑海中一片空白之前，她闪出最后一个念头：难道这便是我此生的终结？

[第一章]

PART 1

季风之章（一）

走出手术室大门,我瞬间从紧张中解脱出来,浑身的肌肉酸痛,胃里阵阵作痛。完成了连续九个小时的脑部手术,我整个人几乎虚脱。

所幸手术很成功,患者的脑出血顺利止住了。目前患者尚未苏醒,但只需妥善调理与休养,康复应无大碍。

念及此,我感到些许欣慰,扶着走廊的落地窗调整呼吸。哗啦啦的夏雨,浇灌着宁滨——这古老而宁静的城市。第一医院旁,郁郁葱葱的梧桐树在雨中轻轻晃动。看起来,雨应是下了好一阵了,且雨势并无任何减弱的迹象。

罢了罢了,即便要冒着这大雨,我也只想赶紧动身,回到宿舍好好睡一觉。

踏入走廊另一端的办公室,打算简单收拾一下便离开。邻座的戴主任见是我,起身寒暄道:"辛苦了小季。我听说了,手术很成功!这么长的手术,新人医生能坚持下来真不简单!"

我勉强笑着说:"谢谢戴主任,我年轻嘛,体力不成问题。再加上给前辈们打了那么多台下手,也受益匪浅。"

戴主任拍拍我的肩膀:"小伙子加油!咱们科室的未来还得看你。"突然,他仿佛想起什么似的,又补充道:"对了,手术期间你父亲打来三通电话,说是有什么急事要告诉你。当时你在主刀嘛,就没能及时通知你。"

"可我跟他说过今天动刀啊。"我有些讶异,"大概没料到会拖这么久吧,那我赶紧给他回电话。"

"对,可能他在牵挂你手术的结果。别让老人家担心。"

父亲一向沉稳谨慎,怎会明知我有手术,还屡次三番打来电话?太奇怪了。

我赶忙拨了电话回去,等待音只响了一声,便传来了母亲的声音。

"喂,是小风吗?手术还顺利吧?你妹妹昨晚一直没回家,到现在都没回来！急死我了！"

闻言我顿时一惊，工作后我住职工宿舍，而妹妹一直陪父母住一块儿。我连忙问道："你们给她单位打电话问问没？"

"人家说她早回去了。哎，你说这孩子，该没那么不靠谱吧。你爸已经出门去找她了，就等你回来帮着一起找呢。"听上去母亲急成一团乱麻。

"怎么会这样？那我再去多打听打听吧。也许她住朋友家了，只是忘了说吧。季琳是成年人啦，妈你也别太担心。"

"唉，哪能不担心呢，这孩子。那你打听到啥，赶紧告诉我。"

挂下电话，我倦意顿失。妹妹季琳自去年底便任职报社编辑，昨晚轮值夜班。循规蹈矩的她从未夜不归宿过，而且，照她那拼命工作的劲儿，下班后也没精力玩耍。如今，妹妹凭借着努力和天分，在事业上才开始起步。

此刻，我虽累得够呛，仍强打起精神，拨电话给朝闻报社高主编，希望能够亲耳听到妹妹昨晚的动向。

"高主任您好，我是季琳的哥哥季风，想跟您打听下她昨晚夜班后的情况。据我了解，她一直没回家，现在都超过八小时了，大家都挺担心的。"

高主任和气的声音从话筒那侧传来："你好。你父亲之前也打了电话，事情呢我也了解到了，但昨晚咱们这儿一切都正常着呢。当时季琳加班到十二点多，打电话叫了出租，当时我也在场，亲眼看着她上车的。她家住得比较远嘛，我还特意关照了注意安全，请司机送到家门口之类的话。"

"这样啊，她的精神状态和情绪怎么样？有没有什么反常的现象呢？"

"精神状态嘛……熬夜班后，终归不会太好吧。但她保持了一贯的高水准，非常非常专注。昨夜的新闻量相当大，她可是忙了一整晚呢。"

"嗯，她一向很认真。那么，高主编您还记得出租公司，车牌，还有司机的样子吗？"

"车牌没注意……公司的话，应该是龙腾，至于司机嘛，只记得是个中年男人。"

"她一个人上的车吗，同车有其他搭车的客人没？"

"没有。肯定没有，她自个儿上的车。"

"好的。打扰您了，真不好意思，我再问问龙腾公司吧。"

"没事儿，联系上季琳，给我也报个信儿。她可是咱们的生力军呐，不容闪失。"

挂上电话我略微松了口气，既然是被正规出租车接走的，她的行程一定可以获悉。若没有回家，便多半乘车去了别处。虽说这不太符合妹妹的生活习惯，但二十出头的女孩子，有自己的私人生活也合情合理。更何况，妹妹外貌一流，追求者甚多。

为保险起见，我决定亲自走访一趟龙腾公司。但如此一来，回去补觉的计划便彻底泡了汤，唉，这个恼人的妹妹。

龙腾公司是我市最大的一家出租车公司，公司总部距离我所在的第一医院并不算很远，乘公交很快便到了。下了车，雨刚好停了。步入公司大门，远远便看见角落的停车场里，有好几辆浅绿色的出租车，像是等待检修的样子。我走进办公大楼，径直走向前台。

前台的姑娘微笑着问我："您好，请问有什么业务需要办理？"

"是这样，今天凌晨我妹妹搭了你们公司的出租，后来便不知所踪，直到现在也没找到人。请问，能不能帮忙查查是哪位司机载的她？"我开门见山实话实说。

"好的，请问是什么时间段，叫车地点和目的地分别是哪呢？"

"七月九日凌晨叫的车，从朝闻报社的办公大楼，到红叶山麓小区。还有，我妹妹拨过去的号码是这个……"我把妹妹的名片给她看，上面印有她办公室的电话号码。

"好,我来核对一下叫车记录,请稍等。"

"多谢你啦。"她礼貌有加的服务态度,令我的心情放松了许多,然而一想到正在担心着的父母,我依然眉头紧锁。

很快姑娘便答复我道:"找到了!今天凌晨零点三分打的电话吧?一位姓季的小姐,嗯,和名片上的名字一样,她搭了罗志根师傅的车。"

"太好了,那这位罗师傅……"

"你来得挺巧,现在他人就在总部,大楼外面检修车辆呢。喏,你从正门出去,往西边的停车场那儿应该能找到他。"

向姑娘致谢后我回到方才路过的停车场,几经打听,很快便找到了罗志根师傅。罗师傅看上去应该四十多岁,平头,国字脸,鬓发灰白。此刻他边抽着烟,边等待检修工人维修车辆。简单问好后,我把事情的来由说了一遍,并询问当时季琳搭车的情况。

罗师傅耐心地听我说完,吐了一口烟,说道:"没错,我记得她。小姑娘长得漂亮,人也客气。昨儿夜里,不,应该是今天凌晨上的车。她家是在红叶山麓吧,蛮偏的。还好夜里车少,容易开,我二十来分钟就给送到了。"

"她是在小区门口下的车,还是开进了小区里呢?"我紧接着问道。妹妹住的小区道路狭窄曲折,且基本都是单行道,很多出租司机都不愿开进去。

"小区门口。她自己这么要求的,我还多嘴问了句要不要送进去呢!大半夜的,还真有点担心。"罗师傅掸了掸烟灰。

不爱给人添麻烦是妹妹一贯的风格,我心想,接着问道:"当时周遭环境是什么情况?附近有人吗?"

"大晚上的,没半个人影。小姑娘下了车就往小区里走了。好像门卫室倒是亮着灯。"

"这样啊,我待会去门卫那也问问……她在搭车过程中举止正常吗?有别人搭顺路车吗?"

"就她一个人,一直在副驾静静坐着,我看她挺累的样子,就没咋搭话。"他又吸了口烟。

"等等哈,静静地坐着不说话,会不会是喝醉了?"

"我看不像,脸色很白,身上也没啥酒气。关键是,神态举止完全不是醉酒的样子啊。"

"不好意思,再确认下……她下了车,就直接进了小区?"

"没错。不过,她下了车我就开走了,有没有掉头出来,我可不敢打包票。你有疑问的话,最好还是问问门卫。"罗师傅咧嘴笑了笑。

从目前来看,一切都如预想的一样正常。那也几乎是妹妹每次值夜班都会经历的一模一样的流程。令人费解的是,为何妹妹会没能按时到家?究竟发生了什么情况?

"罗师傅,我多句嘴,整个过程前后没任何反常的情况吗?没有其他人出现?"

"对,没有。我开了这么多年出租,这些都不算个啥事儿啊。我晓得的就这些,你再找其他人打听打听好了。"

见罗师傅流露出些许不耐烦,所需了解的情况也问得差不多了,我感谢后便转身离去。看样子,只能先去实地看看了。

没想到,我刚走出去十来米,忽然罗师傅在身后大喊:"小伙子,等一下!"

我急忙转回去,只见他拍了拍车头说:"嘿!这不刚好修车嘛,我想到个事儿,勉强算有点儿古怪吧。昨夜送走那姑娘后,我开出去不到两分钟,这车老毛病又犯了,水箱过热。我就停在红叶街路边,掀开引擎盖散热来着,顺便坐路边吃点东西。大概过去了半个多钟头吧,有辆小车经过,不过呢,那车只有一个前灯亮。"

我刚要接着问，罗师傅又说道："应该是辆普桑。暗红色的，天太黑看不出来成色。我印象深刻的地方，除了只有一个前灯亮，还有就是那车开得慢得要死，简直是开开停停的，不知道在搞什么鬼。"

"开开停停？那司机长相您看清了吗？车里有其他人没？"

"没留意长相。回想起来，连是男是女都搞不清。至于车里，好像有其他人吧，实在不记得了。"

"啊……那车牌号呢？"

"就更加不记得了。我也就这么一提，因为你问到有啥反常的事儿，唯一能想到的就只有这个啦。不过真要说反常，其实也谈不上吧。"

确实如此，即便是我，也觉得这算不得啥离奇的事儿，换作行车多年的老司机，更是司空见惯了吧。暗红色的桑塔纳遍地跑，没啥特殊性。但末了我还是追问了句："那么，您还记得是哪个灯亮吗？"

"我想想啊……是右边的亮，左边的不亮。嗯，我确定。"

再次感谢后，我离开了龙腾公司。此时已经是上午十点多，我从公用电话亭打电话回家。父亲告诉我，季琳依然没有下落。他已四处找过，电话也打了无数个，然而毫无音讯。我也简单转达了所知情况，并打算再去实地查看一番。末了，又不免安慰父亲一番。

乘公交车途中，我买了份当日的《朝闻快报》，打算浏览新闻之余，顺带了解下季琳昨夜的工作成果。

看到头版大标题的抗洪新闻，我不由望向窗外——雨又开始下起来了。

说起来今年夏天的雨季似乎特别地长，连绵不绝，也难怪全国各地都在同洪水做斗争。撇开头版，我迅速翻到本市新闻浏览起标题来，一阵紧张之后，并未发现报道了什么严重犯罪事件。然而，还是有两条新闻略微引起了我的注意。

第一条是本市高二女生杨某，因失恋试图投护城河轻生，被路过的巡警小刘跳进河水中救回，并在小刘一个多小时的努力安慰下才平静下来，后悔自己的行为不当。我想：现在的学生都这么早早恋吗？心理还这么脆弱。回想我那时，只知道死读书准备高考，不过也罢，落得现在还是孑然一身。

第二条，是第四医院半年前的一次医患纠纷中，意外受伤的女医生裴某，右眼视力略微恢复。那起事件，当时引发了社会的广泛关注，好像是一名富商的妻子与女医生发生口角。纠缠中，女医生不慎滑倒撞击桌角所致。当时我很是不平，虽未碰上过此类事件，但毕竟是本市同僚遭遇如此不幸，难免心生同情。

接着，我又翻看了一会儿有关法国世界杯决赛的新闻。困意彻底涌动了上来，我全然抗拒不了，迷迷糊糊地睡着了。

我睡觉不沉，听到报站红叶山麓，便一下醒了。昏昏沉沉下了车，沿大道走了数分钟，右转入一条两股道的马路——红叶街。

红叶山麓就在红叶街右侧，是个新小区，建成时间尚不满两年。父母和妹妹是一年前搬入的，因父亲提前退休，觉得此地安静，又靠着附近的红叶山风景区，便于登山锻炼，便移居过来了。

马路左侧是另一个小区叫阳光山庄，虽名为山庄，可是里面的住宅楼却略显寒碜，从装修档次来说也比红叶山麓差了不少。在这两个住宅区之间的街边，还分布着一些小超市、咖啡厅、饭馆之类的商铺。

再往路的深处走，右侧是个新建不久的垃圾处理场，紧挨红叶山麓。垃圾处理场后方是一片棚户区，里面的居民大都是住了二十年以上了。虽说条件比较脏乱差，治安却还不错，几乎从未发生过什么恶性事件。

而街道深处的左侧，则是大片建筑工地，听说要投资建成景观别墅区。红叶街的尽头是条通往红叶山的山路，非常狭窄，汽车无法通行。

沿着红叶街走了数分钟，便到了红叶山麓小区的大门。我带着疑问走进了门卫室。小区门卫大家都喊他张老汉，六十多岁，人黑瘦黑瘦的，听说脾气挺不好。

我经常来，所以他一下便认出我来："你是叫季风吧，你妹妹昨晚没回家，今天你爹到处找不着她，来我这两三趟了。"

"张师傅您好，他们跟我说了。我正是来找您询问一些问题的。"

"问吧问吧。你爹也来问了好多了。"张老汉瞥了我一眼。

"昨天凌晨大约一点前，我妹妹乘了辆龙腾公司的出租车，停在小区门口后，她独自走进了小区。请问，当时具体情况是这样吗？"

"对。你妹妹隔三差五就会深夜回家。"

"嗯，因为工作的原因。她进入小区，就再没有出过大门吗？"

"对。"

"这样啊，在这之前和之后，有没有什么可疑人物进出小区呢？"

"没。十二点我关了大门，之后有些进门的，都是老住户。你妹妹回来后，到天亮前没人进来。出去的嘛……应该没。"张老汉语焉不详地说道。

"应该没？那会不会有人出门，但您给忘了？"我追问道。

"不、不，没有。"张老汉咽了咽口水，语气忽然转而坚定地说，"我关大门后，没人出去。都那时候了，别说进出小区，就是在这条红叶街上转悠的人，也没几个啊。"

"那……白天里呢？有神色可疑的人进出过小区吗？"

"没吧，都是些送水送快递的。"他咳嗽了声，转而冲门口笑道，"韩老太，吃过午饭啦？"

只见一个挺大岁数的大妈走进门卫室来，看神情似乎想同张老汉聊天，见我在里面，便独自坐在角落的凳子上看报。

"张师傅，咱小区以前发生过什么恶性案件没？盗窃、抢劫之类，包括未遂的。"我不罢休，继续问道。

"小偷啥的当然有过了。入室抢劫没有过,杀人就别提了。别说这小区了,我们这一片儿都快十年没出过啥大案了。"

"有小偷来过我家门口,在墙边上画了个三角的。"坐在一边的韩大妈插了一句,"不过咱们这儿真心不招贼,住的都是工薪阶层嘛。"

我朝她笑了笑。按照张老汉的说法,季琳下车后就直接回家了,后来一直也没有出门。那为什么会一直没有到家呢?难道她想在小区里玩捉迷藏不成?

忽然间,我想起些什么:"昨天夜里是不是有辆桑塔纳进出过小区?只有一个车灯亮。"

那头张老汉已跟韩大妈聊开了,听见我又问他,头也不回地挥了挥手说:"没有没有。你也别缠着我问个不休了……"

他扭头瞥了我一眼,咳嗽了声:"这么着吧,我再告诉你件事儿。昨儿夜里,我听见七单元那方向,好像有个男的撕心裂肺地吼了几声,叫声怪瘆人的。我奔过去查看,又绕着小区巡逻了一圈儿,却没发现啥情况。除去这事儿,就再没啥能告诉你了。"

"对哦,我家老头儿也提到这么回事。早上跟我说,昨夜他也听到小区院子里好像有人乱喊,声音古怪得很哩。"韩老太一脸惶恐。

深夜里古怪的叫喊,这个事听起来着实让人有些不寒而栗。声音又来自七单元,那便与我父母家的八单元紧挨着……

这不能不说是条很重要的信息。我自然不能放过:"我妹妹家就住在旁边的八单元,这里面说不定有关联。您听见那个男人都喊了些什么?"

"隔我这老远呢,那声音又沉闷,哪听得清!"

"能根据声音听得出多大年纪吗?声音又是什么音色?"

"听着挺粗。我说小伙子,你还是赶紧在小区里找找,各户人家问问吧,别尽盯着我了。说不定你妹妹在小区里有个相好啥的,嘿,那就不好说喽。"张老汉朝我摆摆手。

见他这副态度，我无心继续纠缠，道谢后转身便向父母家里走去。一路上我查看四周，试图找到可疑的痕迹。但一来睡眠不足，没法彻底集中注意力；二来连绵的雨水，冲刷掉许多痕迹，无从查实。这一路毫无收获，只能失望地来到父母家。

一开门，我就看见母亲愁容满面，心中顿时一阵酸楚。父亲又找了一趟，刚刚回来，母亲一直守着电话，盼望着好消息。父亲说，找寻未果后，已报了警。然而成年失踪人口需二十四小时后方可立案。

我和父母说了今天的遭遇。我们三人讨论后，觉得事情非常蹊跷，于是决定，由我和父亲再把小区住户都走访一遍，若第二天早上依然没有任何音讯，便再去公安局再次报警。

"也只能这样了，"母亲无奈地点了点头，一脸焦虑，"老实说，我心里的预感很不好，唉……真希望只是一场虚惊而已。"

然而，彼时的我万万没料到，一场噩梦即将到来……

【第二章】 PART 2

白烨之章（一）

"唔，终于睡到自然醒了。"我喃喃地对自己说。

窗外依旧阴雨绵绵，雨滴溅落在窗上，隔着一层玻璃也仿佛能觉察出凉意。我伸展身体躺在床上，静静聆听了一会儿雨声。

这延续了近一个月连绵的雨，是在洗涤人间的罪恶么？

人性终究是善，还是恶？抑或是善与恶共存？为什么有些人可以表现出令人瞠目结舌的恶意，做出泯灭良知的举动；而有些人即便遭受百般摧残，却依然能坚持自己的道德？是因为童年、家庭、教育，还是与生俱来的性格？又或许，干脆是造物弄人的宿命？

无数的问题在雨声中回荡，我不由开始烦乱起来，完全丧失了睡意。终于我还是忍不住一骨碌爬起来，看了看床边的闹钟，才刚刚七点。看来即便想尽情睡觉，也敌不过生物钟啊。

我起身走进卫生间，看着镜中那个瘦削的自己，深黑的眼圈好似化了烟熏妆，暗红的血丝在眼角蔓延，双颊也微微凹陷下去，不禁感叹道："唉，为了一方安宁，我可算是鞠躬尽瘁了。不过瘦归瘦，依然帅气逼人。"

我哈哈一笑，拿起湿毛巾擦了把脸，自言自语道："也罢，今天就去明山区分局转转，好久没见着小刘了，顺便再找薛局聊聊那案子好了。"

我从衣橱里挑了一件亮白色的衬衣，套上条修身的藏青色牛仔裤，提着雨伞便出门了。

半小时后我来到了明山区公安分局。小刘一见我，喜出望外地说："嘿！我说，这不是白队吗，你咋大驾光临来了？对了，听说你不是刚办了个盗窃团伙案，正在休假吗？"

小刘是明山区分局的民警，叫刘治良，今年二十八岁，和我是警校同班同学，我调离分局前一直跟他搭档。他长相亲和，表情丰富，在队里一向喜欢插科打诨。

我笑着握了握他的手:"难得有空,就来你这转转。听说,你刚受到表彰?救了个跳河的女高中生,勇气可嘉。"

"嘿嘿,对啊。那小丫头片子还真叫一个倔,我拼死拼活拽她上来,还想再跳。亏得我呀,摆事实讲道理,那是苦口婆心劝了一大通呀。好在是夏天,不然身上湿着大半天,真得冻成个冰棍儿不可。"

"小小年纪就早恋,可不好。"我歪着头边笑着说,边跟着小刘往楼里走。

"可不是嘛。现在的小孩儿,一个个早熟得很,都听港台爱情歌曲长大的。"

"啊,其实我也爱听。悄悄给你说,深更半夜在家研究案子,我就开着随身听,听听情歌,别说,效率还就噌噌地上去了。"我伏在刘治良的耳边笑着说。

"嘿,我就说你破案率咋那么高,原来还藏着这一手呐。"小刘一脸戏谑地说道。

这时一个四十来岁的女警官走进大厅,边打招呼边朝我笑道:"小白?稀客啊。自打你调到市局刑警队后,就再也没见过呢。哎哟,这身便装一穿,倒是有模有样,整个一模特儿!"

"吴姐您真会夸他,不过人家现在已经升成副队了。"刘治良插话道。

"对,早有耳闻,好像是省里最年轻的刑警支队副队长啊。不过以前在咱们分局的时候,我就看出他不一般,脑子好使,心又特别细。"吴姐一脸笑意。

"其实,只是我对特大案件有着天生的热情吧。"我边笑着和他们打趣,边向大厅后的过道走去。过道两侧是熟悉的审讯室,里面坐着些一看便非善类的家伙在接受审问。

我走到最后一间审讯室时,余光瞧见里面警官的座位空着,门边座椅上坐着两个男人。

看年纪和长相，两人应该是父子。父亲六十岁左右，中等身材，脸色红润，头发略微斑白，穿着得体，戴着手表，大约是退休教师或公务员之类。儿子应在二十五到三十岁之间。利落的短发，皮肤白皙，鼻梁笔直，身穿一件浅蓝色短袖T恤，坐姿体现出良好的修养。不过父子俩都神色焦虑，推测应是来报案的。

我饶有兴趣地走进那间审讯室，在另一侧的座椅上坐下，托着腮打量他俩。

那年轻人目光犀利，嘴巴紧紧闭合着，耳鬓有两道不太明显的压痕。双手交叉放在腿上，手指细长，指甲也修剪得干净整齐，两个手臂接近手腕处都有一圈较明显的勒痕。

——嗯，耳鬓和手腕的痕迹应该分别对应着口罩和橡胶手套，再结合他的气质……没错了，他肯定是一名医生。

那个年轻人见我一直盯着他看，略微有些不悦，想张口说话，又低头咽下去了。

这时一个矮个头、戴眼镜的青年民警拿着一叠文件进来："季风吗？你的口供笔录已经打印出来，你再仔细检查下，是不是每个细节都吻合。季松河，麻烦你一会儿跟我去趟附近的医院，提取血样和DNA样本。"

这应是个新来的警察，我从未见过。果然，他见我坐在房间里面，便问道："请问你是？"

"哦，我叫白烨，以前也是咱分局的。"

"哎呀白队吗？久仰大名，早听说过你的事迹，今天终于见着了。我叫陈波，是上个月刚分配过来的实习警察，也想进刑警队……"

"哦？干刑警这行，可是很苦的，你能吃得消么？"我注视着这个文质彬彬，甚至有点瘦弱的青年。

"没问题！我不怕吃苦，别看我个儿不高，重体力活照样拿得起来的。"

"是么，体力上的辛苦，在队里那根本不叫苦，是个刑警都得扛得住。"

"脑力的也没问题，我的长项是计算机，肯定会给队里带来帮助的！"陈波挺着胸脯说。

"精神上呢？当你见多了人性的恶，那些黑暗与残酷，你能保证不会被打垮？不会对人类感到绝望？"我顿了一顿，继续道，"当各种匪夷所思的邪恶像酷刑一样折磨着你，鞭笞着你，让你摔倒在黑暗里夜不能寐，感到自己身为人类是一种耻辱时，你还会记得今天的满腔热情么？"

"这、这个……"老实巴交的他，显然未料到一个陌生的前辈警官竟会在此场合，说出这番话，一时间不知该如何作答。

"哈哈哈，我逗你玩的。不必当真。"我拍了拍陈波瘦削的肩膀安慰道，却听见那个叫季风的年轻人低语了一句："当你远远凝视着深渊时，深渊也在凝视着你。"

"不错嘛，尼采的这句话你也知道。下半句是：与怪物战斗的人，应当小心自己不要成为怪物，"我转头看了他一眼，继续说道，"欸，你的口供检查完了吗，给我看看如何？"

"当然可以，白警官请过目。"季风礼貌地说。

我拿了那几页口供笔录，快速地浏览了一下，是桩很普通的人口失踪事件：一名年轻女性夜班乘车回家后，在小区内失踪超过24小时。

"红叶山麓小区没有安装监控摄像头吗？"我问道。

"根据物业公司的说法，是即将安装，不过目前没有。"陈波迅速作答。

我"哦"了一声，又重新检查了一遍笔录，扫视了一下三人，用冷峻的口气说道："进入了小区，怎么还会失踪？你们确定她没有再出去过，或者是藏匿在小区内什么地方？"

"薛局已经安排了胡头去实地察看了。"陈波说道。

"我和父亲也已经花了一天工夫挨家挨户问过，应该没有藏在某人家的可能性，地下车库，假山洞都检查过了。"季风补充道。

"笑话！这么大个人还会在小区里失踪？那岂不是成了变相的密室案了？"我觉得好气又好笑，并起右手两根手指，用力敲了敲桌子，继续说道，"况且一般说来，所谓密室，其实都不是真正的密室，必然有进出的通路！让胡头仔细搜索任何可能进出的地点，翻墙的也好，钻洞的也好，总之，不要放过任何痕迹！"

"是，我马上传达给胡头！"陈波响亮地应道。

"如果涉及刑事案件，就往抢劫绑架和强奸案上寻找线索，别疑神疑鬼的。我还有事要找薛局，就不久留了，如果碰上疑难可以随时联系我。"我站起身，向门外走去。

经过季风身旁时，我停下脚步，俯身在他耳边问："你，爱你妹妹吗？"

季风一脸错愕地扭头看着我，然后坚定地点了点头。

我笑道："那就多去了解了解她吧。这，才是找到你妹妹的关键。"言毕，我拍了拍他的肩膀，走出门，径直向二楼的薛局办公室走去。

"请进。"伴随着我的敲门声，传来薛局熟悉的声音。

我推开门，一位年长的警官正坐在宽大的办公桌后，低头写着什么。虽然已然不再年轻，身躯却依然健壮魁梧，黝黑的面庞上两道剑眉不怒自威。他便是我从警之后多年的老领导，明山区公安分局薛正成局长。

"小白吧？坐。"薛局甚至没抬眼看，便料到是我。大概因为我是警局里为数不多使用檀香熏香的警官吧。

"薛局，是我。今天碰巧休假没事，来分局转转。"我在他面前的座椅上坐下。

019

"小白,我就不跟你客套了。无事不登三宝殿,你这次来,是不是还盯着沧芜镇那个案子。"薛局抬头望了我一眼。

"哈,还是薛局最了解我。"

"我现在不是你的老领导了,也没法再像以前那样训你。七三年的案子,两个月就结案了,当事人当年就没一个活着。这都过去二十五年了,你还费神去查?"薛局挪开手里的报告,正视着我。

"反正休假也是闲着,没案子办也难受。"我耸了耸肩。

"嘿,我看越是悬案你兴趣越大吧。"

"一点没错。"

"哈,你小子说话还是这么直。你说你吧,见了老领导,也不知道嘘寒问暖一下,就猴急着要找案子破。"薛局终于不再板着脸,露出慈父般的笑容。

"可不是?知道薛局您戒了烟,肺病也好多了,我替您高兴着呢。"我调离分局前,薛局长一直是个老烟枪,且患有挺严重的慢性肺炎。然而今天看到他的烟灰缸里空空如也,废纸篓里也只有几个卫生纸团,联系他的气色和言谈,便推测出他戒了烟,病情也大为好转了。

"眼睛够毒的。"薛局自然一下便洞悉了我的简单推理。接着他说道:"沧芜镇那个案子,我也给上面提过几次重启调查事宜,遗憾的是,都被驳回了。现在卷宗已经移交到省里,连我手头上也没有了。"

"薛局,最近我常常会在深夜里想到那个案子。虽然当时结案了,但还是有不少疑点。回顾起来,案情也算说得通,合情合理。可依然觉得哪儿不对劲。有时候想得入神,我就干脆爬到天台上,仰望着黑暗的天空,心里倒有些恐惧。"

"怎么,你堂堂一个大男子汉,害怕些什么?"他不解地问道。

"倒不是真的害怕什么奸邪之徒,只是会对人的本性,产生一些怀疑。"

"哦？怎么个说法呢？"

"比方说沧芜镇这个案子，如此血腥，甚至牵连进了无辜的孩童。这名作案者，究竟是出于何等的仇恨，才能做出此般泯灭人性的事情呢？又或许，他的本性就是邪恶的。"

"我说小白啊，你干这一行也挺久了，怎么还是执着于这些？没错，你家境优越，从小就是尖子生，爱钻研爱捣鼓。但这么说吧，吃咱们这行饭的，巴不得给自己减减压呢，哪有你这样钻牛角尖的？"

"可能就是种强迫症吧。嘿，薛局您也知道我的。"我轻轻一笑。

"唉，也许是我当了这么多年的警察，见了不知多少恶行的缘故吧，对于各种案件那是麻木得没法再麻木了。真的很难静下心来，再去思考这案情背后的种种阴暗面了。"

"我理解您。但我总这样认为，办案不仅是侦破案件，更应当把犯罪者的人性，与其后天经历结合起来，进行深层次剖析，找到社会性的症结所在。不瞒您说，我总觉得这起案件，可能比我们想象中的，还要黑暗。"

薛局听完我说的话，目不转睛地看着我的双眼，一言不发。良久，他叹了口气，起身走向他身后的书架。那里面满满都是依年份摆放的案件档案，法律书籍，和各式刑侦理论书籍，不少都是有年头的旧书刊。

只见他缓缓扫视书架，从上层抽出本《罪案心理动机研究》，轻轻地打开，取出一叠发黄的笔记来。他把笔记小心翼翼地装进一个牛皮纸袋里，将封口绳仔细绕紧，然后递给我说："这是我当年亲手做的案件笔记，因为是私人记录，就没放在卷宗里。你拿去吧，兴许能发现点什么来。"

"多谢薛局了。这么珍贵的第一手资料，我一定会好好研究它。"我小心地接过牛皮纸袋，高兴地说。

薛局顺势握住我的手，语重心长地说："白烨，你还年轻。到我这个年纪，有时候，真的打心底不想再去碰它了。"

我眯起眼睛笑了一下:"该归案的,终究会归案的。"

回到家中已是下午两点,我钻进书房,将厚重的天鹅绒窗帘轻轻拉合,房间里顿时显得黑暗而宁谧。一种像电流一样的兴奋感迅速经由神经中枢传遍全身。

要开始了,我对自己说。

台灯下,泛黄的纸页一张张平放在书桌上,诉说着二十五年前的一桩离奇血案。而薛正成彼时还只是一名初出茅庐的民警,用他工整的小楷留下了那段触目惊心的回忆。因为岁月沧桑,那些钢笔字迹已经褪色成几近灰色,我必须凑近了仔细辨认方能看清楚。

时间:一九七三冬。十二月十三号。晴。
地点:宁滨市郊沧芜镇东栅村

我所于今日上午七时接到报案,有村民反映家住村西头的尹才贵一家许久没有人外出,且房屋内有阵阵恶臭传出。我和梁恒友同志接到指示即刻前往现场勘查。

沧芜镇是我市下属比较落后的贫困乡镇,民风淳朴。东栅村位于镇最东面,尹才贵的家在东栅村南头,是一座独户的砖结构平房,紧挨着一个水塘。尹家户门紧闭,且内部上锁,我和小梁只得破窗而入。这是一幢平房,共三间房间,中间连接大门的是堂屋,两侧分别是卧室和厨房。堂屋一角有明显的血迹通往卧室。

卧室的房门虚掩着,在门口发现仰卧男尸一具。胸部有数处明显刀伤,背部有一处刀伤。卧室床边有俯卧女尸一具,胸部有一处刀伤,头部面部均有数处刀伤,五官无法辨识。卧室床上有仰卧男尸一具,胸部有一处刀伤,下身有数处刀伤。卧室一角小床上有女童尸体一具,胸部有一处刀伤。

因天气寒冷,四具尸体均未出现明显腐烂状况。地上有数处血迹。整户房屋只有一个大门通向院子，所有窗户均完好，且从内侧锁牢。

评注：我与梁恒友均是第一次看见这样血腥的场面，简直无法抑制住恶心和恐惧。且凶案现场呈相对封闭状态，暂时认定凶手也是死者中的一名。

嘿，今天刚说到密室，就来了一桩现成的案件。虽说这起案件的前因后果，我早已从同事和领导那里有所耳闻，但第一次看到这么清晰的现场记录，我还是不由得合上眼，戴上耳机，伴随着呢喃的歌声，想象起当年那凶残血腥的一幕来。

一座封闭的农户，四具尸体。死者中，甚至还包含一名女童。凶手的性格一定极为残忍。除女童外，有两男一女，作案现场是卧室，且其中一人下身有多处刀伤。那么，情杀的可能性极大。然而房屋屋门从内部锁上，窗户也全部紧锁，总给人一种刻意伪装为密室的假象。但是也不能排除凶手为防止受害者逃离，主动将房门锁上的可能。无论如何，现有的线索很少，还是继续往下看为妙。

时间：一九七三冬。十二月十七号。阴转小雨。
地点：宁滨市郊沧芜镇派出所

今天验尸结果已出。死者分别为：

谭啸。男，31岁。东栅村村民，初中文化水平。从事水产养殖。死因，背部及胸部刀伤导致心肺部出血过多死亡。

柳小英。女，28岁。东栅村村民，小学文化水平。与谭啸为夫妻关系。死因，胸部刀伤导致心脏破损死亡。

尹才贵。男，34岁。东栅村村民，个体商户，初中文化水平。主业承包鱼塘。死因，胸部刀伤导致心脏破损死亡。

尹红。女，4岁。与尹才贵为父女关系。死因，胸部刀伤导致心脏破损死亡。其中致命伤口均有生活反应，属于生前伤。

其余关系：

一、谭啸和柳小英育有一子谭岭。8岁。今年二月初被拐卖，至今下落不明。二人另育有一子柳冬青，9岁，被过继给柳小英的远房表兄为子。

二、尹才贵妻子董玉娥，四年前死于难产。两人只育有一名女儿尹红。

事发时间：一九七三年十二月十号晚十点。

案发现场凶器鉴定记录：三棱刮刀一把，上有柳小英指纹。剔骨尖刀一把，上有谭啸指纹。

案发现场痕迹鉴定记录：所有毛发、血样均来自四名死者。案发时户外有250毫米深积雪，雪上足迹亦均来自四名死者。

伤口分析：除谭啸胸背所中刀伤为三棱刮刀导致，其余刀伤均为剔骨尖刀所为。

评注：柳小英、尹才贵、尹红三人死因均为被剔骨尖刀贯穿心脏部位，凶手极为凶残，作案手法十分老练。我推测此凶手心中应有极大的仇怨。陆局长今日开会时也谈到，此案手法之残忍确为他平生罕见。

读罢此页，我顺着之前的假想继续下去：

——现在身份、凶器及死因都已调查清楚。线索越来越多，动机也变得清晰起来。可我却从内心里感到一丝失望，案子进一步走向普通的情杀案。

由于屋外雪地足迹显示，案发现场只可能有四人，亦即四名死者。谭啸有着重大作案嫌疑，其妻子在同村富户家出现，捉奸的可能性极大。而且除了他自己被三棱刮刀刺死外，其余人都是被剔骨尖刀一刀毙命，手法相同。

这凶案的画面也清晰呈现在我脑海里：谭啸的妻子柳小英与尹才贵

有了外遇，于是他上门捉奸，报复性杀害了柳小英、尹才贵和尹红。但柳小英未立刻身亡，趁丈夫谭啸不备，用三棱刮刀刺死了丈夫，随后自己也失血过多而亡。于是形成了受害者和凶手一起亡故的案件。

但是，事实真的如此吗？整个案件中难道没有不合理的暗流，在二十五年前的冬夜里涌动吗？

果然，薛局下几页的笔记中详细记录了此案的侦破过程，以及最终结案的审判，定性成一桩情杀案件，和我上面的推论一致。但是我特别留意到了薛局的评注。

评注：案件已经侦破，但是依然有几个疑点值得留意。一、谭啸是如何进入大门的？ 二、堂屋的血迹经查明属于谭啸，但四人均死于卧室及卧室门口，堂屋为何会留有血迹？三、案发次日，同村村民曹应亮失踪。与本案是否有关联？

我将音乐暂停，开始逐步辨析这几处疑点。之前推理时，其实我也已留意到这几处有些奇怪：如果柳小英和尹才贵通奸在床，有外人来敲门是不太可能去开门的。但也不排除谭啸通过什么办法哄他们开了门。这种可能性虽然小，但也并不是全无可能。

至于堂屋有谭啸的血迹，有可能是柳小英在丈夫行凶后准备离去时，尾随到堂屋杀了他。而且三棱刮刀这种工具型的刀具，只会放置在堂屋内而不是在卧房里。柳小英很可能是在堂屋顺手拿到刀的。

再往下推断，甚至也许谭啸中刀后也未即刻死亡，又追回卧室内，两人互相刺向对方，双双身亡。

但是，那个在案发次日失踪的村民曹应亮，又作何解呢？莫非只是一个纯粹的巧合么？

此时我手中只有最后一页笔记了。一眼望去，当年那个血案，只剩下最后的几排淡灰字迹记录。我刚要拿在手里仔细阅读，桌上的手机猛然"嘀嘀嘀"响了起来。

我赶紧拿起手机，按下通话键，听筒那头传来小刘急促的声音：

"白队，赶紧来明山分局一趟，季琳的尸体被发现了。"

PART 3 　第二章

白烨之章（二）

接到小刘的电话后，我星夜赶到明山区分局时，已是一点零五分。

刘治良、陈波、胡卫军、王初胜与我，依照上级命令立刻组成了侦破小组，对此案进行调查。因我曾在明山区分局工作多年，市局特委派我作为小组组长，牵头负责此案。

受害者的尸体，是在她所住小区旁那个垃圾处理场发现的。当天晚上，环卫女工在露天垃圾场清理垃圾时，看见了角落里一双像人脚的物体。她拨拉开堆积其上的废弃垃圾，发现藏在垃圾中的一具女尸。

报警后，胡头、小刘、陈波与市局负责尸检的法医王初胜，立刻来到案发现场勘验。经详细比对后，发现死者正是之前失踪两天的季琳。

随后我们在会议室进行侦破讨论。首先由王初胜递交了初步尸检报告。

"死者季琳，女，二十三岁。死因，颈部被勒导致机械性窒息死亡，死亡时间为周五凌晨零点至一点之间。根据勒痕推测作案工具为塑胶电线。此外，死者口鼻部被胶带缠绕，右大腿股骨骨折，右手臂、双腿均有严重软组织挫伤，衣着凌乱，下体有精斑残留，推测死者死前曾遭遇强暴和虐待。"

"右大腿骨折？查明了是什么原因导致的么？"我盯着这一点问道。

"这个……没有发现器械的痕迹。而且，从伤势来看……很可能……是凶手徒手直接暴力作用导致的。"说到这，连经验老到的王初胜也不禁咂了咂舌。

"什么？有点不可思议了吧！什么人的力量能够把成年女性的股骨徒手折断？还有，凶手究竟出于什么目的，干出这么野蛮残忍的事来？"

"白队，老实说，我干法医这么多年，确实闻所未闻。"王初胜点了点头。

胡卫军随后道："好在咱们已取得犯罪者体液，指纹数枚。"他就是接到死者失踪报案后前去红叶山麓小区调查的胡头，胡卫军。他今年四十五岁，黝黑面庞，一副威风的络腮胡，身材健硕，从警多年，经验丰富。

"而且经过比对，此嫌疑人的指纹无法匹配任何本地罪犯指纹资料库。"陈波推了推眼镜，补充道。

"是么？那么关于嫌疑人的体态，职业特征，有没什么线索？"我问道。

"根据死者受伤情况和案犯组织残留，推测案犯为极强壮的男性，年龄应在二十至三十岁之间。而且其未戴手套，未清理现场痕迹，抛尸手法略显随意，推定此人反侦查能力低下。"大案当前，连刘治良也收起了往常的笑脸。

我转向他问道："小刘，案发的小区你和陈波仔细勘查过了，具体作案地点有结论么？"

"嗯。我俩仔细勘验了小区内每处可疑地点。初步推测，作案地点应为死者所住八单元附近地下车库内。我在角落的墙上，提取到了同样的指纹，还有组织残留。但麻烦的是，这车库里不仅停着汽车，还停了一大堆自行车助力车。人流多，脚印也散乱，尚未来得及提取案犯的足迹。"小刘认真地回答道。

"我再补充几句吧。这连日大雨，小区内的痕迹破坏也是十分严重。现在现场已封锁。我觉得，咱们很有必要在天亮后，再组织个二次勘验。"胡卫军用他特有的粗犷嗓音响亮地说道。

"嗯，二次勘验很有必要。有个问题我想先提出来，大家讨论下。根据现有线索，当晚到次日凌晨这段时间内，并无可疑人物从正门进出小区。那么，案犯是怎么进的小区？又是如何抛尸到小区墙外的垃圾场去的？难道这家伙会穿墙术不成？"我向众人抛出疑问。

"门卫张老汉每晚十二点后锁大门，案犯会不会在此之前，已经潜伏在小区内了呢？"小刘猜测道。

"可能性确实不小。但如果是这样，凶犯大概率是蓄意强奸杀人。那么作案者，一定与死者有关联，甚至可能是熟人！毕竟，他对死者经常夜班回家这点，可谓是了如指掌呐。"我肯定了小刘的说法，并以此为基础进行了一些推断。

"呃……死者是名刚毕业工作不久的报社编辑，社会关系算简单吧。她父亲季松河是个退休干部，母亲是家庭妇女，哥哥是名外科医生。这样的家庭情况，我觉着不太像有啥私人恩怨的类型啊。"刘治良一边翻看着资料，一边继续着自己的推断。

"这结论未免草率了吧，我们还需要进一步深查。"我摇了摇头，淡淡地说，"还有一点我希望提醒大家，咱们可不能排除偶然杀人的情况啊！毕竟从强暴杀人，到事后抛尸整个手法来看，凶手也许只是简单的见色起意犯罪而已。不，是可能性相当大！但若是这个推论，就必须要找到凶犯进出小区的隐藏道路。"

"我想再补充一点啊。这个作案人异常凶暴野蛮，我怀疑他可能有心理上的问题。这也许可以作为一条线索来查查看。"王初胜说道。

"不错。那么我们明日一早便兵分两路，我带陈波去现场进行二次勘验，胡头，你和小刘通知死者家属，并联系相关人士配合调查，其他人待命！"

会议结束，已是接近凌晨三点，大家都疲惫不堪了。我在警局的休息室沙发上和衣而卧，养足精神准备明日的硬仗。迷迷糊糊即将睡着之前，我又想起了沧芜镇的那桩血案，只是现在突发的新案件，令我暂时无法分出精力，去对它进行研究了。

次日早上六点半，红叶山麓小区。连日的绵绵阴雨终于停了，天空难得放晴。我和陈波来到封锁的案发现场，进行二次勘验。

这个小区建成不过两年时间，可算是现在的典型住宅区，面积中等，有二十个单元楼。小区内所有住宅楼均为六层的普通公寓楼。方方正正的样式，灰色的基调，配以橘红色的屋顶，简单而大方。居民大都在附近的工业区上班，小部分是搭乘公交车往返市区工作的，当然，其中也不乏一些比较富裕的居民，已购置了私家车，停放在地下车库中。这里虽说算是新小区，却没有安装监控录像设备，给侦破带来了不小的难度。

　　我沿着狭窄的道路，走入已彻底封锁起来的地下车库。从配有减速带的坡路进入后，能看到整个车库不算大，呈一个"L"形，只有一个进出口。

　　车库在地下三米左右。极普通的水泥地面，墙壁被刷成灰白色，显得有些阴森。顶部的一些区域有渗水的迹象，积水滴答滴答地落在地上。深棕色的暖通管道遍布在天花板上，活像是巨型蜘蛛布下的蛛网。

　　说是地下车库，其实主要停放的都是自行车、助力车和摩托，只有靠右侧贴墙的一排，停放了十来辆汽车。我发现，这个车库的隔音效果相当不错，凶犯选择在此作案，只要不发出太大声响，外面的人不注意的话，很难听见动静。

　　"白队，我再尝试下，看看能否提取出地上的足迹。"陈波的声音在空旷的地下室里显得瓮声瓮气，比平时低沉许多。

　　这时，我突然想到季风在笔录里提到，那沉闷的吼叫声，会不会便是从这地下车库传出去的？但是，如果是凶手发出的叫喊，他不怕被人发现吗？难道是他在强奸杀人的极度刺激之下，一时心智迷乱，兴奋地叫出声来？

　　带着这个疑问，我走向被推定的案发现场，也是整个地下车库最暗沉阴郁的角落。远处墙壁的灯光，几乎无法投射到这里。这儿没有任何车辆，可能谁也不愿把车停到这幽深的角落里。我打开警用电筒，在角落里四下扫射，不放过任何可疑的地方。

水泥地面上,有星星点点早已干涸的血迹,色泽也呈现为黑褐色。在角落的墙上,有刘治良之前留下的便签标记。我蹲下身去,用手电照射着墙壁仔细分辨,那是两个附着有灰土的掌印。并且,它们有一个极其明显的特征:这两个掌印的尺寸远远大于常人!

我隔空将自己的手和那两个掌印对比了一下大小,虽然我身高一米八七,手掌也算挺大,但和眼前这两个手掌印比起来,仍旧明显小了一大圈。

我认真地端详起这两个掌印:它们不仅巨大,而且,每个手指都相当粗壮,指节突出。可以想象它们的拥有者,应是一个强壮得可怕的人。

两个掌印基本处于同一水平位置,距离地面七十七厘米,两个掌印间距八十五厘米。从掌印的受力痕迹来分析,应当是自上向下施力,双掌按压在了墙面上。但持续很短,并非长期受力。我自己亲自比画了几个动作,设想了一下,案犯应当是蹲或跪在地上,然后身体前倾,在墙面上按压出两个掌印的。并且,案犯的身材非常高大,以我自身的比例来估算,至少在一米九五以上!

然而高大魁梧的他,为何会在墙壁下方的位置按出了两个掌印?当时,这个阴暗的角落里,究竟发生了什么?

我闭上眼,陷入沉思。脑海里开始假想当时那可怖的画面。

"白队,我已将现场的足迹采集好。"陈波冷不丁冒出的话语令我一惊,思路也被打断了。他正在回收采集用的静电吸附膜。

"好。我这边也调查得差不多了,案犯极有可能是个大块头。"我不停地按着快门拍照,"并且非常强壮有力。"

"比白队还要高吗?"陈波仰视着我。

"确实如此。跟这家伙比起来,我简直成了小个子。不过,这样便大大地缩小了我们的搜捕范围不是么?"我用力掸了掸衣物沾附着的尘土,直到藏青色的裤子上没有任何灰点,方才立起身来,"好了,接下来，让我们去找一找他可能出入小区的地点。"

离开地下车库，我和陈波沿着环绕小区的步行小道细细检查。整个红叶山麓小区只有一个正门，据了解曾经有过一个后门，但因为附近修建垃圾处理站，就用水泥封起来，变成了一道墙。

小区的围墙都有两米六左右高度，俱为砖块砌成，围墙顶部布满了镶嵌在水泥层里的碎玻璃，锋利无比，令小偷蟊贼望而却步。这种防盗措施在时下应用得相当普遍。

这道看似牢不可破的障碍，会有什么漏洞可以让犯罪分子得逞吗？

步行小道的两侧，是高度一米左右的绿化灌木丛，看上去并未得到妥善的修葺和打理，枝叶参差不齐，略显奇形怪状。如果案犯潜伏在小区里作案，可以趁着夜色藏身其中。即便是对象如此高大的身材，也显得绰绰有余。

考虑至此，我沿着灌木丛边缘行走，将目光绕过绿化植物，扫视着其内侧的泥土表面，寻找任何可疑的痕迹。

便这样走了大约五百米，我倏地停下脚步，注视着一处灌木丛后的地面。此处地面的泥土有数个略显凹陷的痕迹，色泽也与周围稍显不一。

我翻过灌木丛，半跪在地上，用专用铲刀像撇去茶沫一般轻轻地将表面的颗粒状泥土一点一点刮开。

渐渐地，土里显现出一个已经几近不能分辨的痕迹，但我依然可以根据纹路推断出，这是一个鞋印。而且，紧挨着旁边，陈波也用同样的方法发现了另外一个鞋印。

随后，我们又在周围的泥土区域中发现几个类似的鞋印。这些鞋印正如我此前的猜测，非常巨大，目测至少是五十号的鞋码。而泥土区域的尽头，正是小区边缘的围墙。

"啊！这一定是凶手进出时留下的！他的脚居然大到这种程度。"陈波感叹道，"这会是个什么样的巨人啊！"

"没错。看这鞋印的深度,这家伙体重可不得了,保守估计一百公斤以上,"我点点头说道:"不过,也多亏这么沉重的身躯,让他的鞋印陷得如此之深,才没被雨水给破坏掉。"

陈波熟练地用相机把所有鞋印都拍摄下来,准备带回去研究。我站在围墙下思忖了一会,然后俯下身在墙根处仔细搜寻起来。果然不出所料,泥土里掉落了一些细小的玻璃片和玻璃碎屑。

"来,陈波,戴上警帽,面朝围墙站到我这儿。"我手指向自己身前。

"戴上警帽?"陈波疑惑地看着我。

现在已近九点半,阳光强烈,气温也很高,我俩都早早便摘下了警帽。不过疑惑归疑惑,他还是依言戴上了警帽,站到我跟前。

"我托你上去,给我好好瞧瞧围墙上面的碎玻璃渣有什么可疑的地方。"说罢,我双臂微一用力,轻松地将陈波瘦小的身子从两腋托举了起来。他尽力抻长脖子,视线刚好可以越过围墙顶端。

"白、白队,就在我面前这一片玻璃渣,整体高度比两旁要低不少,几乎快和围墙顶齐平了,而且有被敲打碎裂的痕迹。"陈波在上方大声告知我道。

"很好,与我的推测完全一致。等会儿,你再看看这一块区域残存的玻璃片还有什么异常。"

他听我这么一说,又凑近了点,盯着那些玻璃残片谨慎地查看了一会儿,然后答道:"有些玻璃残片上,似乎沾有极少量的白色絮状物。"

"这样么?好,那就没错了。你再顺着围墙检查一下,还有没有其他区域也有玻璃片被损坏的迹象?"

"没有了。只有这一块区域是这样的状况。"

"现在,把你的警帽放在围墙顶上。"

"明白。"陈波按照我的指示,摘下警帽,端放在围墙顶部。

"好了。"我放下他,顺带活动了一下手腕,"我们从这儿为起点,沿着围墙走一圈,每隔一段我就托你上去。你看看顶端是否还有类似的痕迹,可得给我看仔细喽。"

"放心吧白队,我虽然有点近视,但是一定不会看错看漏的。"陈波果断地回复我。

于是在上午的艳阳下花了一个半钟头,我俩终于排查完毕整个小区围墙顶端,只有最初发现的那一小块地方有玻璃渣被人为破坏过的迹象。

辛苦了这番,我掏出手帕擦了擦满额的汗水,找了附近一处阴凉的长廊,背靠廊柱斜躺了下来,从包里取出两瓶矿泉水,顺势递了一瓶给坐在身边的陈波。

他也累得够呛,笑着说道:"谢谢白队,这阳光晒得我汗都流眼睛里去了。后面我得不停地擦眼睛,速度也只好慢下来了。"

"哪里话,辛苦了。看来,你确实是个能吃苦的好小伙儿,哈。"我笑了笑,接着大口喝光了一整瓶矿泉水。

"白队一直举着我才叫辛苦呢。不过,咱们也有收获啊,终于确定了那凶手的进出道路,都是通过翻越那道围墙。"陈波抹了抹汗。

"嗯。凶手用铲子之类的工具,把围墙上的一处玻璃渣给铲干净了。我大胆推测,这是他此前就准备好了的。此外,凶手还携带了很厚的棉衣棉被之类的,垫在上面,这样他就可以顺利地翻越围墙,不用担心手掌被割破。但,难免残留了些棉絮。"

"然后,凶手就翻过来,跳到咱们站的这儿了。"他接着我的推理补充道。

"不错。之后他便一直潜伏在小区绿化带后,等待季琳的出现,蓄谋施暴。"

"胡头和我检查过,季琳从小区门口到八单元这一路,会途经一段路灯故障的黑暗区域。恰好,我们方才发现脚印的那一块儿,便在这段区域之中。凶手很可能躲在那片绿化带后,伺机袭击了她,再把她拖进地下车库深处,强暴并杀害了她。此后,他又带着尸体原路返回,从进入的围墙处翻越出去,将尸体藏在垃圾场里。"

"嘿,挺能想的嘛。嫌犯人高马大,搬运尸体的力气倒是不缺。"我拍了拍陈波的肩膀,闭目凝神思索。

怎么说呢,陈波的推理,算是符合目前的线索。但,会不会有其他可能存在?

"好了,休息够了吧?走,我们再去刚才的围墙外侧检查下。"我睁开眼睛,伸了个懒腰,站起身,拍了拍屁股和后背上的灰尘,仔细清理干净后,与陈波一起走出小区大门。

我俩顺着方才的围墙外侧,走入了一条约两米宽的窄巷。从巷口走了没几步,便远远地望见陈波之前放在墙顶的警帽。

"原来是这么个定位的作用。"他恍然大悟,快速走到那段围墙边,一跃取下了自己的警帽。

"哈哈,刻舟求剑,一点小聪明罢了。你看,现在我们身处之地便是凶犯翻越围墙的地点。这里处于小巷深处,夜晚几乎没有多少光亮,非常适合作案,"我指着围墙的对面,小巷的另一侧,"这边便是隔壁的垃圾场,你看这里的铁丝网,早已经被人为破坏过了。"

"啊,果然,莫非这也是凶手之前的准备行动之一吗?"陈波沿着我手指的方向看去,那里的铁丝网上赫然被人剪出了一个大洞。

"也许是的。但也许只是有人偷盗废弃垃圾剪开的,正巧被凶手利用了而已,"我又指了指地面,"可惜的是,这里是水泥路面,被连日雨水冲刷,我们没法取得足迹了。"

我低下头,猫腰钻过了那个洞。"大小的话,我是完全没问题,兴许那个大块头就要费一番力气了。"我喃喃自语道。

陈波尾随我轻松地钻了过来,我俩来到尸体被发现的垃圾堆。尸体已经从那里被移走,只剩下各式散发着阵阵臭气的生活垃圾,随意地堆放在一边。

"唔，好臭，"我急忙掏出手帕捂住鼻子，分析道，"从抛尸手法上看，凶手也做得相当之随意。虽说看上去似乎有垃圾的臭气作为掩盖，但据我所知，这儿清理垃圾的速度并不拖拉。换言之，尸体很快就会被发现的。"

"报告白队，垃圾场正门那儿有监控摄像头，凶手也只能钻这个洞进来。整个作案流程好像明朗多啦。白队，要不然，咱们再一步步从头还原一下，你看可好……"陈波话还未说完，便被我拽住胳膊拖出了铁丝网的大洞。

"进行案件回溯我很欢迎，但是，别在那个臭气熏天的地方行不？"我皱着眉头道。

我跟陈波一边沿巷子向外走，一边把之前所有的线索，又完整地还原了一遍。

"按照目前为止的推论，我们可以明确以下几点。一、凶犯应属蓄谋强奸，至于杀人，不排除激情杀人的可能。二、凶犯身材极为高大，体形壮硕，但是法律意识淡薄，也基本没有反侦查意识。三、凶犯应当不住在小区内，但有很大可能住在小区附近。四、凶犯很了解季琳的作息规律，说明他经常会出没于她下班路上。"我理清思路，一口气将所有判断都罗列了出来。

"厉害。"陈波一边点头，一边认真地做着记录。

"好了，我们先找家馆子吃个午饭，下午再去走访一下周边居民，了解下有没有这样的人存在。哈哈，我觉得吧，这样的目标，必然不会太难找。"一时间，我仿佛预感到谜底即将揭晓。

"听白队你这么一说，我觉得很奇怪啊，有什么人会费尽心思地找机会作案，可作案后，又几乎完全不掩盖自己的行踪呢？"陈波摸了摸脑袋，又不怀好意地朝我笑笑，"不过，比起这个，我有一个更大的疑问呐！"

"哦？说来听听呢，我很乐意解决各种疑问。"

"白队，你是处女座的吗？"

"……"

季风之章（二）

虽然距离接到那个令人绝望的电话已经过去了一整天,我依然无法忘记当时的感受——白色的日光射进来,脑海中也是一片白茫茫的,眼睛里根本什么都瞧不见。

一个自上而下、远在天边的声音隆隆地说:"这不是真的!这不是真的!"

但很快便飘散远去了,远得好像没有存在过。

坦白地说,妹妹失踪这几天,我并非没有往最可怕的境地去想,然而,当事情真的不可逆转地发生后,我所有预设的心理防御体系,一瞬间便全然崩溃了。一想到妹妹往昔的音容笑貌,那纯真的微笑,执着的神情,心里就仿佛被一万把手术刀一刀刀地剖开左右心房般痛楚。

再想到一刹那便明白了一切的父母。想到哀嚎的父亲,昏厥的母亲,只觉得世间所有形容苦难悲伤的语汇都凝聚起来也不够表达此时的心情。我强忍着夺眶欲出的泪水,咬牙发誓,无论前路多么千辛万苦,困难重重,也定要找出真凶,为妹妹复仇。

之后我便去向院长及戴主任请了半年的长假。戴主任很不情愿,一再劝说我把事情交给警方,但我坚持要亲自参与。再者,考虑到我目前的心理状态及情绪波动,我确实不再适合主刀复杂的脑部手术。考虑再三,戴主任最终还是接受了我的想法,并一再叮嘱我,千万要以个人安全为首要考量。

回到宿舍,我坐在椅子上,整理了一下思路,在头脑中制订了初步的调查计划。

凶手是蓄谋作案,而且对小区内部的环境可谓很熟悉。警方已做了比对和调查,小区居民基本排除了可能。此人一定是偷偷出入过小区,至少住在附近。

我决定在这个思路基础上,先在小区附近转一圈,了解下是否存在符合凶手特征的人。

进行调查前,我预先准备了两样东西。为联络方便,我买了新款的手机,又去城北一家军品店,买了把质量相当不错的甩棍藏在身上。据警方消息,凶手很可能体格巨大,我势单力薄,必须暗地里做好防范。

红叶街边有一大块荒地,前阵子有建筑施工队进驻,我的第一站就选在这里。

正午的工地,烈日当空,尘土飞扬。工人们汗流浃背地忙活着,看样子是在挖地基。我注意到工地的一侧,有两排彩钢搭建的活动房,貌似是办公室和工人宿舍之类。便顺铺着木板的泥路,绕到了活动房底下。

从窗口望进去,两个建筑工人模样的人正捧着搪瓷碗大口吃饭。我推门进去,两人齐刷刷停下筷子,直愣愣地望着我。其中一个年纪小些,留着小胡子的工人问我道:"找哪位?"

"师傅你好,我是工地新来的采购员。老板要订购一批新工作服,想问问咱队里,有没哪个个儿特别高,块头特大的?老板嘱咐我了,有这样的,得亲自去给他量了尺寸再订,以免订错。"这套说辞我反复推敲了数遍,张口就来。

"噢。个子特高的,咋个叫特别高咧?比我高也叫高,比你高也叫高,对不?"小胡子一脸狡黠的笑容。

"呃……差不多一米九以上吧。"

"一米九是个啥概念?我不晓得咧。"

我只得苦笑,在自己头顶比画了一个手掌的长度:"我一米七七,比我要高出这么多的。"

小胡子刚要说话,旁边年纪明显大些,鬓角灰白的工人朝我开口道:"小伙儿,甭理他。你要找个儿大的,去后面那排房子二楼找一个叫马大个子的。咱这儿,就数他最高。"

"谢谢师傅您了,这位马大个子,也是位建筑工人吗?"

"是呐,身大力不亏,是个好手。"

我依言来到后面那排活动房,走上二楼。门没关,里面是一个很大的房间，很多工人都打着赤膊靠在地板上午睡。有一两个没睡的，好奇地打量着我。

我环视了一圈，目光聚焦在窗边一个睡得正香的大汉身上。

他赤裸着浅棕色的上身，席地而睡，鼾声如雷，躺在那儿明显比其余工人长出一大截。此人应该就是我要找的马大个子。

我轻手轻脚跨过横七竖八的几个身体，来到他的身边，蹲下细细打量着他：浓眉大眼，颧骨很高，看年纪三十来岁，结实的手臂上有几个伤疤，看着像工作中留下的。我伸手略一比画，推算出他的身高是一米九三左右。

"喂！你什么人？做贼呢？"一声炸雷般的大喝令我一惊，原来马大个子突然醒了，瞪着眼睛问我。他这么一嗓子，旁边几个工人也醒了，睡眼惺忪地望着我。

我早已编造好了一个借口："我是新来负责考勤的记录员小郝。领导说，你上周四和上周五的工时记录不见了，让我特地来找你问问，那两天四十八小时的工作情况。"

马大个子咧嘴一笑："嘿，你来找我查工时，瞅着我看做啥？"

"我、我这不是新来嘛，只知道你个子高，还、还没认清脸呐。"我结结巴巴回答道。

"嘿嘿，你是新来的考勤员？刚子，你听说过这号人吗？你不是专管考勤的嘛。"他的嘴咧得更大了，扭头看着身边那个叫刚子的工人。

"没听说过。要说来个新的考勤员，都会全队通报的。可咱队长也没提过这档子事儿啊。"刚子一脸疑惑。

我心中暗道不好。果然，马大个子猛地站起身来，恶狠狠盯着我道："老实说，你到底来干啥的？"

我万万没料到会出现这般局面，一时语塞。房间里午睡的工人此时全都醒了，纷纷七嘴八舌地议论。

"是个贼吧。这脸我可从没见过呐。"

"瞅那文质彬彬的,不像个贼样儿啊。"

"那可难说,不过居然偷到马代勇头上去了,胆儿也忒肥了点。哈哈。"

马代勇听到这句,猛地发力,一把将我的两手手臂扭到背后,另一只手狠狠按住我的肩膀,使劲把我往门外拽去,嘴里还嚷着:"奶奶的,敢偷我,老子送你去保卫科!"我试图挣扎抵抗,可对方力气实在太大,反被跌跌撞撞地拖了出去。

在工人们嬉戏哄笑声中,我便尴尬地一路被这壮汉如拎小鸡一般,拖到了保卫科办公室门口,他膝盖一顶,将门撞开,开口便道:"报告宋科长,我抓了个贼。能记功不?"

我正寻思脱身的借口。却听见一个男子的声音道:"咦,这不是季大夫嘛,马大个子,你这样对人家做什么?"

马代勇一下愣住了。我趁机从他的擒拿中脱身而出,定睛看去,原来那个叫宋科长的中年男人,是我以前的一个病人家属。我曾替他父亲做了台脑血栓手术,所以他对我一直很是感激。于此地见到他,不亚于撞上了个大救星:"宋科长,都是一场误会,一会儿给你详说。"

宋科长会意,摆了摆手示意马代勇出去。后者呆立了一会儿,见宋科长居然和我相识,只好悻悻然离开。

宋科长端了杯茶过来,笑着说道:"季大夫,没想到竟能在这儿撞上你。来来,喝杯茶压压惊。这是怎么一回事儿?"

我坐下喝了几口茶,把案件简要地告诉了他。当然,案件结果部分略去没说。宋科长闻言,圆圆的脸庞流露出一丝疑惑的神情。他先是翻了翻柜子里的人事记录,接着又出门到隔壁的人事科聊了一会。

半响他才回来,缓缓说道:"我觉得吧,你要找的这个人不是马代勇。马代勇这个工人嘛,我挺了解,这小子性子躁,脾气也凶,但却是个耿直汉子。他万万做不出这样的事。况且，上周每晚他都睡在通铺，工人们都能证明。所以……"他顿了顿，看了一眼窗外，"你要找的罪犯，我想呐，怕是另有其人。"

我见他似乎掌握了一些信息，便递上一支烟，问道："那么，你有没什么线索？"

宋科长笑眯眯地接过，抽出怀里的火机点上，深深吸了一口，才缓缓说道："季大夫呐，你知道不，咱这工地开工也就刚满一个月。说起这一个月呀，我这管安保的，得每晚都睡在这临时房里，没法过那种老婆孩子热炕头的舒服日子。我这么做呢，一来是防着有贼摸黑进来偷建筑材料，二来也是看着点工人，说白了，都是五湖四海的，这初来乍到，别闹出啥乱子。"

"宋科长辛苦啦。"我附和着点了点头。

"嘿嘿。不辛苦不辛苦。干咱这行的，晚上都得睁半只眼，不能睡死喽。警惕性得高，不然就会漏掉事儿。"

"难道这一个月里，真的出了什么事吗？"我不禁凑向前问道。

"这么着给你说吧，大概一个多礼拜前，有天晚上，我正睡着，听见工地外有什么动静，窸窸窣窣的。我便把着窗口张望，远远就瞧见一个熊瞎子那么大块头的黑影，在工地门口来回踱步，还不时地朝门里张望。刚开始我还以为是马大个子，但细细一瞧，不是他。那块头明显比马代勇还要大，背有点驼，身板儿也比他要厚实得多。"

我专注地听他说着那天夜里的情景，不敢插话。

宋科长继续说道："不瞒你说，我觉得很奇怪……咱工地门口拴了一条大狼狗，平日里远远见人就吼得没完没了，这当口居然躺在门口，一丁点声响儿都没。这可不对劲呐，虽说十分紧张，我还是披了件衣服，蹑手蹑脚下楼，想走近点看看到底是什么人。可等我走到楼底，那大家伙就没影儿了……"

他又低头吸了一口烟,继续说道:"我见他已经走了,大门又还是紧紧闭着的,没啥情况发生,就自个儿回去了。哪晓得第二天一大早,就看见那大狼狗脖子被拧断了,倒在门边上。看样子是被那家伙从门外伸手臂进来弄死的。"

我回忆起以前路过这个工地门口时,确实见过那条油光锃亮的德国牧羊犬,模样十分威武,吼声能传好远,想不到竟然有人能徒手把它脖子给扭断了,真是一个残忍疯狂的家伙。

"这还不算,那家伙好像试图把我们的铁门拉开,把那上面的铁条都扯得有些变形了。"宋科长两手做了个掰弯的姿势。

"对哦。警方也透露过的,说凶手力气大得吓人。那后来你发现他的下落没?"我着急地问道。

"季大夫你别急,听我说完。没想到,几天后的某个深夜里,他又在门口出现过一次。这次倒没逗留,只是从门前路过。不过呢,我听说啊⋯⋯"

他凑到我耳朵边上小声说道:"我是听工人们传说啊,咱们东边那个棚户区,这个月新搬来一对母子俩,那个儿子长得像⋯⋯像个怪物,还总喜欢夜里四处游荡⋯⋯"

离开工地后好一阵子,宋科长说的那些怪事仍旧在脑海中回荡。一个深夜里喜欢游荡的怪人,而且是新搬过来的。我猜测,一定是他正巧看到了下夜班回家的妹妹,动了歹念,于是才会蓄谋犯罪。

然而,我依然有件事想不明白。按张老汉和很多居民的说法,从没在小区大门附近见过这么个人的存在。他又是如何发现我妹妹,又如何掌握小区内部构造的呢?

一个想法忽然冒了出来,莫非他有同伙?由外表正常的同伙负责在小区内转悠,打探情报,自己再伺机作案?

但这个想法很快就被我否定了。且不论强奸杀人案一般都是案犯单独作案,极少会有同伙,即便从目前警方掌握的线索,以及宋科长所透露的情况来看,该犯也都是单独行动。

那么,他是靠着什么手段来办到的呢?

我一边思索着答案,一边在红叶街上漫无目的地走着。不知不觉,已经来到了小区对面的阳光山庄旁。无意间,那居民区深处的一样事物映入我的眼帘……

啊,是这样!答案霎时间便了然于心了。

这件事物虽已不常见,但在类似阳光山庄这样偏僻的旧式居民区内,还是存在的。我又联想到,案犯很可能会在夜里再次作案,随之而来的一个计划也悄然诞生了。

下午时分,我回到了家中,看望了依然沉浸在深深悲痛之中的父母,并安慰他们,一定会亲手将凶犯找出来绳之以法。

整个下午,我都在客厅里陪着他们说话,试图将他们的心思从惨案中抽离出来。虽然效果并不明显,但至少有了我的陪伴,他俩情绪安定了许多。晚上,我亲自下厨去做了几个父母最爱吃的菜:糖醋里脊、油爆虾,还有个冬笋汤。

吃完饭,我抽空休息了一会儿,为夜晚的行动养精蓄锐。

夜幕徐徐降临了。待到晚上十一点,我催父母早早上床休息,自己则随身备好了甩棍、手电、手机与卡片式相机,悄然离开了家。

晚上明显降温了,空气里带着些微寒意。郊区的夜晚果然是一如既往地宁静,只是此时的宁静之下,暗藏着不为人所知的凶恶。

我径直来到阳光山庄小区。此处并不像红叶山麓那样,有着整体的围墙和门卫,而是分散着的一个个单元。我顺着单元之间的人行道,走到了一座式样有些古怪的建筑底下。

这个建筑高大巍峨,好似一根粗壮的水泥柱支撑着一个飞碟般,在夜色里更加显得有些森然。

没错。这是个八十年代居民区里常见的水塔,用于小区储水和配水,并可起到调节给水网络中水量和水压的作用。我眼前的这个水塔,浑然由水泥砌成,高度将近二十米。顺着主干柱体,有钢筋制成的弧状梯级可以攀爬到顶部的平台上。但是对于没有什么攀爬经验的我来说,仰望着高悬空中的顶部,心里阵阵犯怵。

"豁出去了!"我一咬牙,壮了壮胆,两手用力握住锈迹斑斑的钢筋阶梯,一步一步往上攀爬。

人一旦鼓起了勇气,做事便容易多了。别看水塔挺高,我越爬越快,很快就到达了顶部飞碟状的倒锥形水柜,从中间的通道登上了水塔的顶部平台。

我抹了抹汗,扶着平台边缘的钢筋栏杆向下鸟瞰,方圆数公里的区域尽收眼底,更不必说近在咫尺的红叶山麓小区了,内部的所有道路俱一目了然。可以确定,凶手必然也发现了这个制高点,便经常上来观察。只是不知他今夜会不会现身。

我环视周围,发现顶部中央有一个不到两米高,直径约三米的圆柱形水泥墩,是唯一的藏身之处。我一跃爬了上去,俯卧下来。这样应当不会被底下的人发现了,我想。而且,只要微微探起身来,就能眺望水塔下面很远的地方,红叶街和小区内的动静,俱了如指掌。

夏夜的凉风吹拂周身,如阵阵水流拨动我的衣角。水塔边的树丛也相伴摇曳着,发出老翁沉吟低语般的声响来。我一动不动地注视着地面的情况。随着时间的逝去,远方楼房内的灯光一盏接一盏地灭去了,红叶街上穿梭的车辆也越来越少,万物仿佛都将归于沉寂。

我看了眼手机,时间已经到了子夜一点。黑黢黢的小道上空无一人,连蝉鸣都消失得无影无踪。难道今夜他不会出来游荡吗?我心生一丝疑虑,但是又隐隐约约地直觉他肯定会现身。

大约又过去了一刻钟,红叶街远处的阴影里仿佛有什么东西在缓缓移动……

我猛地一激灵,聚精会神向那方向望去,可距离实在太远,看不真切,只能模模糊糊看到是一个人在走动,甚至连身形大小也很难辨认。

那人的步速中等,顺着红叶街的人行道边缘亦步亦趋,手里好像还拿着一个很大的器具,拖在地上。

他渐渐走近,我才辨认出来,原来只是个环卫工人手持扫帚在清洁街道而已。真是虚惊一场。

我轻舒一口气,正打算低头看时间,便听见身后下方的小道上传来"嗒……嗒……嗒"的脚步声。那脚步声在这暗夜里显得十分沉重而缓慢。令人不禁联想到恐怖传说中,拖着笨重的身躯迈步的独眼巨人。

我挪动身体,转了半圈,刚好可以顺着脚步声传来的地方望去。这一望,直吓得我浑身汗毛倒竖。

只见一个身材极度魁伟的人,佝偻着身躯,一步步向这水塔走来。那人即便没有站直,身高也在一米九五以上,直立起来应该有两米多。而且,他的体格极度壮硕,已经不能用膀大腰圆来形容了,简直就像一个怪物。白天见到的马代勇跟他相比,体形也小了两个级别。

我摸摸索索掏出卡片机,用夜景模式拍下几张不算太清晰的照片,又拉长相机的焦距,试图看清他的长相。然而一头凌乱的长发,遮住了他的面孔,连眼睛都看不清。

他越走越近,一边迈步还一边缓缓四下张望着,很快就来到了水塔底部。

此时我已经无法看到他的身形,只能凭借"咯噔咯噔"的金属撞击声,猜到他正沿着钢筋梯级向水塔顶部爬上来。我强压住内心的惊恐,把身体尽量贴近水泥地面,手里紧紧攥着那根甩棍。

攀爬的声音离我越来越近。只听见重重的"啪嗒"一声，终于，那个怪物也爬到了平台上。

而且，就在我身处的圆柱形水泥墩底下。我已经隐约可以闻见他身上散发出的，类似野兽一般的恶臭气息。

我的心悬到了嗓子眼，浑身忍不住地打颤，汗水早已浸湿了衣服，但是又得控制住身体不能发出任何动静，连大气都不敢出一口。此刻的我仿佛是一头羚羊，在狮子散发的血腥吐息中瑟瑟发抖。

我甚至感受到了那天夜里妹妹所面临的极度恐惧，那种立于死亡阴影之中，无助的恐惧。我想复仇，想用甩棍愤怒地抽向那颗披头散发的脑袋，但却敌不过本能的战栗，只能缩成一团一动不动。

所幸，那个怪物并未发现我，此刻他的脚步声消失了，也许正在平台上观察地面的情况。不一会儿，他喉咙深处不住地发出"嚯嚯嚯"的诡异声音，像是在笑，又像是在哭，回荡在这无人的平台上，令人毛骨悚然。

时间一分一秒地过去，那怪物并没有太大动静。我略微松了口气，小心翼翼地探起头，向发出怪声的地方望去……

那巨大的身躯就在我的下方，此刻侧面朝着我，硕大的头颅一动不动地望着下面。蓬乱披下的长发底下，是一张已不能用丑陋来形容的侧脸，短小的鼻子，高高隆起的上颌，肥大的下巴，几颗牙齿从翕动的厚嘴唇里伸了出来，粗大的喉结一动一动地发出那"嚯嚯"的怪声。

见他站在平台的边缘纹丝不动，复仇的念头又一次涌上了我的脑海：轻轻跳下去，趁他不备，猛地把他推下平台……

但就在我犹豫不定的时候，一阵尖锐的电子音从我的裤袋处传来——那是手机电池耗尽，自动关机的提示音。

可恨！我明明早就设置好了静音，为什么关机居然会有声音？

这自动关机的电子音虽然不大，甚至可说很轻微，但却如同一声惊雷般炸响在了水塔平台上，那个怪物猛然扭头望向我这边……

[第五章]

PART 5

白烨之章（三）

子夜时分的阳光山庄，整个居民区内寂静无声。

一座高耸的水塔不合时宜地矗立在一排排老式楼房旁。水塔的柱体部分呈现出黯淡的浅蓝色，已分辨不出这是最初的颜色，还是随着岁月流逝慢慢褪去而形成的色彩。水塔的上端像一个摇摇欲坠的飞碟停在柱体顶部。而这个飞碟的最顶上，蹲着一个人。

借着灯光，可以隐约看出，那是个年纪不大，身材中等，外表清秀的男人。他手里举着台小巧的相机，似乎在对着水塔下拍照。顺着他拍摄的方向看去，是一个大块头的家伙，身材巨大，手臂粗壮，但动作却略显笨重。

那大块头走到了水塔底端，便毫不犹豫地开始向上攀爬。那些钢筋铸就的阶梯在他的庞大的躯体重压之下，都似乎有些变形。不一会儿，大块头娴熟地登上了水塔的顶端，从攀登的过程来看，这个举动他已经进行过不少次了。

而之前的那个年轻人，则机敏地躲在水塔顶的储水柜上。从神态就可以看出，他非常地紧张和恐惧。但他并未轻举妄动，直到大块头定格在水塔边缘，一动不动地俯瞰下方，他才从水柜的边缘偷偷探出头观察动静。

就在此时，不知发生了什么情况，那个大块头好像突然察觉了年轻人的存在，猛地转头，并发现了藏在储水柜上的他！

但令人跌破眼镜的是，那个大块头非但没有冲上去攻击，反而吓了一大跳一般，连滚带爬地退回钢筋阶梯上往下逃……

这一幕大大出乎我的意料，急忙从瞄准镜后移开视线，放下了手中的麻醉枪。口袋里的对讲机也响了，传来小刘的声音："呼叫白队，呼叫白队！目标脱离既定位置，请求指示！"

我回应道："胡头，小刘，在水塔底部拦截目标。陈波候补，若目标脱逃，立刻进行缉拿！"言毕，我赶紧从所在住宅楼的顶楼，向楼下狂奔。

时间倒回到当日下午两点，我接到季风的一个电话，告知我发现了嫌疑人的踪迹，还有其很可能出没的地点——阳光山庄内的水塔。

他自告奋勇且乐意配合我们进行一次围捕计划：由他作为诱饵先行埋伏在水塔上，伺机吸引大块头的注意力。而我隐蔽在水塔对面的公寓顶楼准备麻醉射击。此处地势开阔，视野良好，目标也在麻醉枪射程以内，我自信必定能一击而中的。

为了保证季风的安全，我同时布置了后备方案，安排胡卫军和刘治良藏身于水塔底部附近，随时可以攀爬上去支援。可嫌疑人竟然二话不说就开溜了，这确实是我意料之外的。然而这样也好，确保了季风不会受到伤害。

我奔到楼底时，远远望见那大块头左脚刚刚踏上地面，右手还抓在钢筋上。

在旁守候的胡卫军一个箭步上前，将手铐铐在了那家伙粗壮的左手腕上，又施展擒拿关节，将他的右手反剪，"咔"的一声，把他的两个手腕铐在了一起。这几下如同兔起鹘落，快如闪电，大块头完全没反应过来就束手就擒了。但他面露凶光，"嗷嗷"狂叫了几声，奋力试图挣脱。

刘治良大喝了一声："我们是警察！老实点！"紧接着朝他膝盖上补上一记鞭腿，大块头立时跪在了地上，丧失了反抗能力。胡卫军和陈波一人擒住一个胳臂，把他架在了中间。大块头力气虽然巨大，但手被铐着也使不出力。

此时我也赶到了跟前，笑着拍了拍胡卫军的肩膀说："胡头还是那么麻利啊。"胡卫军是曾经的市散打亚军，现在虽已不再年轻，格斗能力依然出众。

"底子还在，这家伙力气非常大，必须得身手够快才能制伏。哈哈。"胡头哈哈一笑。

"小刘也还是那么英勇。果然'明山小赵云'的称号不是白叫的。"

"白队,你又拿我开涮,还有季大夫,看不出,你胆子真够大的。"刘治良朝刚刚从水塔上下来,正气喘吁吁的季风竖起大拇指。

"还、还好啦,但……真、真的很紧张。"惊魂未定的季风大口喘着气。

"这家伙刚刚怎么突然发现你的?真是吓了我一跳啊,刚要准备瞄准射击呢。"我好奇地问。

"唉,手机自动关机的声音给他听见了。"

"哈哈,没想到是这样。这家伙见着你,居然撒腿就逃,这算哪出啊。"小刘嬉皮笑脸地说。

"这……我也没料到。可能是他完全没想过这水塔上还会有其他人吧。"季风抹了抹汗。

"嗯,也许是受惊之下,本能的反应也说不定。嘿,问你呢。"我扫了一眼那大块头,他垂着头一声不吭。

我们几人一边聊着,一边押送着大块头来到停放警车的路边。

我紧紧握了握季风的手,说道:"季大夫,时间也很晚了。这么着,你先回去休息吧。今天能抓住这家伙,真是多亏你的帮助。多谢了!接下来,我们会着手对他的审讯,有情况再通知你吧。"

"白队您客气啦。那好,我便先回去了。有什么需要,尽管吩咐我好了。"季风礼貌地回应。

辞别了季风,我们一行人小心押送着那大块头上了警车。考虑到对方的身材,连警车我们都特地选了辆依维柯型号的。

那大块头此时坐在警车里,已经气势全无,佝偻着背缩在座位上,一双眼睛呆滞地望着车窗外,嘴里喃喃地不知在说些什么。

次日上午，明山区公安分局审讯室内。我亲自对嫌疑人毛国柱进行审讯。

毛国柱便是那个大块头的本名了。经过调查，毛国柱今年二十四岁，父亲毛海龙曾因斗殴伤人罪判刑五年，出狱后下落不明。毛国柱一直和母亲贾桂花相依为命，且自幼便有些孤僻，智力发育上似乎也有点迟缓。

根据鉴定技术员出具的指纹和DNA图谱比对报告，他就是当晚强暴和残害了季琳的当事人，陈波从地下车库提取的出入足迹也证实了这一点。不过值得注意的是，毛国柱此前并没有类似前科。

审讯室内的毛国柱看上去精神萎靡，目光涣散。满头的乱发被剃成板寸后，看上去显得正常许多。他后脑部位有一些青紫的淤血和伤痕，也许是惹是生非留下的。那身又臭又脏的衣服早已换去，但即便是最大号的黄马甲，穿在他身上都被撑得紧绷绷的。

"毛国柱，交代下你案发当晚的行动吧。"我开门见山地说。

毛国柱神色茫然地看了看自己的双手，粗大的鼻孔抽动着，嘴角像是欲言又止似的一开一合。过了良久，才仿佛醒悟过来一般，吐出几个字："晚上、瞎转悠……"他的声音低沉得像远古的号角，几乎是从喉头里滚出来的，不仔细听完全不知道说的是什么。

"你是不是每天夜里都喜欢出来瞎转悠？"

"噢……"

"是，还是不是？别给我含糊其词！"我语气很严厉。

"是噢……"他浑浊的双眼一直盯着手上的镣铐，不愿与我对视。

"你一般都从几点转悠到几点？"

"不知道。鸟叫了……我走回去。"他慢吞吞地说道。

见他的语言表达能力如此低下，我决定换个方式审问。我翻开资料夹，取出一张季琳的六寸照片摆放在审讯桌上。

"你看一看，这个人你认识么？"我手指照片，盯住毛国柱的双眼问道。

"恶女人！恶女人……贱人！"他只扫了眼那张照片，便大吼了起来，声音如同拉动着风箱般刺耳。

这个反应有些让我吃惊，于是急忙问道："怎么了？你为什么说她是恶女人？她恶在哪？"

"狐狸精……骚货……不、不检点……勾引男、男人……小三！"原本痴痴傻傻，话都说不清楚的毛国柱，此时居然接连蹦出一堆咒骂的语汇来。

这一点十分反常。根据我从季风那了解到的情况，受害者季琳的感情生活可谓是白纸一张，从未亲密接触过任何异性。

难道其中有什么隐情不成？

"那她曾经勾引过你么？用了什么样的方式？"我得承认，这令我感到十分好奇。

"没噢。不想说了……不说了。"毛国柱又低下他那颗硕大的脑袋。接下来，无论我怎么询问相关的问题，他都缄默不语。

"那么交代下你当夜是如何作案的吧。都发生了什么，说具体点。"没办法，只能转换到其他的问题上。

"就等她过来……埋伏她……"他终于开口了。

"你之前就知道她会从这里经过？你怎么知道的？"这个答案已经很明了了。

"塔上看……都能看到。"

"你是怎么越过小区围墙的，上面那么多玻璃渣。"

"啪啪几下就没了……按住棉袄……"他笨拙地做出一个拍打的动作。果然他清理过玻璃，还知道用棉袄垫着，这么看来，他倒比想象中聪明。

"然后，你就对她施暴了，并且杀死了她？"我质问道。

"杀了她……对！我用电线勒死她……这恶女人……"毛国柱咬牙

切齿地说道,紧接着他猛然站起身,大声吼叫起来,"杀了她!杀了她!我杀了她!"他的目光变得极为凶狠,额角青筋暴起,庞大的身躯不住颤抖,两只大手还不停地挥舞着手铐。

这举止令人猝不及防,我急忙起身制止了他,并继续问道:"是在什么地方动的手?"

"黑洞洞的地方……拖进去下面……再杀人!"毛国柱越激动,越是语无伦次。我只能猜测他指的是地下车库。

"所以,你在车库角落的墙壁上留下了掌印?"

他转而痴痴傻傻地看着我,张大的嘴发出"嗬嗬"的憨笑,对我的提问完全置若罔闻。

"那你把人拖进地下车库施暴后,接下来呢?"

"黑漆漆的……什么都看不到了……"

"她被你弄昏了,还是被你勒死了?"

"没气……看不见……没声音……"从尸检报告来看,确实是当时电线的缠绕导致了季琳的窒息死亡。

"然后你就把尸体藏在垃圾处理场?"

"没、没噢……不知道……"

"你再说一遍,是不是你把尸体藏在垃圾处理场的?"如果不是毛国柱亲手进行的抛尸处理,案件将走向完全不同的方向。

"是……是噢……埋起来……垃圾堆……"毛国柱咕哝道。

对毛国柱的审问艰难无比,他的言语破碎而凌乱,而且时常会走神,沉默不语,甚至是拒绝回答问题。两个多小时的审问,得到的信息量真是少得可怜。然而,至少证实了毛国柱的确就是实施强暴杀人的罪犯。

但是他行凶的动机却存在种种疑点,为什么他会那样辱骂受害者,并且又不愿意回答相关的问题呢?这里面一定隐藏着些什么不可告人的秘密。

为了能够更清楚地了解情况，我安排了毛国柱的母亲贾桂花接受调查。

贾桂花今年四十五岁，身形较肥胖。她走进审讯室时神情自若，眉毛耷拉着，眯缝的双眼四下打量房间里的一切。

我坐直身体，伸手捋了捋头发，清了清嗓子，开始了对她的询问。

"贾桂花，交代下你家中的情况。"我手拿着笔，直视着她。

"我家就我跟毛国柱两个。他是个丧门星，打生下来就没好事。害他爹给抓了，放出来又跑了，丢下我们娘儿俩。毛国柱从小就笨，笨病治不好。"贾桂花小声地说。

"材料里提到毛国柱还患有精神问题，有这回事不？"我作势翻了翻手里的文件。

"是、是的。一上来我也搞不清他是咋的。反正就不正常呗，说话嘛也说不清楚，字嘛也不会写。打小就常常蛮不讲理，为点小事儿就冲人发脾气。"

"有暴力倾向吗？动手打过人没有？"

"打过。小时候经常打架。但他一跟人动手，我就教训他，拿竹条抽他。他块儿大，我怕他欺负人嘛。"她做了一个抽打的手势，目光深处忽地透出一股狠劲。

"教育子女，怎么能光靠以暴制暴呢？"我摇了摇头，"他成年后，病情发展得如何？"

"唉，就一直那老样子呗。老会自个嘀嘀地笑，有时还盯住你看，看得人瘆得慌。夜里常常出门到处溜达。"贾桂花嘴角抽了几下。

"对。这个情况我们也有所了解。他外出的次数多么？"

"打小就老夜里往外跑，都被我拽回来。长大后跑得更勤了，有时候连着一个礼拜每晚都跑出去。"

"这样？他夜里出门都干了些什么？"我翘起二郎腿，双手交叉在胸前,又拿起桌上的茶杯喝了口。

"不晓得他做什么,也没听说他干了啥坏事啊。就怪他长得太凶,夜里溜达会吓着人。开始我也不是没想过招儿,把他锁屋里头。他就半夜拼命砸门,门哪经得住他砸,两下就坏了。他还大吼大叫的。打他也没用,只能随他去了。再后来我也懒得管了。"贾桂花两手一摊,一副无可奈何的表情。

"你们就没想过找医生给他治疗治疗?作为他的监护人,你就放任他这样,像话吗?"

"找、找是找过啊。一直有心理医生给他辅导,可效果不大啊……再加上他脾气不好,医生给他说什么都没反应。"

"根据案情分析,你儿子极有可能犯下了强奸杀人案,对此,你怎么想?"

"警察同志,要我说,把他父子俩都抓起来枪毙了最好。落得清净。"她抖了抖腿,语气中竟好似带着几分挖苦。

"你这是人话么?况且,毛国柱此前从未有过此类案底,你作为他的母亲,不觉得事有蹊跷?"

"唉,一个人干出什么事儿,谁能知道啊?虽然国柱以前也就弄死啥鸡啊狗的,但要是哪天谁告诉我他杀了人,我能不信吗?我还是得信啊。"贾桂花眯缝的眼睛流露出一丝无奈。

这老妇虽然一副无赖相,但望着她满是皱纹的脸,我也难免生出几分恻隐之心。我又翻了翻她的资料,决定再打听一下她的丈夫。

"你说过毛海龙坐过牢,后来出狱了,便从此下落不明,有这回事?"

"没错,那个负心汉啊!他跟个贼婆娘跑了!看着人家年轻漂亮,出狱就直接跟人家跑了。"她又眼露凶光。

"等等。你说你丈夫和别人好上了,就弃你们母子不顾了是么?这件事你再详细说一说。"

"好……我说，我说。那女的是毛海龙厂里新来的女工，叫王丽娟。长得那叫一个骚呀，毛海龙见了就跟没魂儿似的。后来，就为了这骚货同人打架，人打残了，自己也给抓了。没想到哇，那色鬼在牢里还死性不改，照旧想着法子跟这婆娘藕断丝连。结果一放出来，两人就跑得无影无踪了。"

我沉默了好一会儿，将这母子二人的口供互相对应。过了半晌，我取出那张季琳的照片，放在审判桌上："你看一下这个人，你认识么？"

贾桂花仔细端详了一会那张照片，说道："不认识……从来没见过。"

"是么？你再仔细看看，或者说，是不是长得像什么人？"我注视着贾桂花的双眼问道。

"还是不认识……也不认识谁像她。"她又看了看，然后摇了摇头，十分肯定地说。

闻言，我倍感意外。只得站起身，走出审讯室。径直到陈波的办公桌前："陈波，帮我查个人，叫王丽娟，是曙光纺织厂的女工，年龄在四十岁到五十岁之间，一九八三年和毛海龙一起失去音讯。另外，毛海龙的下落找到了吗？"

"报告白队，依然在努力调查中。但因为年代久远，之前的档案缺损比较多，寻找起来有一定困难。"陈波回答道。

"嗯，抓紧时间调查一下，目前此案基本没有太大疑点，我估计很快就会结案了。"

离开陈波的办公室，我走到洗手间里，探下身子，扭开自来水龙头，接起冷冽的水流往脸上泼去。

这一切，会不会只是个很普通的强奸杀人案而已？

所谓的动机，对于一个精神存在问题的人来说真的有那么重要吗？

案件中和审讯时的疑点，是否只是我庸人自扰？若按照经验来看，这种案例实在不算少见,全国范围同类型的案件里,存在隐情的例子寥寥无几。

我不停地反问自己。不断冒出的疑问又开始在脑中蹦跶不休。最后,我只好直起身,掏出手帕擦了擦脸。镜框中的自己,黑眼圈又加深了。

哎,无论如何,还是先继续完成调查再说。

回到审讯室里,贾桂花好像已等得坐不住了:"警察同志,还有什么问题吗?毛国柱虽是我儿子,但一码归一码,他的事情和我无关啊。你们要抓他,要判他,就去判好了,我决不会包庇。"

我冷笑了下,随即收起笑容,逼视着她的眼睛:"作为毛国柱的监护人,你有义务对其进行教育和监督。更何况,你是他的母亲,怎能对子女这么不负责任?"

"这、这……他这不是不服管教吗?心理医生都治不好他,别提我这没文化的老太婆了。"

"嗯,他不怕你。那他会害怕什么人吗?还有,他有没有特别厌恶的人?"

"没有……没有的,他天不怕地不怕,"她叹了口气,"警、警察同志你刚还问啥来着?喔,厌恶啊。他好像挺烦他大舅的,因为除了我,也就他大舅会管他几句。"

"他大舅?是叫什么名字,做什么的?"

"叫贾和顺。做啥的……这个能不说吗?"

我瞪了她一眼,冷笑道:"你最好还是说出来,反正,不说我们也能查得到。"

"他是个开黑车的。这年头不就是为了挣几个钱嘛……唉,他那傻外甥的心理咨询费还得靠他攒出来。"

"这还真是个好舅舅啊,"我一边在纸上做笔录,一边继续问道,"好吧,交待下案发当晚,你在做什么?"

"我……我在家睡觉啊，反正国柱后半夜就会回来的。"

"在家睡觉？那你儿子回来后，行为举止有异常吗？毕竟，他可是夜里杀了人回来的。"

"我记不清了……好像跟以往差不多吧，倒头就睡。他那天睡得很沉，到天黑才起来。其他就没别的了。"

"后面几天夜里，他又一如既往地出去转悠？"

"是吧？说实话我也不知道。我反正早早就睡了，他什么时候出去，什么时候回来，出不出去，我也管不着啊。"

"就是你这样的教育，才会闹出大事，"我没好气地斥责道，"对自己的亲儿子都能这样放任。他之前有对异性做出过什么不端的举止吗？"

"啥、啥叫不端啊？哦，耍流氓啊……这个有过，要抱人家，摸人家什么的，这我可是见一次打一次的，可他屡教不改，唉。"

"他有没有什么朋友或熟人？"

"谁能跟他做朋友啊……没有，他都是自个儿耍。"

我不再发问。靠在椅背上，把记下的那些笔录又从头浏览了一遍。然后仰起头，闭上眼睛，把已知的信息联系起来，像放幻灯片一样过了一遍。

过了良久，我睁开眼睛："最后一个问题。请你务必仔细作答。听好了，明白吗？作为他的母亲，你觉得如果真的是他作案，动机会是什么？"

说完，我双眼凝视着贾桂花。

贾桂花呆了半晌，嘴角不断颤动，嗫嚅地说道："哎……警官同志，我看出你是个好人……咱说老实话吧。我、我真的觉得……我儿子他不会杀人……"两行浑浊的老泪从她的眼角滑了出来。

[第六章]

PART 6

季风之章（三）

早晨的日光从明亮的玻璃窗射入房间，照得四处明晃晃的。

我坐在餐桌前，喝了一口豆浆，翻阅起手边的《朝闻快报》。报纸上已经没有任何关于妹妹遇害事件的报道了，只剩下各式娱乐圈花边新闻和社会琐事充斥着版面。

的确，距离那个悲惨的夜晚，已经过去了近一个月，那一页早已在世间被匆匆翻去。案件早已告破，凶手也顺利抓获，前一阵子整个市里传得沸沸扬扬的"怪物行凶案"，更是随着舆论的报道揭秘，演变成了市民茶余饭后的谈资而已。

亲戚或余悲，他人亦已歌。

这些天来，我退掉了医院宿舍，搬到红叶山麓来照顾父母。又请了相识的心理治疗师给他俩做了心理疏导。亲戚朋友、戴主任、高主编和妹妹的同事们也偶尔会来家中坐坐，陪着我们聊聊天散散心。

父母的心情比之前好了很多，终于能够平静下来。只是母亲还偶尔会夜里做噩梦，大喊着妹妹的名字；父亲还是要靠不停地忙家务使自己转移注意力，不去想那些悲伤的事情。

纵然妹妹离去了，但生活还是要继续，我总是这样安慰父母和自己。

然而我内心深处，依然存有丝丝疑问。

几天来，我把那份完整的案件记录，仔仔细细，一字不漏，一遍遍反复地看。然而，无论证词、作案痕迹、特征比对，还是法医伤口鉴定，所有的一切都证实了，那个毛国柱就是板上钉钉的案犯。

又或许，我只是不甘心妹妹便这样逝去罢了。

合上报纸后，我打算出门散散心。刚要拿手机时，忽然发现屏幕上有一条新的短信息。

"红叶街蓝岛咖啡二楼靠窗，不见不散。"

号码是完全陌生的。这会是谁？

我立刻回复道:"好的,请稍等。"并迅速穿戴完毕,怀着满心的好奇,一路小跑径直奔向一街之隔的蓝岛咖啡。

蓝岛咖啡是本市一家新成立不久的连锁咖啡店,凭借清晰的定位在本市咖啡馆中名列前茅,连这郊区也开了分店。

我走进大门,只见咖啡店的装饰风格非常欧化,墙壁上挂着风景油画,桌椅、门窗及装饰都是蓝白相间的地中海风格,显得非常小资。因为是早上,整个店里空无一人。我沿着台阶来到二楼窗边,只见一排排马蹄状的蓝色窗户下,并无任何人影。我急忙走过去,一排一排地搜寻,仍然无果。

难道人家已经等不及先走了?或是有人故意耍我?被愚弄的感觉油然而生。

我正要取出手机,按那个号码拨回去,有人轻轻拍了一下我的后背。我回头一看,一个大眼睛的女孩子悄然站在我的身后,狡黠地笑着,右手还没有来得及缩回去。

"不好意思啦,我只是想躲在角落里偷偷观察一下你而已。"她手扬了扬,指向不远处一个欧式木制橱柜,显然她方才便藏身在那后面。

我看了看她,一时间不知说什么好。这是个非常年轻的清秀女孩,看上去学生气挺重,扎着明快的马尾,身材匀称,穿着印有卡通头像的粉色文化衫。

"来坐吧,我订了位,真的是在窗边哦。"她轻轻地拉了把我的手肘,然后在窗边一个座位上坐下了。

我在她对面的座位坐下,双手放在腿上,问道:"那么,是你给我发了短信,约我在这里见面的咯?你是怎么得到手机号码的?"

"不是我还有谁嘛。哈哈。你忘记了吗?贴在各个单元楼下的字条?"女孩的笑声很清脆。

我回忆起来,案发后,确实在红叶山麓小区每个单元,都张贴了记录了季琳遇害案件，且印有"如有线索，必予重谢"字样的字条，末尾还附上了自己的手机号。看来，这个女孩也是小区的住户了。然而，我并不记得当初挨家挨户跑时，遇见过她。

"你那时，是不是还到我家来打听过？嘿嘿。只不过，是爸妈接待的你，我在房间里偷偷看漫画呢。但是，作为一个有警察潜质的少女，又如何能错过任何细节？我当时就趴在房门上偷听，你们说的，我全听到咯。"女孩卷起右手掌，摆出一个喇叭的形状放在耳朵上。

"这样吗？那你肯定晓得，我是为了打听事发当夜的线索而来的。只不过，现在案件都已经解决了……"我顿了一顿，视线转向窗外。

"那可不一定……"女孩伸长了脖子，凑过来小声地说道。

她刚要继续说，咖啡店的服务生来到桌边："请问，两位需要点什么饮品？本店新推出的爱琴海咖啡，口感醇厚……"

"我要一杯焦糖玛奇朵，给这位先生来一杯清咖啡。"女孩自作主张地帮我点好，好在我的的确确最爱清咖啡。

"你不介意吧，为了不耽误正事儿嘛不是？就不要在点单上浪费时间啦。"服务生走后，女孩一本正经地说。

"没关系。你接着说吧。"我笑了笑。

"呐，首先呢，自我介绍下，我叫颜泓。五颜六色的颜，一泓清泉的泓。再过一阵子，我就是宁滨理工大学的大一学生了。看不出来吧，我还是个理科生哦。"她大方地伸出手来。

宁滨理工大学是我市一所很不错的大学，校园颇为秀丽，离这里也很近。

"你好，我叫季风。是第一医院脑外科的医生。"我轻轻握了下她的手，冰冰凉凉的。

"其实呢，我先要给你道个歉。本来我很早就想约你出来，告诉你一些事情的。但是呢，当我听说了整个事件的来龙去脉后，心里很害怕……那个凶手实在太吓人了,我、我就没敢来……"

"能理解。凶手作案对象就是年轻女性,你感到恐惧,自然无可厚非。"

"当我看到新闻里,凶手被抓获后,一颗心总算放下来了。但怎么说呢,到底还是觉得有点不正常呢。作为一个喜欢本格推理的美少女,我不能错过任何异常。"女孩嘻嘻笑着。

"嗯,你说说看吧。发现了什么异常?"老实说,我甚至有点后悔赴约而来了。

"事情要从那天夜里说起了。嗯,就是案发那天,你懂的。虽然时间已经蛮晚了,我却没有睡觉。你知道的,我呢,刚高考结束,正是最轻松的一个暑假,怎么能浪费大好时光。我靠在床上看漫画,看的是啥来着?怪盗基德?金田一?总之不重要啦,我正看得入神呢,就听见窗外隐隐约约传来嘶吼声……"她话说一半,捧起服务生刚刚递来的咖啡,放在嘴边呷了一口,一双大眼睛从杯缘偷瞄向我,滴溜溜地转。

我也只好端起咖啡,喝了一口,掩饰我的些许不悦之情。

所幸颜泓并没有再次吊我胃口,继续说道:"我立刻蹿下床,来到窗边,仔细听那声音。我可以确定,那是从我家楼下的地下车库传来的。忘了说,我家住七单元。那声音只是持续了几声,但是我还是可以分辨出来,他喊的是……"她努力凑到我耳边,"杀了你!要杀了你!"然后她做出一脸惊恐的表情,瞪大眼睛看着我。

这应该是毛国柱作案时狂性大发而发出的喊叫,我已从白烨的记录里获悉了。

我点了点头:"谢谢你提供了这条线索。"

"哎……别急啊,这还不是重点,"颜泓敏锐地察觉出了我要离开的企图,继续说道,"然后我就听见了很轻微的一声,像是汽车引擎的声音,紧接着又传来类似撞击的响声。都是从那个车库深处传来的,不仔细听根本发现不了。关键是，那个响声过后，之前的吼声立刻就没了。"

这的确是此前完全不知道的新线索，我的眼前顿时一亮。

颜泓则抱起手臂，露出一副"怎样，知道我的厉害了吧"的神情。

我不由得又仔细打量起她：闪烁灵动的大眼睛，精致小巧的鼻子，薄薄的嘴唇微微噘起，相貌可人。她得意的嘴角暗藏着一丝笑容，仿佛在说：哼哼，你若以为这便是全部，那可就大错特错了。

果然，她又忍不住接着说道："之后一切又归于平静，好像什么都没发生过。不过，如果我此时躺回去继续看漫画，那我注定也只是一个平庸的女孩了。我便那么着一直守住窗口，聚精会神。大概十分钟后，远远一个人影，打着手电走了过来。这下我劲头来了，可细细一瞧，什么嘛，只不过是看门的张老汉。可是呢，见他打着手电进了地下车库，我想，一定会发现什么了。谁想到，过了几分钟，他就出来了，一副什么都没发觉的样子。"

颜泓又喝了口咖啡，扬手指了指桌上的清咖啡，示意我也喝一点，不要光是入神地听她说。

"这难道不值得奇怪吗？明明那些喊叫声啊，撞击声啊，就来自地下车库！为什么张老汉居然什么都没发现呢？他出来后，又继续去巡逻别的地方了。大约十分钟后，就看见一辆车从地下车库开出来了……"

我大惊失色，立刻打断她说："是不是一辆桑塔纳，暗红色的？只有右边一个车前灯亮？"

颜泓歪了歪脑袋："没错，你也知道啊？是辆红普桑啊，烂大街的那种。至于车灯呢，我就不知道了，因为啊，那辆车根本就没开车灯。"

"车灯的事暂且不论，后来呢？"我着急地问道。

"张老汉一走远，那辆车就跟着开出去了，开得很慢，可能是怕发出太大动静吧。总之呢，即便是一辆车，我也能察觉得到它鬼鬼祟祟的。"

"那它开去哪儿了？"

"从我的窗户看，它是往大门开去的，我只能确定到这里，它消失在视线中……"颜泓又捧起咖啡，拨了拨精致的小勺。

她呷了口咖啡，接着说道："可是呢，从我家卫生间里，是可以看到小区正门的哦。我蹑手蹑脚来到卫生间窗户前，那辆车刚好开过来，停在门边上。从驾驶座位置下来一个人，轻轻地把大门打开，然后上车开出门去，又跳下来，把大门轻轻关上。然后开着车就往红叶街东边去了。呐，就是往山里去的方向，那可是条死路哦。"

真是敏锐的观察力，我暗暗赞叹。又接着发问："那人是男是女呢？身材如何？有什么特征吗？"

"恕我直言，卫生间的窗户配有纱窗，积了厚厚的灰，隔得又远，实在看不清啊，抱歉。若说什么是确定无疑的话，只能说，那个人绝非那个巨汉凶手。况且，那个家伙应该也不会开车啊，不是么？"颜泓两手一摊。

颜泓说的没错，红叶街继续向东深入，就是进红叶山的小路了，车开不进。那么这辆神秘的桑塔纳向那个方向开，意欲何为呢？会是半路掉头，还是开往那片棚户区？

我把问题交给颜泓："那后来呢，当天夜里，你有没有再见到那车出现在红叶街上？"

"后来，我在卫生间里又站了快十分钟，没任何动静。这时门外传来一声大吼：'死丫头，还不睡觉！偷偷摸摸在厕所里干啥？'我就被老妈吼回房间乖乖睡了。"颜泓吐了吐舌头。

"呵，也是，哪有女孩子这么晚不休息的嘛。"我被她绘声绘色的讲述给逗乐了。

愉悦的感觉一闪即逝，我捧起咖啡，一饮而尽，体会着那浓郁的苦涩，低头陷入了沉思。

颜泓提供的信息无疑是非常重要的，此前罗师傅也证实过，当晚有辆红色桑塔纳出现在路上。这辆车几乎在案发同一时间,从犯罪现场的地下车库开出。实在值得怀疑。

驾车的司机,会不会就是案件的目击者呢?甚至,他会不会是案件的同谋?

"怎样?你一定觉得我提供的线索很重要对不对?嘿嘿。对了,我告诉你这些,可是有代价的哦。"颜泓又露出神气活现的表情看着我。

"嗯,什么代价啊?"难道是要经济支援,去买衣服包包?我暗自猜测。

"很简单。我要作为你的助手,和你一起调查。反正我现在放假有空,九月才去报到呢。"颜泓比画了一个"V"字。

换作是往常,我定然想都不用想便一口回绝了,但现在消沉愁苦的我,倒觉得身边带着这样一个话痨活宝,也未尝不是件好事。况且,虽有些古灵精怪,但她的观察力和思维能力,着实不是个普普通通的女孩子。

"那好,你要注意安全。还有,不要惹事。"我点点头。

"这么快就答应啦?真是直接爽快!我就知道季风你不是那种假意推托、欲拒还迎的货色。"她说话远比我直接爽快百倍。

我俩围绕着案件讨论了一番,觉得张老汉的巡逻过程大大可疑。便决定从他那入手,再去盘问一番。

张老汉坐在办公桌后看报,见我俩进来,余光从报纸的边缘扫了我们一眼,又假装若无其事地继续看。

"张师傅您好,又打扰了。可我还有几个问题,想再跟您求证一下,是关于我妹妹的。"我说道。

"什么啊?她那案子不是结案了嘛。我跟你说,我真没见过那疯子,别来问我了。"张老汉一脸不满。

"是这样,我又了解到一些案发当日的情况。希望,能从您这儿得到答复。"我注视着他,语气坚定。

"说吧说吧。"张老汉把报纸往桌上一扔,没好气地说道。

"据我所知,那天夜里您在听见声音后,去地下车库巡逻了一番,请问有没发现什么异样?"

"我说你这人,上次不是告诉你了嘛,什么都没发生!"

"真的吗?可是我了解到,在那喊声后,那车库里还响起过撞击声和汽车引擎声。"我朝颜泓看了一眼,她朝我点点头。

张老汉瞄了一眼颜泓,说道:"我没听清有什么声音。我进了车库,手电里里外外扫了一遍。里头啥人也没啊,我这可都跟警察交代过的。"

"那里面,停了辆暗红色的桑塔纳没?"我问道。

"靠墙那一溜儿停了五六辆小车呢,我哪能看那么仔细啊?我不是跟你说了嘛,平时进出小区,我都是盯着人,不会盯着车的。再说了,开车的都是有钱人,谁会来这偷盗拐骗啊。"

"这话也太绝对了吧,"颜泓在一边小声嘀咕着,"还门卫呢,一点儿防范责任感都没。"

还好张老汉没听清,继续说道:"而且我从车库出来,特意又绕了一大圈,手电在各处角落都照过了,根本没啥动静啊!"

"那车库地面上,有什么撞击的痕迹或残留物吗?破碎的塑料或玻璃之类。"

"没留神。那底下黑咕隆咚,你又不是不晓得。"

张老汉恶劣的工作态度令我十分恼火,但为了探查清楚,我只能强压住火气。

"您在巡逻的间隙中,有没有车辆从大门出入?"我问道。

"没,没有啊……"

"哦?为什么我听说有辆车,在你巡逻的当口,从大门开出去过?"我追问道。

"我记不清了，这都过去一个月了。你早点来问没准我还有印象……"

张老汉话没说完，颜泓走上前去插口道："张师傅，你要再不说老实话，我就把你和黄大妈一起去跳广场舞的事告诉韩大妈去。"

张老汉闻言立时急了，说道："小姑娘，你可别胡扯啊，"随后压低声音道，"我偷偷跟你们说吧，平时夜里我会关上大门，但不会落锁。毕竟这夜里保不齐还有车辆进出嘛……开锁落锁的，多麻烦。我去巡逻那会儿，好像是隐约听见有发动机响，但我也不晓得是小区里的，还是外头路上的啊。但我回来发现，大门好像真的被动过手脚。"

颜泓得意地笑了一下，说道："呐，什么手脚呢？"

"我关大门，那插销都只插一半。要插到底，得费力气，里面都锈住了……"

颜泓小声插口道："真会偷懒。"

张老汉白了她一眼，继续说道："我巡逻回来，寻思是不是真有车辆进出过。就发现那个插销……给插到底了……"

这么重要的信息，张老汉居然因为害怕失职而瞒报。看样子，得去物业公司举报了。如此一来，便证实了颜泓所说的，确实有辆桑塔纳从大门偷偷溜了出去。

我向张老汉要来了居民车辆登记表，在里面仔细查看有没有一辆暗红色的桑塔纳。很快，我便发现本小区总共登记有四辆桑塔纳轿车，而注明为红色的只有一辆。车主刚好是颜泓的邻居，一位年轻女白领。

"那一辆根本就不是暗红色，而是大红色哦。况且那段时间，人家一直停在单元楼下，没进过车库。"颜泓说道。

"那也就是说，这辆暗红色桑塔纳，是一辆外来车辆。"我转头看向张老汉。

他赶紧摇摇手："你俩甭看我了。这我可真不记得了，啥时候有这么辆车开进来,一点儿都不记得了。"

"没准就是你跟韩大妈聊得正欢的时候。"颜泓撇撇嘴说道。

离开门卫室,我和颜泓在小区内的长廊下坐下,研究下一步的计划。

烈日从长廊的缝隙中射下,在拼花的地砖上留下斑马条纹般的阴影来。长廊边的花圃里,鲜花早已败去,只留下虫鸣阵阵的绿草丛。颜泓一手托着腮,一只手在廊柱上比比画画写着什么。

不一会儿,她托着腮,一脸认真地问道:"季风你觉得,这个开车的人,会是同犯吗?"

"从我的推断来看。同犯的概率,应该不大吧。怎么说呢,毕竟毛国柱的母亲作过证,他没任何朋友。况且,以他的状态,也很难跟人交流,更别说共同作案了。"我想到了白烨给我的记录。

"嗯,想想也是哦。说起来,如果是同犯的话,他从头到尾在案件中几乎是没有存在感的。简直就是一个影子嘛。这不合理啊……"颜泓的大眼睛忽闪忽闪的。

她用手指点了点下巴,突然叫出来:"难道说,他的目的便是见证这一犯罪现场吗?"

"不会的,这太荒谬了!而且那样做,不觉得很无耻吗?"想到案件中会有人全程目击妹妹受辱,我便愤怒无比。

"说不定……这辆红普桑和案件并无关系,这种可能性也很大哦。我们不能被推理漫画误导,觉得各种线索,好像都存在内在的联系。没准只是巧合呢。"她的眼神一下子黯淡了下去。

"也对,白烨警官曾经说过,不要疑神疑鬼呢。"我接口道。

"但是,作为一个有警察资质的女孩,是不能放过任何蛛丝马迹的哦。哪怕无关紧要,也要一查到底不是吗?"颜泓握了握拳,眼里恢复了神采。

也许她只是把这当作个探案游戏罢了，我暗自想。不过她认真思索的模样，还是蛮可爱的。

"假定这位桑塔纳司机，是当事人之一。那么在事后，这位老兄要做的第一件事，会是什么呢？"颜泓定定望着我。

"这个嘛……他被路过的出租司机发现了踪迹。所以呢，我想他的当务之急，是去把坏掉的车灯给修好。"

第七章　PART 7

白烨之章（四）

周末夜晚的宁滨市新区，霓虹闪烁，车水马龙。

这里是城市建设的标志性区域。曾经破旧而落后的小县城，如今一跃成为了高楼林立、灯火辉煌的繁华所在。而整个新区最热闹的地段，当属中心大道：各式商城、饭店、影院，乃至夜总会、桌球城、溜冰场一应俱全。每一家都挂着硕大而耀眼的霓虹招牌，仿佛争奇斗艳一般，努力绽放着遮天蔽日般的光芒。

"这样光彩照人的表象里，却隐藏着不可告人的黑暗啊。"我环视着这条风光无限的大道，淡淡地自语道。

在红叶山麓命案告一段落后，我并没有继续之前的休假，而是被借调到了附近的沧湖市，协助侦破一起跨市连环杀人案。经过半个多月的调查取证，如今我负责协助的部分，刚刚算完成，就接到了宁滨市局萧副局长的电话：新区的一家足浴馆发生了一起命案，要求我火速返回负责侦破。

接到通知我立刻驱车返回，两个小时后，便来到案发地的足浴馆，并与前期抵达的侦破小组成员会合。

此刻是一九九八年八月七日周五晚十一时零五分，我正站在中心大道上一家名为"天道堂足艺"的足浴馆正门外。

与周围五彩缤纷的店面相比，关闭了霓虹招牌的这家店显得黯淡无光。而正门则被标有"禁止入内"的明黄色警戒条封锁了，分明昭示着一些黑暗的事情似乎已在此间发生。

足浴馆的正门内，是一个圆形的大厅，内部装潢颇为古朴。大厅四周包裹着水墨风格的壁纸，顶部的吊灯也是仿古的设计，被一圈宫廷画般的茶色灯罩包裹着，映射得整个大厅一片昏黄。迎面是此刻空无一人的前台，前台之后是一道镂空雕花屏风，屏风正中央，有个硕大的"天"字草书，正是"天道堂足艺"的店标。

屏风的背后是一排供客人换鞋的鞋架，上面摆放有男女不同式样的拖鞋，且男式和女式的拖鞋，包括尺码在内都分别是完全相同的。

鞋架旁就是通向后方的走廊了。走廊呈"T"字形，尽头的两端一端通向公共区，一端通向包间区。公共区大约二百平米大小，里面一字排开十五张躺椅，中间以茶几隔开。公共区的尽头有条很短的通道，通向总经理办公室。

而包间区则是共计八个封闭的厢房，沿着走廊一字排开，走廊另一侧分布着男女卫生间、茶水房和淋浴室。

每个包间里都陈设有三张比公共区考究得多的宽大躺椅，两边辅以带浮雕的小桌，正对躺椅的墙壁中央，有一台挂壁式的二十五寸彩电。彩电的一侧是排雕花的衣橱，供客人放置随身衣物。后方的墙壁上，安装有光线昏黄的射灯，使整个厢房内气氛一片昏暗。包间内没有任何窗户，但天花板上配有通气排风装置。每个包间只有一扇厚重的房门，门上没任何窗户或开孔。

命案便发生在包间区中段的五号间。

我走进已完全封锁的房间，正中央的躺椅上，歪歪斜斜地躺着一个男人，光着脚，下身穿着条西装短裤，上身穿着件非常考究的高档衬衫，早已断气。整个包间里弥漫着极为浓重的血腥味。

此时，法医王初胜正在紧张地对死者进行初步尸体检验，市局负责刑侦的专员郎一锋已经在包间内进行脚印提取和作案痕迹勘验。

我四下打量这个包间，除了中间的躺椅外，两侧的躺椅都很平整，没有任何坐卧的痕迹，可见死者很可能是独自一人在包间中享受足疗服务。

躺椅左侧的古雅小桌上放着一个果盘，盘内装有猕猴桃、草莓、西瓜片等水果，并用保鲜膜封好。保鲜膜完好未动，只是上面溅落了零星的血滴。

躺椅边有双塑料拖鞋，鞋面上均有一个"天"字。躺椅的侧前方有只足浴木桶，桶内是混合着花瓣的药液，没有泼洒出的痕迹，可见案发时死者并未在泡脚。这一点，从木桶的方位也可以推断出——并非在躺椅的正前方。

我蹲下身来，伸出手指放进桶内，感受了一下水温，已经很凉了。我掏出手帕，用力擦拭着手指，然后起身看向墙壁上的电视，本地休闲频道播放着无聊的电视购物。靠门边的地上，有条白色浴巾，已是血迹斑斑。浴巾一角上，隐约有"玉衡"字样的商标。

浴巾边上有一团灰不溜秋的衣物。郎一锋戴着手套小心地将那团衣物展开，这是一件式样普通的灰色男士外套，标签上印有扭曲的"金利来"字样。但是无论从质地还是款式，都可以断定，这是一件粗制滥造的假货。

这件地摊上随处可见的山寨外套上，散布着星星点点的溅射状血迹，外套的面料似乎是防水材料，血迹并未渗透到内侧。我推测，这也许是凶手有备而来，专为作案准备的。

在案发现场粗略扫视一圈后，我将注意力尽数集中于死者本身。死者男性，年龄应在四十岁到五十岁之间，身高一米七左右，体形较胖。周身只有右眼处一个显著伤口，看上去像被一击致命。死者略微倾斜地躺在躺椅上，两手臂都自然垂落在躺椅边缘，两腿略微并拢，伸直靠在躺椅另一端。

根据死者的姿态，我大略推测死者在死前，应处于比较舒适的躺卧状态，全然未预料到死亡的到来。在凶手面前，也没有过多的抵抗。

此时王初胜已经完成了初步的尸检，站起身来说道："从初检来看，体表周身只有一处伤口，且是致命伤，为锐器自右眼眶贯穿颅脑，导致死者瞬间死亡。死亡时间今晚九点左右。根据伤口形状，推测锐器前端为锋利锥状，后端为圆柱状，凶器表面不规则。案犯非常毒辣，下手准确而有力，极有可能是个壮年男性。"

我点了点头。这时郎一锋也完成了足迹指纹等物证取样，他语速很快,却异常清晰地说道:"案发现场的包间内部及门口地面上,共留有三个人的足迹,经比对,应为死者、足浴馆女服务员以及凶犯所留下。虽然凶犯和死者都穿着一模一样的拖鞋,但凶犯的脚印显示其步速略快。推测其身高在一米七五以上,体格强健。"

他顿了顿,手指向死者的位置:"凶犯作案目标非常明确,进门后在躺椅左侧短暂逗留后,快速离去。推断其便是在躺椅左侧位置动的手。行凶后,凶犯用浴巾擦拭凶器,随手扔在门边,并脱下身上的血衣,扔在地上后出门而去。现场未留下任何指纹和毛发组织等,可见其具备一定的反侦查能力。"

我望着那具尸体,开口问道:"死者的身份能确定了么?"

郎一锋答道:"死者随身的衣物都放在衣橱里,我检查了他的口袋,只有一台寻呼机、一个皮夹和一串钥匙。皮夹内没有任何名片及身份证件。钥匙中包含一枚奔驰车钥匙。"

"寻呼机上有什么文字内容么?"

"还没有来得及进行查看,寻呼机已放进物证袋了。"郎一锋指向地上的几个塑料袋。

我用镊子将那台寻呼机从袋中小心地取出,这是一台摩托罗拉牌的寻呼机,黑色的外壳,造型小巧,成色非常新。我调取其中的信息,只有唯一的一条,是在九点零七分接收到的。

信息内容十分简单——"将军楼 8806"

放回寻呼机,我不由琢磨起来:将军楼应指的是新区的五星级宾馆——将军楼大酒店。给死者发寻呼信息的人,并未如惯例那样,留下自己的姓名或简称,说明此人和死者关系十分密切。因为寻呼机与手机不同,是没有号码及身份显示的。

而寻呼机里只有一条信息,说明死者或许将其余信息尽数删除了。但若考虑到这个寻呼机如此崭新,也不排除另一种可能:也许这机器针对专人使用。若进一步推测，甚至两种可能同时存在。

我打开衣橱，隔层上整齐叠放着浴巾，与那件浴袍一样，都印有这家足浴馆的店标"天"字团。而地上的那块浴巾印的是"玉衡"字样，式样也不同，应当是死者携带而来。

这"玉衡"两个字样非常熟悉。我迅速地在记忆里检索，猛然想起新区广场的巨幅广告牌上，"玉衡置业"四个字来。

肯定没错了。玉衡置业是我市一家规模很大的房地产公司，目前主打的就是新区商品房板块。这条浴巾是玉衡公司的内部产品，而死者可能依照自己的卫生习惯，携带自用的浴巾来了这里。如此看来，死者与玉衡置业难脱干系。

"陈波，你配合郎警官，联系一下玉衡置业与将军楼，还有寻呼中心，确认一下死者的身份。"我走出包间，对守候在门外的陈波说道，他虽并不属于案发地所在的新区分局，但被我指定加入到了侦破小组中。

"姜宇阳，你带几个兄弟，马上赶到将军楼大酒店8806房间，去查一下住店客人和死者的关系！"姜宇阳是新区公安分局的一名刑警，人高马大，憨厚朴实，与我私交也不错。

分配完任务，我独自走入了总经理办公室。办公桌后坐着足浴馆的总经理邱战涛，而当晚所有在场的男女服务员及领班，都挤坐在两排长条沙发上。那位为死者进行过足疗服务的女服务员袁芳也在其中。

邱经理一脸如丧考妣的表情，仿佛在埋怨：为什么会在我的店里发生这样晦气的事情。袁芳则尚未从血腥的场景中走出，脸色惨白，战战兢兢地缩在墙角不敢动弹。

"是你最初发现了尸体的吧？能大致描述一下当时的情景吗？"我走到袁芳的身边，温和地对她说。

袁芳眼神慌乱地看了我一眼，然后身体像打战一样抖了起来，只能"哦，哦"地发出音节般的声音。

"别害怕，干警们都在这儿，没有人会伤害到你的。"我伸出一只手来，扶在袁芳瘦削的肩头，她颤抖的身体也慢慢平静了很多。

过了许久，袁芳才酝酿了足够的勇气，开口说道："是、是我给老板服务的。"

"嗯，不用紧张，继续说，慢慢说。"我扶住她的肩头，柔声说道。

"我给老板端桶，放了药，让他躺好泡脚。做完一套服务，我就出门接待公共区的客人了，"她一边说着，身体又开始渐渐颤抖了起来，"等我回来时，就、就看见老板死了，满地都是血，啊啊！"

袁芳大声尖叫了起来，声音还带着哭腔。我并未制止她，让她把内心的恐惧释放出来也好。等她停止叫喊，神情略为稳定后，我才继续问道："嗯，你很勇敢，然后你就报案了吗？"

"没、没，我吓坏了，大声呼喊。邱经理就来了，是他报的案。"袁芳向邱经理望去。确实，警方是在九点零五分接到邱经理的报案，离推测的死亡时间刚刚过去五分钟。

"这个老板，是你的常客吗，知道他的名字，还有身份吗？"

"来过很、很多次……我不、不知道名字。就知道他是个老板，做生意的。"

我又转头对邱经理说："你知道死者的姓名和身份吗？"

"我也不知道。他是个熟客，但从来不跟我们的技师搭话聊天，也没有指定技师服务的要求。我只是偶尔跟他聊过几句，听口音是本地人，看他的一身行头嘛，应该相当有钱。"邱经理到底是做经理的，说起话来四平八稳。他略顿了一顿，又接着说道："不过我有次碰巧见过他的太太，打扮得像个贵妇，模样很有印象，但就是想不起来在哪儿见过。"

"没关系，我们正在着手核实身份，很快就能查到。小袁，来给我说说，你从离开五号包间到再次进入这段时间，大概隔了多久？"我又转向袁芳，靠在她身侧的沙发扶手上，亲切地说道。

"也就是接待了一名公共区客人的工夫……大概二十分钟吧。因为包间的老板们都爱躺在椅子上泡脚，看看电视，吃吃零食，再休息一会儿，等水有点凉了，我再去换水。"她情绪趋向缓和，说话也明显利索了许多。

"在这之间，你们谁见到可疑人员进入了死者所在的包间没？"我向所有人问道。

没有人回答。半晌，只有几个微小的声音："没、没看到。"

"好吧，"我叹了口气，看样子没有人注意到包间区的情况，"那么，今晚在前台值班的是哪位？"

"是翟晓兰吧。"邱经理指了指其中沙发上一个容貌端正，脸色红润的小姑娘。

"嗯，是我值班的，经理。"翟晓兰微微点了点头，语音清脆地说。

"在案发前后这段时间，大概是九点，有没有什么举止异常的人进出？"

"九点左右吗？我想想，"她努力回忆了一番，"有一名客人，也是要的包间区，我给他安排在四号包间。就在我跟这名客人说话的当口，另一名客人也进来了，不过他看我好像正在忙，就直接进里面了。"

"哦？四号包间？那不就是案发包间的隔壁吗？"我猛地探起身来。

"是的，就紧挨着的。嗯，九点左右，就这两名客人进来过，没人出去过。不过，案发后所有客人全跑出去了。"翟晓兰很肯定地说。

"邱经理，你们这里有监控摄像吗？"我并拢两根手指，轻轻敲着身前的办公桌。

"有的。不过只有正门大厅里有。为了客人的隐私着想，包间区和公共区都没装。郎警官已经在进行视频拷贝了。"

"好极了。"我喜上眉梢。有了监控录像的帮助，甄别犯人的难度肯定会降低不少，至少不用再像红叶山麓那次一样，费那么大的功夫调查。

"死者平时来做足疗,都是一个人来吗?"我问邱经理。

"嗯,大部分时间都是的。不过我记得有一回,他做完足疗,他太太在门口的车里等着,就是我刚刚提到的那次。"邱经理点起一根烟,又掏出一根示意问我要不要。

我接了过去,放进兜里,问道:"能确定一定是他太太吗?不是情人之类的?"

"这个我不敢打包票。但是至少从两人的神态语气判断,感觉是太太吧,那女的年纪也不小了。"邱经理吐出一口烟雾,面无表情地说。

"报告警官,上周五我见过一个年轻的女人进了这个客人的包间。他们最后是一起走的。"说话的是一个黑黑瘦瘦的男服务员。

"上周是你给他们做的足疗服务吗,小邢?"邱经理望向说话的那个男服务员。

"嗯,是的。一开始是客人独自在包间里,大概过了半个钟头吧,进来了一个时髦女郎,我也给她洗了脚。"小邢咽了咽口水。

"后来发生了什么吗?"我笑了笑。

"我做完服务就出去了,过了半个钟头两人就不见了,还没来得及换水哩就走了。"小邢用略带方言的口音说道。

"嗯,你提供的线索很有用,谢谢你。"我拍了拍小邢的肩膀,注意到他穿了一件浅蓝色的夹克。我又看了看其他服务员的穿着,然后面向邱战涛问道:"邱经理,你们这里的员工没有统一制服吗?看上去都是五颜六色的啊。"

邱经理苦笑了下,把烟蒂摁进烟灰缸:"以前是有一套制服的,男的是马褂,女的是旗袍,我还觉得挺满意呢。可后来有个客人给我说,这些旗袍款式太暴露了,容易被人误会,以为咱们这有不正当服务……"

他边说边瞟了我一眼,又继续道:"那人还说了,马褂的款式也不好看,太俗气了,而且制服上得印上咱们店的店名、店标啥的,增加识别度。我觉得有道理啊。就重新订了套款式朴素的,只不过现在还没到货呢,加印个玩意儿可真麻烦。"

"没错,以前我们警队定制一套足球衣,加印个名字和队标也折腾了好一阵子,"我朝他笑笑,"碰上这样热心的客人,也真是难得。"

"再跟你打听下,你们这儿给客人提供的果盘是这样的吗?"我扬手把物证袋里沾血的果盘给邱经理看了看,他瞪大眼睛仔细鉴定着。

"不是,肯定不是!我们的果盘从来不会用保鲜膜包着。而且你看这些水果,看着都变质了,我们这儿可都是当天采购的新鲜瓜果,这种果盘才不会给客人品尝。"邱经理的头摇得像只拨浪鼓。

我闭上眼睛开始思索。

凶手一定自备了果盘,又假扮服务员进入包间提供零食。然后趁死者不备突施杀手。因为足浴馆目前没有统一服装,他哪怕穿着自己那件灰外套,也不会让死者觉得突兀和意外。

有一点值得注意的是,死者似乎并未因凶手的进入而感到警惕,这或许说明,死者很可能并不认识凶手,又或许是死者已睡着,从而完全没有戒备。

"白队,监控录像已经拷贝完毕,可以播放了。"郎一锋的声音在门外响起。

"也好,先看看监控录像再说吧。"我打开门,郎一锋拿着新配的笔记本电脑走了进来,这个装备在分局可算是相当先进的。

"邱经理、袁芳、翟晓兰,请你们三人留下,跟我们一起看下监控视频,指认相关人物,其余人员就先回吧。辛苦了,如有需要我会再行通知。"无关人员离开后,郎一锋点开了视频软件,开始播放拷贝过来的监控录像。

视频是从当晚七点半营业开始的。摄像头安装在正门顶部内侧,鸟瞰视角,从正门口到圆形大厅前台部分,统统包含在视野内。可说是相当完备,无死角盲区。

视频开始后,陆陆续续有四名客人进入。直到晚上八点零三分,一名穿着衬衫,身材较胖的男子走进正门,和大厅前台的翟晓兰交谈了几句。翟晓兰用手指了指,然后一位女服务员把他带进了屏风后的换鞋处。

"这个人就是那名受害的客人。我给他安排了五号包间。然后是袁芳带他进去的。"翟晓兰朝袁芳看了看,后者缩在她的身后点了点头。

视频继续播放着,一直到八点五十八分前,又有十二名客人进入,两名客人离开,且这两名客人均为老年女性。其余客人看上去行动举止也都较正常,没有过多值得注意之处。

八点五十八分时,有一个穿着黑色衬衫,深蓝色中裤,身材中等的男人,怀抱着只黑色公文包走了进来。他刚进到门里,就探头探脑东张西望,还朝摄像头的方向瞟了一眼。只是因为分辨率的问题,他的面容与五官十分模糊,无法辨别。他走到前台,与翟晓兰交谈了起来。

一分钟后,又有一名身材高壮,穿褐色T恤的人走了进来,向前台看了一眼,就径直向屏风后走去。

"这个穿黑衣服的,就是那个四号包间的客人。他要我安排房间,还要安排一个漂亮的服务员。我正在接待着他呢,后面那个穿褐色T恤的人就自己进去换鞋了。"没等我询问,翟晓兰便主动说道。

视频进行到九点零四分,没有任何人员进出。

一直到九点零五分时,前台的翟晓兰神情恐慌地朝屏风后张望。紧接着,许多客人陆陆续续从内部向正门处奔逃,其中便有黑衣人与褐衣人的身影。这一定是袁芳发现了包间内的死者,发出惊呼,然后客人闻声一齐逃离的时分。他们中很多人连鞋都来不及换,穿着拖鞋就奔出门外了。

"此人有重大嫌疑,"郎一锋用手指了指屏幕上那个黑衣人,"我马上去四号包间再进行一下痕迹勘验。"

"嗯，先不着急，看完再说。"我说道。此后的视频便是客人继续离开，接警的警务人员和医护人员纷纷到场的画面，再无什么可探究的部分。

我将视线从电脑屏幕移开，看着大家说道："整个过程中，一共十九名客人进入，案发之前有两名客人离开，案发后共有十六人陆续离开。从人数上符合进出的总数，也就是说，如果排除足浴馆内部人员作案的话，案犯必然就是这十八名客人中的一个。"

"警官，我们这的可都是正经人啊，肯定没人能干出这个的。"邱经理赶紧说道。

"嘿，不用紧张。我们自然会逐步排除嫌疑，确保无关人员的清白，"我眯起眼睛朝他一笑，"考虑到那两名离开的客人距离案发时间较早，又为老年女性，基本可以排除，那么便剩下十六名客人。"

"凶手的血衣是件男式的，尺码也有，是不是可以推测出凶手的身材，进一步缩小范围？"郎一锋插了句。

"嗯，但也不排除凶手故布疑阵的可能。总之还是谨慎为好。"我点了点头，转向翟晓兰，"这十六名客人，都是由你在前台就指定了服务员吗？"

"这倒不是，有些客人喜欢自己先进去，然后再叫服务员。但如果客人需要在包间区服务，都是由我根据具体实际使用情况，来安排包间的。"翟晓兰有条不紊地回答道。

"反正不管是在包间还是公共区，如果坐了十分钟以上没人服务的，我就会亲自过去帮他安排。"邱战涛赶紧接着说。

具体的包间号都是由翟晓兰在前台安排的，这一点极为重要。因为那便基本可以排除凶手在进入足浴馆后，查明死者所在包间，并自行挑选邻近包间伺机作案的可能性了。

"还有一点，我注意到，所有这些客人中，并没有一个是穿着灰色外套进去的。"我继续说道。

"白队，你看这里，"郎一锋将视频进度条拨到八点五十八分，镜头中出现那个黑衣人的身影，他指着画面说道，"你看，他随身携带了一只黑色皮包。此外，他采取的是姿势是怀抱，这是否暗示着这包里，藏着什么对他来说极其重要的东西？说不定，他就是把外套藏在里面，再伺机穿上作案的。"

"嗯，一般而言，男性将皮包夹在手臂下的姿势比较多，但也不排除有人就喜欢抱着嘛。"我想起陈波就有这个习惯，不由笑了笑，"不过，一锋你的观察力还是非常敏锐的。"

"邱经理，你们中有谁认识这名黑衣客人吗？"我看着邱战涛和两名服务员。

"算是个生客吧，我当班的时候大概见过一两次。"翟晓兰说道。

"我之前也接待过一次，口音肯定不是本地的。他好像不太满意我的服务，才足疗了不到十分钟，就让我出去了。"袁芳从翟晓兰身后探出头来说道。

我点点头，又问翟晓兰："这个黑衣客人，有没有问过你有关死者的问题？比如死者被安排在哪个包间？"

"完全没有。他只是跟我提到需要个包间，此外，还要我帮他安排个长得漂亮点儿的姑娘做足疗，要长得跟我差不多的，没别的了。"翟晓兰红着脸诚实地说道。

我又一次闭上双眼，陷入了沉思。

郎一锋虽然观察敏锐，这名黑衣人也的确形迹可疑。但我却认为他并非是此次案件的凶手。

因为这中间存在着一个难以自洽的矛盾：假定这名黑衣人就是凶手的话，他能在进入足浴馆后短短两分钟内，便探明了死者所在的包间进去作案，那么他一定是和死者事先联系过。

可是，死者身上只携带了寻呼机，并没有其他通信设备。而寻呼机是只能接收消息，无法发送消息的单方向通信设备。那么死者是如何在被翟晓兰安排到了五号包间后的一个小时之内，让凶手知道他所在的包间号的呢？

难道说，由于凶手刚好被安排到了四号包间，又凑巧发现目标就在隔壁，于是喜出望外，进去将他杀掉的吗？

这也太过于巧合了。凶手有备而来，绝非激情杀人，这种巧合的解释太过牵强。

同理，那个甚至还在黑衣人之后才进入的褐衣人，可能的作案时间，更是短到只有一分钟，基本可以排除掉他的可能性了。

那么剩下的十四人里，无论是在包间区，或是在公共区的，都有充裕的时间找到目标位置。即便五号包间及门口，只发现有三个人的足迹，排除了凶手试探性查看的可能，也很有可能是趁死者出包间如厕时跟踪发现。总之，机会比另两人大得多。

而其中那两名先于死者到达足浴馆的客人，可能性更大，也许他们之一便是目送着死者进入了五号包间，再寻找机会进入作案的。

嗯，那么就先从这十四名客人身上着手调查！

便在此时，陈波在门外敲门道："白队，有信息汇报。"

我走出门去，他低声对我说道："死者身份查明了……此人叫蔡志东，是玉衡置业的总裁……"

他声音很轻，但字字传入耳中，却如同声声闷雷。

死者果然来头很大。

这个蔡志东，可算是本市一名风云人物了。自八十年代起，他便混迹于我市商圈，薛局长也曾经提起过他。可以说，单单凭着一己之力，他便开创了玉衡置业在我市地产业的辉煌。

然而，此人诡计多端，平素作风更是低调而谨慎，所以才会来这么一家并不算奢华的足浴店。而他出席公众场合时，也都是戴着墨镜，保镖不离其身。不知为何居然会惨死于此地。

陈波又接着说道："半年前，此人还牵连进了一场风波，白队你肯定晓得吧。"

"我知道，你说的是第四医院的那起医患纠纷吧？"我拍了拍陈波的肩膀。

李风之章（四）

城北区的"奔马汽配城"是我市最大的汽配市场集散地。虽说叫汽配城，但实际上是由上百家汽配店所组成，统一规划的集市。汽配城里的小路边布满了卖各式配件的，卖耗材的，做维修的，做保养的小店，林林总总，不一而足。在这个私家车远未普及的年代里，这里便是我市进行车辆维修的不二之选。

正午炙热的烈日烤得我汗流浃背，只想找个阴凉地儿坐下歇歇。可是不远处那小姑娘却精力充沛，坐在修车店里的小凳上，打着手势，同修车师傅认真地询问着什么。

从八点开始营业起，我们便泡在奔马汽配城里，逐家店铺地打听，自七月九日之后一周内，有没有人来修过一辆暗红色普桑的左前灯。之所以将时间锁定于一周之内，是猜测司机会想要尽快将这个特征掩盖。而暗红色桑塔纳虽然多，但限定了一周之内，具体到左前灯的话，目标便大为缩减了。

虽然很多店家起初并不乐意配合，但在颜泓煞费苦心的好说歹说之下，大都同意去查看修理记录了。

然而整个一上午，我们得到的答案是：零。

这的确是个令人失望的数字。难道是我们的推理出了什么差错？这个司机根本没想过去维修？又或许是他去了其他不知名的汽配店？当看到一家接一家的店员摇着头说没有时，我甚至想放弃了。

要不然，还是交给白警官，让他帮忙查询道路监控好了。

就在我彷徨无措的时候，颜泓兴高采烈地朝我招手，示意我去她所在的那家店里。

我急忙快步过去，颜泓笑着说道："哈哈，有戏了。呐，这位师傅说，七月十号一早就有个男的来修车左前灯，还是辆暗红色桑塔纳，一定是了。"

"真的吗？时间点上的的确确相当吻合啊。"

"可不就是踏破铁鞋无觅处,得来全不费工夫吗?"颜泓此时才想起用纸巾擦了擦脸上的汗。

我略一打量,这是家叫骏达汽配的小店,门面不大,满地都是散落的工具和零件,一旁的修理台上停放着一辆破旧的吉普车。整个店里只有一位年纪较大的师傅,穿着满是污渍的工装裤,在角落的水池边冲洗满手的油污。

"师傅您贵姓,我想问问几个问题可以吗?"我走上前去,递上一支烟。

"叫我老李吧。嗯,你问吧,知无不言。"老李用湿手接过烟卷,夹在耳朵上,继续清洗。

"您是说……七月十号一早,有个男的来修过车?请问您知道他的名字和单位吗?"虽然嗓子快冒烟了,我还是勉力清楚地问道。

"统统不晓得。就是来修个车,也不至于自报家门吧。"老李努了努嘴。

话虽如此,我还是得尽可能多地打探消息。"那他身材多高,体型呢,大概多大年纪。"

"哎,这就问对了。别问那些咱不可能知道的。这人蛮高的,比你高。有一米八多。不胖不瘦。年纪嘛,估摸着有三十多吧。"

"大叔,能看出他是做啥的不?"颜泓插口问道。

"戴个眼镜,白白净净,讲话蛮客气,像个坐办公室的。反正肯定不是干我这行的呗。"老李洗好了手,走到一个柜子前,拉开抽屉,从各种杂物中抽出一个小本子。

他翻了翻,从中撕下一页纸来递给我:"这个是那个人留的电话,连姓名都没说过。刚开始他还不情愿留电话呢,后来我说你万一搁我这儿的是赃车,警察上门来,我上哪找你去?这小子才勉为其难地给报了个。我看他这么提防着,就猜他心里有鬼。果不其然,你们就追着来了。"

我边道谢，边接过去看了眼，是一个本市的座机电话。从号码的组成来看，应该离我工作的第一医院不远。

离开奔马汽配城，我和颜泓来到附近的一家肯德基。

午后时分，店里倒也清静，我俩挑了个靠窗的角落位置坐下。我去买了两份香辣鸡腿堡套餐，又点了两份新出的草莓圣代，小心地捧着餐盘坐到位置上。

"听上去……这个人警惕感超强呐。"颜泓一边大口吞着汉堡，一边含混不清地说道。

"嗯，我觉得可疑的程度越来越大了。这个人，必定藏着什么秘密。"

"好激动啊，这期待已久的一幕呢。不过话说过来，怎么才能找出这家伙的身份呢，"颜泓用力嚼着鸡肉，"总不至于直截了当地打电话过去说，'欸，你好，请问你是谁？给我报上名来'之类的话吧。"

"说实话，这一路走过来，我一直在盘算有没有什么好点子。不过想到现在，也没主意啊。"上次在工地轻易地被马大个子识破，让我深刻领会到自己不是一个优秀的说谎者。

"季风你就是老实本分呐。还是让我来替你分担吧。"颜泓挖了一勺圣代，含在嘴里，托着腮作思考状。

她今天穿件纯白色的棉质 T 恤，脖子一圈都被晒得通红。俏皮的洋红格子小短裙下，纤巧的膝盖也显得微红，一定是走了太多路，髌骨关节疲劳的缘故。此时沉思中的她，嘴里叼着那根塑料小勺，勺柄还随着嘴巴的运动上下振动。

苦思冥想了一会后，颜泓说道："这样空想不是办法呢。季风，你先拨过去，随便说找谁，就说打错了，我们先刺探一下对方好啦。"

"这样好吗？不会打草惊蛇？"我迟疑地说。

"可是，如果对面的情况我们一点儿都不了解的话，就算想编造谎言套他的话，也无从下手呢。"

"好吧，那我就说找老戴好了。"脑子里突然冒出戴主任的形象。

"随便怎样都行，先试试吧……"

我于是拿出了手机，按照那页纸上记下的号码拨了过去。

随着"嘟……嘟……"的拨号音，心跳得也越来越快。这样紧张可不行，会暴露的。我接连深吸了几口气，心率才慢慢降了下来。

电话接通了。里面传来一个中年女性的声音："您好，四叶草心理咨询中心，请问有什么需要帮助的吗？"

什么？为什么是心理咨询中心？

难道是号码拨错了？还是那司机随便给了个错误的号码？

我满头雾水，一时不知道如何作答。

"哦，您好。我是奔马汽配城的售后服务人员，想问问您对我们上次的维修还满意吗？"颜泓用十分甜美的声音朝着话筒说道。

这时我才发现，她的脸一直贴在我耳旁的手机上，全神贯注地听着，情急之中抢先替我作答。

"请稍等，"电话那头紧接着传来远处的声音，"孟师傅，最近有人去奔马修过车没？"

一个沙哑的男声跟着响起："好像聂大夫前阵子灯坏了去修过。"

那个中年女声又凑近了说道："您好，我这是总机。我们这儿有位聂大夫修过车，请重拨总机号后，直接输入他的分机号3312。"

"好的，谢谢。"颜泓几乎要笑出声来。

我刚挂断电话，她便说道："哈，没想到这么容易就确定到身份了！对方居然是心理医生欸。跟你还算同行呢。"

"是啊，还好你替我解了围。"

"哪里哪里，急中生智啦，"她摆了摆手，又大口吃了勺圣代，"心理医生,感觉大有文章可挖的样子喔。"

"我们不能等太久再拨过去,以免对方起疑。颜泓你拿着我的手机,继续扮演一下售后小姐,把戏先演完吧。"

"好!"她好像很开心的样子,在拨打之前那个号码后,又加拨了分机号,然后打开了免提。

一阵拨号音之后,一个温柔磁性的男声说道:"您好,我是聂子清,请问有什么需要咨询的吗?"

"啊,您好。我是奔马汽配城的售后,致电您是想问一问,上次的维修服务您觉得满意吗?"

"哦,是这样啊。很满意,修理很到位,师傅也挺热心。"

"有没有什么需要提升改进的地方呢?"颜泓又问道。

"暂时没有想到哦。"

"我们还推出了金卡会员,如果您办理了,可以享受八五折的零件更换优惠和两次免费保养哦,一个月只要两百元。"

"不用了,谢谢。此外,现在是我的工作时间,如果没有其他的事情,我可以先挂了吗?"

"哦,好吧。感谢您选择奔马汽配城。"

"再见。"

"初次试探,感觉对方是个滴水不漏的人呐。"挂断通话,颜泓望着我说道。

"我觉得也许是你多疑了。对方的语气和语速听起来特别平静,而且说话也很得体。"大概是同为医生的缘故吧,我对这位聂大夫挺有好感。

"似乎是这么回事。可是深夜驾车开出地下车库又如何解释呢?况且,说不定他就是那个疯汉的心理医师,这么一来,跟案件就难逃干系了不是吗?"

颜泓说的也有道理,若是置那么多的疑点于不顾,又怎能对得住九泉下的妹妹?无论如何,我必须亲自去拜访一下这位聂大夫。

"那家心理咨询中心离第一医院不远,我知道那里,我们坐车过去吧。"我提议道。

"好啊好啊。我都想好了,我呢,就假扮一个精神分裂的小姑娘,你呢,就扮演我的男友,带我去求诊。刚好呢,你又是医生,对方肯定没法识破的。"颜泓忽闪着大眼睛,仿佛在说:假扮精神分裂这么有趣的事情,怎能错过。

"不,不要这样。这次我要跟他直面相对,如果他有阴谋,我就真刀真枪地揭开它。"我冷静地说道。

"啊,这样子啊?也好。不过呢,对方可是心理战的专家喔。"

"放心吧。"我收拾好桌上的餐盘,把垃圾丢进回收箱里,与颜泓一起离开了肯德基餐厅。

我俩并肩坐在公交车上,颜泓好像终于显出了一丝疲态,静静地看着车窗外。

恍惚间,我回忆起从前,身边坐着妹妹,她便是这般安安静静地,欣赏着窗外的街景。只有闪过某个男明星的广告时,才会笑靥如花地对我说:"哥,你知道那个人是谁吗,好帅的。"

而今阴阳永隔,这一幕再也不会重现了,想到这,泪水潸潸从我脸庞滑落。

妹妹的影像逐渐变回了颜泓,我发现,她的眼眶里竟也涌动着什么。

霎时间,她侧过脸来,见我在看她,转而笑了起来:"你盯着我看什么呢?是不是后悔啦,错失一次假扮我男友的机会?哈哈,机会只有一次哦。"

"你刚刚在哭。"

"啊……什么话？我这样的乐天美少女，是会哭的样子吗？也许是阳光太刺眼了吧。好了啦，这些不重要的。"她伸手做出一个遮挡太阳的动作。

"嗯，今天的阳光的确非常强烈。你皮肤晒红的部位，用棉片蘸上冰水敷一敷就会好的。"

"谢谢你，季大夫。"颜泓看着我，会心笑了一下。

我俩下了车，远远地便看见了四叶草心理咨询中心的绿色招牌。走进咨询中心的大门，是个挺大的庭院，种植了各种花草和盆栽。夏日里一片绿油油的，看上去十分清爽。

庭院中心是一幢三层的小楼，整个建筑都被绿树围绕着，显得温馨而安静。小楼楼底停放着好几辆小车。

我快步走了过去，很快便发现一辆暗红色的桑塔纳。我绕至车前方，果然，其中左侧的车灯成色非常新，和右边那盏完全不同！

太好了！那个人真的就在这里。我看看四下无人，连忙掏出卡片相机对准桑塔纳拍了几张照片，才往正门方向走去。

步入那小楼的正门，来到咨询台前，一位医生打扮的中年女性问道："你们预约了大夫吗？还是来咨询的？"听声音，应当就是方才接电话的那位。

"我们是来找聂子清大夫的。"我回答道。

"噢，他在三楼312室。从走廊右转楼梯上去就好了。"

午后的阳光透过走廊一侧的巨大玻璃窗，毫无保留地倾泻在地板上，留下斑驳的树影。而另一侧是数个房门紧闭着的诊疗室。每个诊疗室都是浅绿色的房门，门边放着株盆栽。

我们行走在空无一人的走廊和楼梯上时，由于过分安静，甚至能听见脚步的回响。

来到 312 室的门口，我轻声敲了敲门。

"请进。"传出的声音磁性而柔和，一定就是电话中的聂子清大夫了。

我走进门去，坐在办公桌后的，是名身穿草绿色大褂的男子。三十五岁左右的年纪，面容清瘦，高挺的鼻梁上架着副金丝边眼镜。

他略带疑惑地看了看我们，问道："请问您二位是？"

"您好。我们是来找您的，聂大夫。抱歉，我们没有预约。"

"没有关系的。你们请坐，"他看了眼墙上的日历，朝我们微笑着说，"今天下午四点，会有一位预约病人，现在还有两个小时时间，我们可以聊一聊。"

我在他办公桌对面的木椅上坐下，颜泓则自个儿坐在我身后的沙发上。

聂子清从沙发一侧的小茶几上，端起一个古雅的小茶壶，小心地沏了两杯茶递给我们："请说吧。"

"聂大夫，我们这次来，并不是为了咨询心理疾病的，"我放下茶杯，"事实上，我本人也是一名医生，是脑外科的。"

"哦？这么说还是同行了。幸会啊！那你们来此的目的是……"

"不知道您有没听说前一阵子的红叶山麓奸杀案？一名夜班女子，被有精神问题的犯人强暴并杀害。我就是那名受害女性的哥哥，我叫季风。"我直视着聂子清的双眼，想从他眼中探查出听闻此话后的任何波动。

"嗯，有所耳闻。"他平静地说。目光也回视着我，似乎并不知道我所说的事情与此行有何关系。

"聂大夫，你去过红叶山麓小区吗？在市郊的明山区。"我试探性地问道。

"去过，"他端起手中的茶杯，轻轻吹了一下，"我想，你来此一定是有什么疑问吧。不如直截了当地说出来好了，不要有所顾虑。"

他竟从容不迫地承认了。非但如此，还主动表示诚意。这究竟是他真的问心无愧，抑或是他的心理战术？

"那好，我想问问，案发当晚，也就是七月八日晚上，到七月九日凌晨这段时间，你是在红叶山麓小区吗？"我不加掩饰地问道。

聂子清看了看日历，缓缓说道："你的问题有一点越界，而且不甚友好。然而，为了打消你的疑虑，我还是乐意作答……"

他轻轻放下手中的茶杯："是的，那段时间我都在，一整晚都在，我是凌晨一点左右驾车离开的。"

"请原谅我的失礼。可是，我想知道，那整个晚上，直到离开前，你都在做什么？"

他笑了笑，呷了口茶："在治疗我的病人。"

"你的病人……在红叶山麓治疗？为什么不在这里呢？而且，那时候你应该下班了吧？"我一连问出数个问题。

"你也是一名医生，应该知道病人病情发作时，并没有什么上下班之分吧？我的病人虽然不是身体上的疾病，但同样，非常需要我的照顾。"他轻轻叹了一口气。

"我理解你。可是，为什么在凌晨时，你会出现在地下车库里？那里可是案发现场啊！"

"季大夫，恕我直言，这个问题我不想作答。"

自交谈开始，他坦诚的态度便如清澈的溪水，顺流而下。然而这一句话，宛如突兀的巨石，将那溪水生生阻断。

"不可以！我虽然不是警察，但如果是警察来询问你，恐怕不会像我这样客气。"我把话说得很绝，试图触犯对方的底线。

"你知道，我完全可以现在就下逐客令。"聂子清正色道。

"没错，我当然知道。"

"那你知道我为什么没有吗？"没想到，他居然抛回我一个问题。

"因为如果你赶走了我，就代表你心虚。这么大的疑点在那里，你非但没有不在场证明,甚至就身在案发第一现场!然后你还不愿回答这个决定性的问题,难道这还不够可疑吗?"我挺直身体,厉声说道。

只听见颜泓在我背后小声说了句:"好样的。"

"好吧,我先告诉你,为什么我没有赶你走。只是因为,我也了解那个案子,我深深地同情你。我知道你一定带着疑惑,带着愤怒,甚至带着满腔的悲怆,来到我的面前……而我,又刚好就在事发地……所以,我毋庸置疑就是那个凶手之外最可疑的人,不是吗?"

"呵呵,你当然了解那个案子。"我冷笑道。

"没错,我了解,是因为那是我研究的课题。从媒体了解到这个案件后,我花了大量时间,做了许多功课。对你,对你的家人,对那位病人,我都致以同样的同情。但案发当天,我并不了解任何情况。"

"除非你能编造出'你那晚双眼失明,第二天又复明'的借口来。"我讥讽道。

"虽然不是失明,但也属于差不多的状态。"聂子清吐字清楚地说道。

"哦?那你倒是说说看呢,是个什么状态?"我逼问道。

"我宿醉了。"他淡淡说道。

"宿醉?你在胡扯吧!"我还没来得及说话,颜泓抢着大声说道。

"你们当然有质疑我的权利。我坦白了,我已无顾虑。照顾病人之余,还会宿醉,这本身就是身为一名医生的渎职……"聂子清闭上双眼。

"你为什么会宿醉?"我回道。

"为什么?因为无奈,因为悲伤,因为心如死灰!"他猛地睁开双眼,满脸都是哀伤的神情。

这样的神情,绝对不是装出来的。

因为这样悲伤的情感,我自己也深有体会。那是一种,对于病痛,对于生死,对于人世间一切自叹渺小而无力回天的事情,所产生的悲伤与无奈……

然而……我真的可以相信他吗？妹妹的死，和他真的毫无干系？

"我想知道，那晚你治疗的病人的名字。这是我最后的要求。"我抿了抿嘴，诚恳地说道。

是的，如果知道了名字，我就可以去核实，这便是铁证如山的证据。

"你一定是在开玩笑吧？不是吗？你我都是医生，为病人保护隐私是我们不容推卸的责任！"聂子清额头的青筋根根暴起。

他的反应没有出乎我的意料，这既是医生的医德，也是他此刻最好的挡箭牌。

"为了查出杀害妹妹的凶手，我宁可不再为医！"这的的确确是我的真实想法，如若一个人连家人都保护不了，又怎么能保护其他的人？

"真是荒谬，那是你自己的选择，请不要对他人造成困扰。"

"不，如果你现在不肯说出来的话，我立刻就去报告给警方，让他们介入调查。"

"你去吧，我不可能告诉你的。"聂子清挥了挥手，不再说话。

此时，我再也控制不了自己的情绪，上前一把抓住了聂子清的手臂，啜泣着说道："请你告诉我……还我一个真相好吗？这一个月来，我每天都茶饭不思，夜不能寐，想替妹妹抓住真凶。你告诉了我，我便再无牵挂了。求求你……好吗？你便当我是你的一名病人，请治疗我的心病好吗？"

我声泪俱下，完全顾不得失态。

这么多天来，我真的只需要一个答案。而聂子清身处案发地的巧合，便是此刻我最大的心结。

他轻轻把我的手臂移开，有神的双眼凝视着我。静静地过了许久。然后极其缓慢地说道：

"好。我破例告诉你。那个病人叫冯春霞，是我的母亲。"

"什么？"我完全没有想到，一时愣在原地，说不出一个字。

聂子清长叹一声，把我扶到沙发上，坐在我身边，娓娓道来："我幼年丧父，母亲自我记事起，便患有诱因性精神分裂症。为了治疗她，我才走上了心理医生这条道路。十几年来，我想尽了各种办法，做了数不清的研究，依然没有得到很好的疗效。直到后来，我终于认识了一名非常出色的心理医生，他介绍给我一种全新的治疗方法，我试了，很有用。母亲开始渐渐健谈了，发病次数也显著减少。那段日子是我人生中最快乐的时光。"他顿了顿，双眼里满含着对那些美好回忆的喜悦之情。

"然而，好景不长。很快，母亲又变得暴躁、自闭，比以前更甚，病情也一天比一天严重。七月八号那天晚上，是那个疗法一个疗程的最后一天，母亲非但没有任何好转的迹象，症状反而变本加厉。我终于崩溃了，把自己灌醉在地下车库，想开车出去把自己撞死……"

聂子清的话语开始哽咽。他缓缓低下头，试图从那绝望的情绪中走出来。

"没想到，天不遂人愿……我醉倒在车上不省人事，车灯也不知怎的被我砸坏了……等我清醒过来，就又开始后悔、自责……也许，那并不是唯一有效的治疗办法，我怎么可以就这样放弃呢？我决定重新振作起来……为自己，也为家人负责。这些，就是我的往事了。"他目不转睛地看着我。

"对了，我母亲住红叶山麓十二单元三零一室，欢迎前去调查。此外，最重要的一点，我与你妹妹根本就素昧平生，我为什么要谋害她？好了，我说完了。请问还有什么要问的吗？没有的话，就请自行离开吧。病人要来了，我得做下准备。"聂子清低下头，摆了摆手。

走出聂大夫的房间时，我的大脑一片空白，无法相信这突如其来的诸多事情。

我无力地坐在小楼外的花圃里。聂子清的话语一遍遍萦绕在我耳边，仿佛在讽刺我的多疑与荒唐。

颜泓显然比我冷静得多,她从身边抽出几张文件之类的纸页,递到我手里:"这医生看起来说的都是实话。不过呢,我还是留了一手。这里是他所有病人的名册,我趁你们在激烈争执的时候,在沙发边的柜子里翻到的。我们来看看有没有毛国柱的名字。"

我已经几乎没有气力再去查看,颜泓见状,便自己逐字逐行地看了一遍,然后说道:

"看样子,我们真的误会聂大夫了。这里面有冯春霞的名字,却没有毛国柱的名字。"

PART 9 【第九章】

白烨之章（五）

上午八点一刻。新区公安分局会议室。

专案组成员正针对足浴馆谋杀案，激烈地讨论着。

"白队，我已带人把十四名客人全部排查过了。他们都是足浴馆的熟客，所以很快便摸清了身份。只不过，他们全都没有重大嫌疑，与蔡志东之间也没啥利益纠葛。此外，对足浴馆人员的调查取证正在进行，到目前为止，未发现可疑目标。"郎一锋首先发话，陈词清晰流畅。

"白烨啊，依我看，这个案子你是失算喽。那个黑衣男子，才是最可疑的喔。"说话的是名三十岁不到的年轻警官，名叫唐遥。此人与我和刘治良是同一个警校毕业的，能力很强，之前也侦破过不少要案，据说很快就会提拔进市局。

"一锋、初胜、陈波，你们那还有关于案件的最新进展吗？"我没有理会唐遥的质疑，转而询问小组其他成员。

"嗯，对尸体进行解剖后，目前可以将死亡时间精确到九点整至九点零一分之间。"王初胜说道。

"根据提取的足迹鉴定，四号间里的黑衣人在包间内一直躺在躺椅上，没有进行过什么活动，只有一次进出的足迹。虽然所穿拖鞋是同样的，但步幅、走路姿态和五号包间的凶手并不一致，"郎一锋又说道，"此外，走廊及大厅的足迹鉴定，由于前后进出人员太多，足迹被破坏严重，而且同样有拖鞋一致的麻烦，目前没有太大进展。"

"足迹不一致，也未见得便没有作案的可能嘛。凶手如果做足准备，在四号间和五号间里故意展示不一样的行走姿态，就难说喽。"唐遥用拳头托着下巴说道。

"话虽如此，但做调查勘验，总得一步一步来吧。"郎一锋反驳道。

"我结合监控视频，做好了带时间线的表格。大家看完后应该会对案件整个过程，有个更加直观全面的了解。"陈波打开投影仪，将制作精良的表格投射在屏幕上。

七点三十分：足浴馆开始晚间营业。

七点三十分至八点零三分之间：共四名客人进入。均在公共区。其中有两名老年女性。

八点零三分：蔡志东进入。被安排在五号包间。安排由袁芳进行服务。袁芳大约八点十五分进入五号包间，开始服务。

八点零三分至八点四十分之间：共十二名客人进入。其中三名被安排在一号包间，两名被安排在二号包间。此前的两名老年女性客人离开。

八点四十分左右：袁芳对蔡志东服务完毕，从五号包间离开，去公共区服务。

八点五十八分：黑衣男子进入。被安排在四号包间。安排秦靓靓进行服务。秦靓靓未来得及进入包间服务。

八点五十九分：褐衣男子进入，未来得及进行安排。

九点零一分：蔡志东死亡。

九点零三分：袁芳返回五号包间，发现死者尸体，大声呼喊，客人纷纷离去。

九点零五分：经理邱战涛报警。

九点零七分：蔡志东的寻呼机收到信息："将军楼8806。"

九点二十分：警员抵达。客人全部撤离。

"嗯，这个表格制作得好，很明了，细节也标注出来了，"我称赞道，又转向姜宇阳，"小姜，有关于将军楼那边的消息吗？"

姜宇阳洪亮地说道："我带着兄弟们十二点半赶到8806房间时，住店客人已退房了。而且，那客人提供的还是假身份证。据大堂领班口述，客人为一名年轻女性，打扮时尚，于十一点四十分退房离开。"

根据一系列的迹象判断，这个住店的女人很可能是蔡志东的情人，也有可能便是服务员小邢所提到的那个年轻时尚的女人。

然而，此人十一点四十分主动离开了将军楼大酒店，会不会是得到了什么消息？

"白烨，你怎么看？我觉着吧，现在应当集中火力，主攻黑衣男子和褐衣男子。至于你之前的想法，大概是走了弯路喽。"唐遥侧着头，笑眯眯地看向我。

"嗯，我承认，和我预想的不太一样。那么，我们立刻展开对此二人的调查。"我朝他点了点头。

唐遥略带些惊讶地看着我，笑容凝滞在那里，没有说话。

"郎一锋，请你负责调查黑衣男子的行踪；唐遥，你负责那个褐衣男子；姜宇阳，你继续追查那名年轻女子。你们三个，调集所有附近路段的监控录像，进行排查。陈波，麻烦你去趟紫湖区分局，调查一下蔡志东涉及的那起医患纠纷。"

"那白队你呢？"唐遥问道。

"嘿嘿，我会接手郎一锋之前的任务，进行足浴馆走廊及大厅的足迹鉴定。"我冲他笑了笑。

"哈哈，这么看来，你是把最困难的活儿丢给自己喽。那玩意儿，不盯着瞅个三天两夜、头昏眼花的，可不会有结果喔。"唐遥笑道。

"放心吧，就算我自个儿力有不逮，也会寻求世外高人指点的。"我对他露出深不可测的表情。

两天之后的上午九点，带着通红的双眼，乌黑的眼袋，我走出警局，坐进车里。

"唔，难道足迹鉴定真的不是我所擅长的吗？"我打了个哈欠，手扶着方向盘自言自语道，"也许，只是我真的受不了那些拖鞋的气味吧。"

我看了看车后座上那巨大的一包从足浴馆收集而来的拖鞋,那些各式气味陪伴我度过了整整两天。

两天以来,我一直没日没夜地进行着足迹的研究。

虽然大家都穿着统一规格的拖鞋,但每一双的磨损和花纹,还是有细微的差别。如果能借此比对出与凶手的足迹完全一致的足迹,就可以确定凶手完整的行动路线。更说不定能从拖鞋中,提取到凶手的些许组织残留。

只是,这项工作对我而言,显得异常艰难,进度缓慢。看样子,还是要找那个世外高人出手了。

也罢,去探访一下那个人也好。论足迹鉴定方面的专家,至少在我市,再没有比他更好的人选了。

我发动引擎,沿着新区的高架路,一路南下,约莫二十分钟后,来到了位于城市南端的大学城。

驶下高架,在大学城那些庞大而又造型优美的建筑群间穿梭,很快便到了一条我极其熟悉的林荫道上,这附近便是我曾经就读的宁滨警官学校了。我没有驶进校门,而是向教工宿舍区方向开去,停在了其中一栋红色的教工宿舍楼前。

我走下车,扛起那包鞋子便走上楼梯,在四楼一间住户门口,按下门铃。

打开门的,是一名三十多岁年纪的漂亮女性,虽然已不算特别年轻,但依然风姿绰约,身材高挑,容貌不俗,眉宇之间透着英气。

"白烨?你不是在警队办案吗?"

"独孤老师,好久没见,来看看你。"

这位女士,是我在警校读书时的老师独孤玥。她不仅为我授过课,而且曾在我最艰难的时刻提供过多次帮助。此外，她精于刑事鉴定、犯罪心理，是我最敬佩的老师。给我们上课时，她刚刚从国外回国，年方二十七，那可真的是风华绝代，才貌双全。如今她三十六岁，目前仍然单身，独居在学校的宿舍。

"有带着一堆鞋子来看望的吗？你又倒在足迹鉴定上了吧？"独孤老师笑了笑。

"妥妥瞒不过你啊。是那桩足浴馆的案子，新区的。"我关上门，把装鞋的大包靠墙放在门口。

"哦，那个案子。我大致了解，严老师、雷老师都在办公室提过。"

"为了万全起见，我还是再把案件详情给你说说吧。"我打开随身带着的文件夹，把资料一页页展示给她，并一五一十地讲解了整个案件的过程。

"白烨，你是不是觉得，最后进入的两人嫌疑最大？"听完我细致的讲解，独孤老师坐在沙发上，翘起了二郎腿。

"一点没错。从最开始，我便这么想的。但随着调查的深入，我发现他俩可能的作案时间不到两分钟。如何能在那么短时间内，查明蔡志东的所在位置？其他包间的客人均反映无人误入。且不论公共区，一共八个包间，就算是蒙，一次也只有八分之一的概率。"我回答道。

"其中有一名嫌疑人不是在四号包间吗，他离死者一墙之隔，也许听见了对方的声音。"

"如果是那样，就属于撞大运式的作案了吧。安排包间的都是足浴馆的人员，谁也不可能提前知道的。"我摇了摇头。

"这样说来，这个安排包间的人，伙同犯罪的嫌疑非常大哦。只有这个人，可以随时提供信息。"独孤老师并拢两指，敲了敲沙发前的小桌。

"这名服务员叫翟晓兰，我在案发次日便亲自对她进行了审问，暗中使用了各种测试手段。结论是,她没有任何嫌疑。"我心想,那些手段大部分可都是你教我的。

"有没有可能,会是其他客人或内部人员串通作案,将蔡志东的包间号通报给了凶手?"独孤玥提出假设。

"这个我们也曾经怀疑过,并特地进行了询问和调查。为此,我们甚至特地调取了通话与短信记录。事实是,这样的可能性几乎为零。"

"嗯,这种详细而周密的排查,是你一贯的风格。我对你那套手法清楚得很呐。遇到艰难而又复杂的案情时,你总是先将可能性不太大的目标,进行多次排查。待嫌疑消除后,再集中精力,把关注点盯在你真正觉得可疑的人物身上。"

"老师你真是太了解我了。只是调查得越仔细,反而越觉得,自己陷入了一个矛盾的死局中……"

"如果是这样……我觉得,还是因为你们收集的信息不够。"独孤老师扫了我一眼。

"哈哈,一针见血。这不是你经常教育我们的嘛。案件中所有的矛盾和不合理,基本上都是源自信息的缺失。"我朗声大笑。

"少来,别奉承我。这不就是要我帮你提取信息来了嘛。"她撇了撇嘴,示意门口的那包鞋子。

"感激不尽。"我笑着说。

"你还是这么油嘴滑舌。对了,以前六班那个唐遥,不是在新区分局嘛。"

"没错。这小子就在这次的专案组里,也是个争强好胜的主儿。"

"嗯,他的水平也挺不错的。我虽然没有教过他的课,不过严老师经常夸他,说他聪明,胆子大,口才也好,而且乐于接受挑战。"独孤玥微笑着说。

"嘿,那小子说本事还是有点儿的,就是傲气得很,太自命不凡了。"我笑着回应道。

"哈哈，你还说他傲气，自己也好不到哪儿去。不过言归正传，你俩一起，要还是破不了这个案子，我这脸可挂不住。"独孤老师伸出一根手指，指了指自己略施粉黛的脸颊。

"我现已安排了他们去排查各路嫌疑人了，相信很快就能获取到足够的信息。"

"你让他们忙着，自己倒好，跑我这转悠，"她打趣道，"不过，对于你的疑惑，我倒觉得可以换个思路。"

"老师请说。"

独孤玥笑了笑，微微欠身，长发顺着她的肩自然滑落。

"之前你们的调查都集中在案件现场及作案手法上。有没有考虑过，从作案的动机来分析？看一看死者生前，都有哪些仇家。"

"这正是令我感到头大的，像蔡志东这样的地产老总，他的仇家，或者想要取其性命的人，那可真是五花八门，鱼龙混杂。光是数量就够我们喝一壶的。"

"世上无难事哦。"独孤老师并拢两指，敲了敲我的头。

"嗯，这一批次嫌疑人的调查结束后，我会着重调查那些跟死者有利益冲突的人。"

"我再插一句，纯属我的推论。本案凶手出手利落干脆，死者可谓毫无防备，我觉得买凶杀人的可能性很大。或者说，凶手跟死者没有什么直接利害关系。"她眼眸轻抬，冷峻地说道。

"如果真是这样的话，利益链就是必须查明的了。"我捶了下拳头。

"没错，动机很重要，"独孤老师伸了个懒腰，站起身来，"好了小伙子，东西和材料都丢这儿吧，设备我这都齐全。我答应你接下这个苦力活儿。你赶紧去忙你的吧。"

"多谢老师，等破了案，一定请你吃饭。先行告退。"

"要豪华大餐哦。好啦,我就不送你了,好好加油,再见咯。"

离开了独孤老师家没开出多远,我便接到了郎一锋打来的电话。电话一接通,他便大声道:"白队,我们从街道监控中发现了黑衣男子的下落!并打听到他不是本市人,目前住在火车站附近的金鹏招待所。我已安排人员前往招待所进行布控!"

"好!火车站那儿是么,我十分钟内就赶到现场与你会合!"

我市的火车站,是一座有七十多年历史的老建筑了。造型古朴庄重,客流量也可算全国前列,但设计的老化与标识的缺漏,常常让过往旅客叫苦不迭。火车站附近可谓是三教九流、各色人等出没之地,治安一直是老大难问题。并且,站外道路既陈旧又复杂,交通极为不便。

金鹏招待所处的街道两侧,全部被各种无照摊贩和非机动车辆占据,人流量也相当大,导致警车甚至无法开入。我被堵得水泄不通,只好将车停靠在街道边,徒步跑入那条小街。

来到金鹏招待所楼下时,郎一锋已经指挥警员将整个招待所的所有进出口全部封锁,又在招待所周围的各条街道上,也安排了警力驻守。

他见我跑来,立刻招呼道:"白队!这边刚刚布控完毕。嫌疑人在三楼房间里,目前没动静。十五分钟前服务员上去清洁时,他在里面睡觉。咱们立刻实施破门缉捕?"

我点了点头。我俩迅速来到房间门口,一左一右守住门口,让女服务员喊门。

她喊了数声后,房间里没有半点动静,见状,我只得拿招待所的钥匙打开房门,接着一脚踹开。守在一边的郎一锋一个箭步冲了进去。

"糟了,人好像溜了!"郎一锋望着凌乱的床铺,空无一人的房间,大声喊道。

我紧跟着冲进门去,这只是一个一室一卫的小间,嫌疑人无处遁形。一眼扫过去,只看见阳台的窗户开着,我急忙叫了一声:"从窗户逃的!"然后猛地跨上窗台,朝外一看,底下几名警员正守着,其中一名警员见我探出头来,大喊道:"往屋顶爬去了!"

我半身探出窗口,向上望去,一个人影已经翻到房顶,倏地没了影踪。

窗户口右侧墙壁一米多远处,有根手臂粗细的水管紧贴着外墙,那人一定是顺着它爬上去的。

"真是了不得的身手。"我暗自赞叹道,右脚踏上窗台,发力一跃,腾空向那铁管扑去,双手紧紧抓牢,待双脚跟进,蹬住铁管便往楼顶爬。

三两下爬到楼顶,翻越围墙进去。只见那男子依然穿着那身黑衣,手里居然还怀抱着那个皮包,正惊慌失措地四下里张望着,思考如何逃脱。但招待所四面都已被警察包围,而且这又是三层高的楼,直接跳下去少则轻伤,重则残疾。

我径直朝他冲了过去,一边喊道:"别动!别心存侥幸,老实蹲下!"

黑衣男子见我瞬间就要逼近到他的身前,忽然翻过围墙,纵身跃了下去……

我大吃一惊,只听见"轰"的一声,那男子居然摔在对面临街商贩的塑料棚顶上,将塑料棚都撞得变形了。他挣扎着爬起身,踩着塑料棚沿着小巷跑去,后面两名警察在下方急速追赶。但是地面的人流与障碍物实在太多,渐渐被拉开了距离。

"没办法了。"一秒之后,我做出了决定。

我跨上围墙,全力鱼跃,在空中蜷缩住身体,然后翻滚着摔在对面塑料棚顶上。

落在棚顶的瞬间,只感觉背部和手肘传来一阵钻心的剧痛,我一咬牙,猛地爬起,也踩着塑料棚向黑衣人逃跑的方向追去。

追了几步,远远望见他已跑到棚顶的尽头,朝侧方的一扇窗户猛地一脚踹过去,不顾玻璃渣飞溅,便一头钻了进去……

我也很快跟到窗下，一个鱼跃从破碎的窗口跳进去，在地上翻滚了几圈，从周围人群发出的惊呼声中站起身。原来，这里面竟是车站附近的一个小商场，无数店员和顾客一脸震惊地围观着这场追击。

　　黑衣人跑到商场内的一架自动扶梯前，一屁股顺着扶手滑了下去。我紧追不舍，一步数个台阶地连跳带跑，也飞奔到了一层。来不及喘口气，只见那家伙已经推开人流，跑到了门口。

　　"真是个属泥鳅的，"我暗自骂了一声，一边大喊着，"抓犯人，让一让！"一边从人缝中挤到门口。探头左右一看，那黑色的身影一窜，消失在角落的巷口。等我跟上时，他已到了巷子深处。

　　好在这条巷子已不在闹市区，行人寥寥。我迈开步子加速冲刺，眼见就要追上，那人居然使出一个足球赛里变向摆脱的动作，斜刺里就要转进一条岔道。"既然你用这招，我便只好……"我用尽全力一跃，摆出一个飞身扑救的姿势，仗着身高臂长，右手一下握住了他的小腿，手上一用力，将那人拽倒在地。

　　未承想，他不顾摔倒在地，居然另一只脚凶狠地朝我面门踹了过来。我头一侧避让过去，被他重重踹在肩部。

　　这一脚的力道大得惊人，我生平搏斗中，也罕见如此力道。吃疼手上略一松，他便挣脱束缚，爬起来跌跌撞撞向这条岔路里跑。未承想，这条路的末端居然是一条隧道的入口，他想都没想便消失在洞口里……

　　我暗道不好，顾不上痛，急忙爬起跟上。连续几天没有好好休息，使我的体力已达到了临界点，只能咬紧牙关坚持……我大口喘着粗气，拖着沉重的步伐，跑进洞口内。

　　走进隧道口，才发现原来这里是火车站附近一个废弃的铁路矿道。

　　矿道的中央，铺着一条锈迹斑斑的铁轨，水泥结构的拱顶与墙壁连成一体。因年久失修，墙体上已裂纹交错，斑驳凌乱。仿佛每用力踏一步，都会震得砂石从裂缝中窸窸窣窣地泻下。

我跑了十来步,便看见前方竟现出三个分岔口来,而对方的身影早已不知所踪。

"这下麻烦了……"我无奈地叹道。只得放慢步伐,蹲下身来,仔细地检视地上的足迹。约莫两分钟后,我终于大略地辨出一个方向,朝那追去。

我走进那条分岔口,迈开大步奔跑,喘息和脚步声从隧道深处传来了阵阵回响。而越往深处,光线越暗,几乎看不清脚下的铁轨了。

"莫非,这是条死路?"我心念一动。

眼前,越来越黑。

因事发突然,我并未携带任何照明设施,只能摸着黑慢慢前进。

如果那人发现是条死路,肯定会掉头回来。对方是个出手狠辣、作案凶残的家伙,若在暗处埋伏我,那可不是开玩笑的。念及此,我取出配枪握在手里,两手在胸前摆个架势,提防着对方突施杀手,一边轻手轻脚地在黑暗里行进……

大约是人在黑暗中本能地会产生恐惧吧,即便是身为刑警的我,在这幽暗、空洞、危机四伏的隧道里,也不由得头皮阵阵发麻。

我屏息凝神正在走着,忽然间,伸手不见五指的黑暗里,一阵劲风扑面袭来!

我悚然一惊,但由于长期的训练,身体已经电光石火般自然反应:上身猛地向后一仰,右脚顺势发力向正前方蹬踏过去,结结实实踢上什么柱状物体。

只听见"啊哟"一声怪叫,我心知定是踹在那人的迎面骨上,便立刻判断出对方的身体位置,双脚一剪,对方被绊倒在地。

我右手略一撑地,跃起擒住对方的手臂,从裤兜掏出手铐,"咔"的一声铐上。没料想,那人伸出另一只手,反手试图掐向我的咽喉。

我急忙"啪"一下格开,反握住他的手臂,猛地用力,把他肩关节卸了下来。

那人"嗷"的一声发出一声惨叫，趴在地上痛苦地扭动。我从皮带上解下手机，借着微光看去。这人面色黝黑，剃了个板寸，一脸凶相，身材一米七出头。看外形和装束，正是那天进入四号包间的黑衣男子。

"你叫什么？干什么的？还有，怀里那个包呢？"我拎起他的衣领，大声喝问道。那人将头一缩，装作充耳不闻。

我心头火起，用力把他往地上一丢，又手持手机，朝四下扫去……

果然，离他不远处的隧道边，掉落着一个黑色的皮包。

我快步过去将皮包捡起，拉开拉链，是一大坨皱巴巴的旧报纸。我揭开报纸一角，一个密封的透明塑料袋露了出来。

塑料袋内，一粒粒半透明的白色结晶体在微光下闪烁着。

"你是个毒贩？"我吃惊地望向那黑衣人。

[第十章]

PART 10

季风之章（五）

"你，爱你妹妹吗？"

我在午夜里惊醒，耳畔萦绕着这句话。好像是白警官之前说的吧。

我真的爱妹妹吗？我一直觉得对此是毋庸置疑的。

那个从小绕着我叽叽喳喳要糖果吃，上学后被人欺负找我出头，长大后有什么心事都会悄悄告诉我的妹妹……我们之间那血浓于水的兄妹手足情，是发自内心的。

然而，现在回想起这句话，为什么我会有一丝愧疚般的悔恨，在心底发芽？

我真的了解她吗？懂她的喜怒哀乐吗？清楚她的心理状态吗？如此一想，感觉好像并不似儿时那么亲密无间了。可这种莫名的隔阂，是从何时出现的呢？

我坐起身来，看着窗外的星空。繁星点点，夜凉如水。此刻，父母都去外地旅游散心了，独留我一人在家，更加觉得莫名的惶恐与死寂。

桌上的手机一闪一闪。

我拾起拿在手里，是睡前颜泓发来的信息：

"对不起。是我的错。害你受了这么大的打击……深深抱歉。"

我手指翻动，回了过去："没有的事，真的谢谢你的帮助。不要为此难过。"

没想到，刚刚过去半分钟，她便回了过来："以后……还能做你的小助手吗？"

我笑了笑，按动键盘输入几个字："夜这么深了，你先睡觉，明天再说吧。"便将手机放在一边。

此刻，躺在妹妹的卧室里，我忽然觉得莫名的伤感。

虽然妹妹的那些照片和像框都被我收进了箱子里，然而床头的粉色台灯，墙上的明星海报，哪怕是窗户上挂着的编织风铃，都让我感受到妹妹的存在。失去亲人的切肤之痛，在这孤独的午夜里，更令我无法自拔。

我真的了解妹妹吗？

走到书桌前，我轻声拉开抽屉，看着里面那些收拾得整整齐齐的文具、活页夹、笔记本。我随手翻了翻，里面都是妹妹念书以来的课堂笔记，工工整整，一丝不苟。她一直是个非常认真、有原则的女孩，一直都是。

我打开另一个抽屉，里面摆放的都是妹妹念书以来获得的各种奖状，大都是作文竞赛的。与我这个从小只知道四处打野战的哥哥不同，她从识字起便喜欢看书，写点小文章，经常会被老师喊去参加作文比赛。这也是她立志成为一名新闻从业者的原因吧，我想。

最后一个抽屉里，装满了妹妹收集的磁带。虽然为了这件事，与母亲吵过几架，但她还是坚持要在写文章的时候听音乐。

依稀记得那时我问她，既然你这么喜欢听歌，为何从来没有见你唱过呢？她总是红着脸说，反正你也不喜欢那些歌，要唱给有音乐细胞的人听之类。我总是哈哈笑着，拍拍她的脑袋说，其实你只是怕跑调对不对？然后她便假装恼怒，大力地捶我的胸，让我出去。

哈哈，我不禁笑出声来。擦了擦眼角的泪水，一盒盒抽取出那些磁带，低声念着上面歌手的名字。

当我抽取到内侧一排时，抽屉底部忽然露出一个日记本来。

我轻轻地把那日记本拿了出来，封面是一面倒映着雪山的湖水，侧面中间位置有一个密码锁。我笑了笑，立刻拨动锁上的密码转轮，调节到"729"的位置，果然，"嗒"的一声，锁打开了。

原来你居然还是用了这个密码，没有换过。

回想起多年前，我无意中发现这本带锁日记时，立刻便猜到了密码——妹妹的幸运数字"7，29"。正当我津津有味偷看记录着小女生情绪的日记时，妹妹忽然出现在身后狠狠打我的背，还大声喝问我，你是怎么知道密码的？

我带着一丝苦涩，又翻开这本日记，打开到第一页。

"一九九二年　二月二十日　多云

今天，是我想到要开始记日记的日子。以此纪念下我逝去的十六岁。

本不想这样伤感的，但是窗外的云，暗示我，她已经不是昨天的那一朵了。"

我忍不住又笑了起来。没想到这么多年后，再看到这熟悉的第一篇，还是被那颗单纯的少女心打动了。我快速地翻阅着，之后的每一篇日记，印象都那么清晰，直到被我偷看的那天……我又向后翻了几页，是空白的。难道，妹妹被我发现后，就不愿意再写日记了吗？

等等，在十几页后，又有了新的日记。

"一九九七年　三月六日　星期四　阴

倘或有人问我，再次记录这些琐事的意义，我定会答道：这，只是邀请未来的我，走入过去那个时光辗转的舞会罢了。

只是，现下的我，仍不知应否接受这邀约。他本应是个极好的人，谦逊、文雅、谨慎，如寒夜的灯塔般投出冷峻的视线。然而当他对我转而热情有加时，竟令我产生无措的困惑。我全然不知是对是错，倒好似是被一道雷光，劈在了心间，恍惚地呆立着。

沉吟半晌，无法得出答案。

忽地想到，这又何苦，由他去吧。而我，只作那天地间自由的鸟儿。"

这是全新的日记！而且，日期是一九九七年，那正是去年啊……

当时妹妹还在大学念书，处于实习阶段。我轻声默念着日记的每一句话，想象着妹妹书写它们时，所拥有的心境。呵，她还是一如既往钟情于这样晦涩抒情的文章，我想。

以前，我常调侃她酸腐、矫情，可却从未想过她内心深处的真实感受。现如今，她已去了另一个世界，只留下这只言片语，每个字都好像变得有血有肉了起来。

"一九九七年　三月二十一日　星期五　多云

也许人与人之间，本应有更多的关爱。

今天我们坐在湖边，沐浴在山色的倒影里，交谈、欢笑，我的心情是颇畅快的。他的话语，仿佛总能直击人心一般，在那面湖水中投出荡漾的涟漪。我本担心，走至这触手可及的距离，会尴尬得慌乱在那里。然而他的笑容，总能如春风；他的谈吐，又如化雨。

我不知何物在此间催发。

但那感觉温暖而明润。"

"一九九七年　四月七日　星期一　小雨

今日他邀我去了郊区的山里。

天公虽不作美，霏霏的细雨一直如影相随。但山林间，倒好似倍加清新而绿意盎然。

山路上，几无游人，我们尽兴聊着天。他竟欢快地唱起歌来，歌声在山谷与峰峦中穿梭，与溪声相和，此起彼伏，正是我所喜爱的一首。哈，竟从未料想过，他这不为人知的一面。

在山顶上，我们席地而坐。雨好似停了，又若即若离。他轻拨我沾着雨丝的额发，宛若一位温存的兄长。

相对盘膝而坐，他吟诵着诗句，让我去猜作者：

荆溪白石出，天寒红叶稀。山路元无雨，空翠湿人衣。

这王维的《山中》，煞是应景。只是此刻这山间没有如其名的红叶，只有满眼的滴翠惹人意乱。"

  这一定是妹妹那次去红叶山回来留下的日记。我清晰地记得她浑身都浇成落汤鸡了，却兴高采烈。问她怎么会这般开心，却被"嘘"了一声，说我多管闲事。原来竟是和某人在山上约会。

  只是,这人又是谁呢？妹妹的每篇日记都围绕着这个"他"，到底会是谁？这人应该比妹妹年龄大，而且应该是个修养甚好，又很有情趣的人，只是妹妹从未提及过。

  我又继续翻看下去。

  "一九九七年　四月十六日　星期三　晴

  艳阳下的湖边，气候竟宛如夏日了。

  我们已保持在湖边长谈的习惯，所涉内容也愈发多样。

  连续几日，他都诉说着他的往事，那些令人伤感的过去。他说，多舛的命运亦改变不了他向往未来的信念。我竟不知如何回应，同他相比，我的家人和睦而通达，我的人生更是幸福而温暖。我唯恐这美好，变为触动他心弦的不安。

  然他见我垂首不语，便问我道，受命运百般眷顾如你，可知人间冷暖？

  我无语作答。

  他说，若你未涉人世，至少此刻，可以感受一下我心的冷暖。继而伸出手来，将我拥入怀中。他气力甚大，在那健壮的臂弯中，我好似一只惊鸟，凌乱而失态。"

  "一九九七年　四月十八日　星期五　晴

  已不知在这条路上，我们是并肩跋涉，还是渐行渐远。

  他今日问我，未来如何计划。我直言，若有机会，应当走出国门去看一眼外面的世界。他却不语，一味搓着双手。良久才道，你倘若离去，恐怕便不会再归来了。我笑了笑，不置可否。

他大声道：难道西方的月亮便一定圆吗？

我知他只是牵挂我，不忍我远离，淡然应道：我并非贪恋富贵，只是想开拓眼界而已。

他声音却越发大了：以你所学，不过尔尔，莫非这泱泱古国，千年华章，竟不够你去开眼界，知天下？真是笑话。

我见他已愠怒，便不再言语，转身准备离去。他立时将我擎住，意欲将我按在身下。我大力发声反抗，刚巧有人经过，他只得放开。我一路跑了很远，心里难过而气愤。

难道往昔那个谦谦君子，已不复存在了吗？"

看到这里，我已惊讶得说不出话来。

这些心事，妹妹只字未提过。想想那段时间，我忙于主刀手术，长期住在医院宿舍，很长时间才会去父母家探望一下。所以，这段往事，我直到今天才知道。而这会不会与妹妹的死因有关？一个可怕的念头又重新在我的心底跃动。

"一九九七年　四月二十四日　星期四　多云

今日，他竟在图书馆找到我。我唯恐惊动他人，只得随他离去。

他诚恳地对我说，那日是他的错，请求我的原谅。

我说道：我不会因此而责怪你的。只是希望你能对我的选择，有所尊重。

他点了点头，邀我去看晚间的电影《甜蜜蜜》。我欣然同意。

未承想，傍晚，系主任竟突然找到我，并说愿与我详谈有关出国的事宜。我便让室友替我托话，告知无法赴约。

晚上，他一直未现身。我略有一丝不安。

果然，可怕的事情终归出现了。他守在我回寝室的小路上，愤怒地抓住我，并要求给出解释。

　　我压抑内心的惧怕，被他用力拖拽到校园的僻静处。

　　我方欲说明原委，未想他余怒未消，扬手便在我脸上扇了一记耳光。

　　顿时，我从面红耳赤转为泪如雨下。

　　他也有些慌乱，急忙伸出手来抚摸我的脸颊。用极尽温柔的声音哄我，劝慰我。说他只是一时冲动，气血上头。说他爱我至斯，方会怒我不争。

　　然而无济于事，我已心如死灰。"

　　"一九九七年　五月二十日　星期二　小雨转中雨

　　连续近一个月，我再未与他单独相见。每逢他来找我，便被我冷淡推却。他并未用强，只是悻悻离去。

　　即将毕业的我，打算写一封长信给他，将这份本就不合理的感情终结。

　　夜晚的如烟雨丝中，我独自一人徜徉在那面湖畔。心中百感交集。未想到，他竟也在湖边，唤着我的名字向我跑来，用力地拥抱住我。

　　雨越下越大。我们便相偎在这夜雨中。我不知是悲，是喜。

　　看着他日渐清瘦的面容，我不由捧住他的脸庞，轻轻吻了一下。

　　我们都满脸是水，根本无法分辨，那是雨，还是泪。"

　　"一九九七年　七月七日　星期一　晴

　　连续一个多月，我忙于做出国材料和准备英文考试，只在周末才与他相见。

　　自那次之后，他对我，又如过去一般体贴入微。甚至可说，比过去更好。

　　即便不能相见，他每日都会与我通电话，嘘寒问暖。周末时，他每次都会带上些许惊喜，或许，是我爱吃的糕点；或许，是新出品的盒带；又或许，是一件做工精良的名牌裙子。

我笑着说，其实你并不必这般费心。

而我心里也知道，他是在努力弥补破碎的裂痕。"

"一九九七年　八月三日　星期日　晴

虽然表面看来，一切已如往昔恩爱，但我一直有不安的预感。

只是未尝料到，噩梦会降临得如此之快。

为了练习口语，我约了一位外文系的男生，在学校英语角交流。他英语甚好，也不时给予我相当切实有用的建议。

练习了约莫一小时后，我看见了那张怒容满面的脸。

他如一头狂怒的狮子般咆哮着，一拳拳用力打在那位男生的身体上，每下都是死手。男生无力反抗，唯有倒在地上痛苦呻吟。

我用尽全力抱住他的腰，大声喊道：如果你再不停手，我们就立刻结束。

他愕然，停止了暴力，转而将我拉至一边，质问我。

想要开口争辩，然而刹那间，我明白了什么。

这般暴烈的爱，已非我所能驾驭。

我只能放手。"

"一九九七年　八月十日　星期日　多云转晴

过去的一周之中，我每日都不自觉地流泪。

室友善意地劝我，说我不应为此而伤痛，对方自开始起便是个错误的选择。

是这样吗？

回想初时那个决定，我会后悔吗？

午后，哥哥特意看望了我。强作欢颜的我，不想家人被牵连进入。是对或错，只是我们二人之间的事情罢了。"

"一九九七年　八月十五日　星期五　阴

今天注定是我人生中最灰暗的一天。

纵然刻意回避，仍被他在无人小路守住。

他的脸色比天气更为阴郁。我承认，已经害怕得颤抖了。

他拽住我的手臂，喝问道：你真的决意，便这般一刀两断了吗？

我不语。他便用力箍住我的手腕，重复那个问题。

你真傻，真的。我心里想。

他沉默片刻。忽地拔出一把匕首，在我眼前不住晃动。又用我从未能想象到的恶毒语气说道：如果真的是这样，我便杀了你。

那一刻，我忽然间爆发了，用尽全力抽了他一记耳光。在他震惊之际，转身便跑。

那也许是我人生中跑得最快的一次。

我终于跑进宿舍，用被子盖住脸，痛哭流涕。"

"一九九七年　九月十日　星期三　晴

这应当是我最后一次记日记了吧。

翻看着之前每一页的日记，心如刀绞。

当这日记，已彻底沦为了记录这荒唐感情的账本时,我决意终止这一切。

他并未如我所想一般再出现过。

其实并非没有见到，只是他恍若从不识得我般，再不看我一眼。

这便最好不过了。

没有句点的结尾，是我所能想到最完美的终章"

我合上日记，心"怦怦"地跳动着。

这所有的一切，全都是我所不知道的事情。而且，只发生在一年之前。那时妹妹已经大四毕业，但为了准备英文考试，依然寄宿在学校宿舍里,一直到十一月份才搬离。我只记得,那段时间妹妹情绪不太好,我还以为是备考的压力过大所致。

后来,她英文考试只得了很惨的分数,也放弃了出国,准备在市内找工作了。为此我还安慰她说,在市里也挺好,至少能天天见着父母和我呢。如果是平时,她必定会说:"切,谁要见你。"然而那时她只是默然一笑,轻轻握了握我的手背。我又如何能想到,这之中竟有这般隐情。

无论如何,必须查清这日记中的男子是谁。

我将日记轻轻放回,窗外已是天色发白。揉了揉僵硬的双腿,简单洗漱了下,我便去准备早饭。

正准备煎蛋时,有人按响了门铃。

我开门一看,一个身穿天蓝色T恤,扎着双马尾的小姑娘站在门口,低着头揪着自己的发尾,柔声说道:"是我的错啦。请收留我,多谢多谢。"

除了颜泓还有谁。

我感到好气又好笑:"你怎么这么早便起来了。"

"看了你半夜的那条短信,就睡不安稳咯。然后很早就起来了,你看,呐,还有黑眼圈呢。"她指了指自己那双大大的眼睛。

"好吧。正好准备了早饭,赶紧吃点……"我话还没说完……

"开动喽。"她已经坐在餐桌边,开始嚼面包。

我把煎好的荷包蛋放在两块切片面包上,又各摆上两片培根,装进碟里端了过来。颜泓已经把桌上的羊角包打发了一个,还含混地说:"季风,你知道吗?"

"怎么了?慢点吃,我去热饮料。你要牛奶还是豆浆?"

"都行。我是不挑食的健康饮食主义者,"她努力把口里的面包吞下,"你知道吗,我给公安分局打了电话,听说……白警官又接手了其他的案子。"

"喔,我也好像听说过,一个地产商被杀了。"不过我对此完全没有兴趣。

"我要说的不是这个啦。白警官虽然很忙,但还在百忙之中,帮我抽空查了下那个聂大夫。"

"你怎么还是盯着他不放。他说的都是真的。还有,白烨怎么会莫名帮你的?"我把两杯牛奶端至桌前,拉了把椅子坐下。

"这还不简单,我就说是你的女朋友呗。他能不卖我个面子嘛,嘻嘻。"颜泓嬉皮笑脸地接过牛奶,不等我插话,继续说道,"好啦,不要在意这个。我要说的是,白警官仔细查过了,那个叫聂子清的大夫,与季琳没有任何利益纠葛,一毛钱关系都没有呢……"

我刚要扭过头,她接着说道:"喂喂,等等。我还没说完,我又打听了毛国柱的心理大夫,名叫景未阳,是个业界口碑相当好的心理咨询师。他对毛国柱所为很惋惜痛心。不过这件事,跟景医生也是毫无瓜葛。所以……"

"所以我早就叫你别再纠缠那些了。我又有了一些新的线索。"

"咳咳咳……什么什么?"颜泓一口牛奶喷在桌上,一边用餐巾纸擦着,一边瞪大了眼睛看着我,"你是说,又有了新的线索?"

"嗯,等我们吃完早餐,我再详细告诉你。"

我俩一边用餐边随意地聊了聊,颜泓虽然满是期待,仍然耐心地等待我吃完早餐,还帮我去洗刷了碗筷。

我将她带到卧室中,取出了那本带锁日记本,递给她:"这算是我妹妹的遗物了。里面是她的日记,记录了一些去年的事情,你看看吧。"

颜泓小心地接了过去,朝我笑了一下:"谢谢你这么信任我喔。"然后坐在床边,打开日记,一篇篇地翻看了起来。

半个多钟头后,她抬起头来:"我看完了。一个字一个字地很专注地看了。不知道该说些什么好,可能我和她绝非同类吧,我是断然不会和这样的男人来往,不,别说来往,连朋友都没法做。"

"嗨,我觉得重点不在这个吧。"我说道。

"唔……抱歉。因为是女孩子的缘故,不自觉地就代入了恋爱的角度。"颜泓吐了吐舌头。

"颜泓,你怎么看待这个男人?你觉得他会有关联吗?"

"从直觉的角度来说,是有关联的。可是如果站在实际的角度,这样的人也绝非少见。所以,我并不能立刻下定论呐。"她望着我,继续说道:"我们不妨来总结一下这个男人好了,年纪比季琳要大。模样应该算是周正,从叙述来看,属于文质彬彬、衣冠禽兽的那种。"

"哈哈。"我笑了一声。

"才华呢,凭良心说还是有的。不过并不是我喜欢的类型。至于谈吐和修养,只能说在正常状态下是不错的,但情绪失控后,就陷入到另一个状态下去了,"颜泓认真地说道,"性格嘛,易怒的性格,很典型。偏执又孤僻,大概也是跑不了的。"

"分析得相当合理,"我几乎要鼓起掌来,"我再告诉你一些情况,妹妹大四毕业前,在一家文化公司实习,那公司附近的确有一个湖泊。不过呢,她的学校里也有个小一点的人工湖。她大约是白天去公司实习,下午五点后回学校里休息。"

"嗯,湖泊……日记里也提到多次。你的意思是说,除了这家公司和学校里的人,她不会接触到其他异性咯?"

"据我所知,应该是这样,不过,自从夜里发现了妹妹的日记,有这么多从未知晓的秘密后,我也不敢确定了。"我指了指日记本。

"姑且这么假定吧,那么可能的身份就会有,文化公司的职员或高层、学校的学长或老师……但是呢,从日记的字里行间,流露出'他们的结合并非正常'这样一个事实。那么我们可以把范围缩小到文化公司的高层，或者是大学老师，这两个身份上去。"

"嗯，和我推断的差不多，估计会是年龄比较大的那种。"

"其实也不用这么麻烦啦，我们只要去她的学校问一问。毕竟，当时也算闹得沸沸扬扬。总会有人了解详情的不是吗？当然，最好是能找到她的那位室友啦。"

"对哦！你这么一说，我对她的室友倒是有印象。好像是叫刘君洁，人很单纯可爱，与妹妹的关系相当不错。她本科后继续在本校读研，现在应该还没毕业。我们可以去大学里找找看，宁滨师范大学。"

"话说回来，我还没进过大学呢。唉，离报到的日子越来越近了……"颜泓愁眉苦脸地说道。

白烨之章（六）

新区分局的医疗室里，干净整洁，只是一股扑鼻的消毒水气味熏得我够呛。

"喂，绷带还没绑好呢，还有纱布。"年轻俊俏的护士谷晓雨抓住我的胳膊说。

"这点小伤，随便处理下就好了吧。"我只得又躺了下去。

"你要看报告单不？各处瘀青，软组织挫伤，表皮破损二十多处呢，没骨折算你运气哦。"

看来从三楼跳下来真不是闹着玩的。所幸这些伤不算白受的，到底抓住了一个藏匿我市多年的毒枭——惠天豪。

此人以在黑市贩卖冰毒、摇头丸为主，行踪隐蔽，且狡猾异常，反侦查能力极高。虽然警方大力搜捕此人，但他一直没有落网。据传他还曾在武校学过功夫，那一脚踹在我肩头，到现在我那里还肿得厉害，如果当时是正中面门，后果不堪设想。

"你知道我这次抓到的那家伙，绰号叫什么吗？'飞天玄蛇'！"

"哈，挺霸气的名字啊。"谷晓雨用酒精棉在我的伤口上涂抹消毒，疼得我直咧嘴。

"因为他常年一袭黑衣，动作又敏捷，而且手段狠毒。不过啊，饶是这么个狠角色，看到那几张足浴馆的犯罪现场照片，也被吓得一哆嗦。"

"可不是。我好歹也是学医的，只是想想都瘆得慌呢。所以，杀死蔡志东的凶手好像不是这毒贩子。"谷晓雨把绷带一圈圈裹在我的腰上。

"嗯，肯定不是他了。审了一下午，我跟郎一锋轮番上的，姓惠的很快就全招了。这家伙只干过贩毒、抢劫、聚众斗殴，论杀人，他还差点儿胆。那天，他本来约了下家在足浴馆里交易。在那儿，他做过的交易不止一次了。每回都是一成交便闪人，谨慎得很。"

"他心里肯定堵得慌呢，杀人的没抓着，逮了个贩毒的。"

"碰见我白烨,那都是一样了,"我得意地挑了挑眉,"这样一来,有重大嫌疑的就只剩一个褐衣人了。"

"我听说吧,那个人刚进足浴馆,蔡老板就死了。要是他干的,下手可真够麻利的。"谷晓雨用胶布细心地帮我把绷带和纱布都固定好。

"嗯,我们姑且认为凶手通过第三方,了解到了蔡总的位置,于是快速赶到将其灭口,怎么样,颇有点职业杀手的意味对吧?"

"没错哦。港台黑帮片里都这么演的。"

"而疑点就在于,蔡志东是通过什么手段,把自己的包间号透露给第三方的?我们把死者的传呼机都送去厂家检验了,人家说不可能发出消息。而且蔡总好像为了秘会情人,大哥大、手机之类统统丢在家里。"

"这个我还真想不明白了。你说现在的男人,怎么有点钱就要去外面找情人,包小蜜呢?"谷晓雨在我身上喷了点止痛喷雾,继而拍拍我的肩膀道,"嗯,伤口都处理好了。我也来学你一把,拍肩狂魔。"

"你说什么……什么狂魔?"我摸了摸脑袋,一跃下床,"算了,谢谢你啦,麻烦了。"

"难得给你包扎次,客气啥。你们在外面跑的,都要小心点,刀枪无眼哦。"谷晓雨冲我笑笑。

走出医疗室,我回到会议室内,听取了最新的案件进展,姜宇阳已经根据电信公司的记录,追查到了蔡志东那名情人的下落。

"此人名叫杨可瑶,年龄二十四岁,无业。目前居住在紫湖山庄一栋花园别墅内。"姜宇阳的大嗓门震得耳朵嗡嗡作响。

"紫湖山庄?那可是玉衡置业的顶级别墅楼盘,蔡老板对女人可真是出手阔绰啊。"唐遥插口道。

"小唐,能不能等我把话说完?"姜宇阳粗声粗气地呵斥道。他其实只比唐遥大一岁,早进队里两年。

"好嘛，姜哥你继续。"唐遥一缩脖子。

"我们还根据通话记录，发现杨可瑶除了与蔡志东联系密切外，另有一个号码也出现得较频繁。并且，所有记录里杨可瑶都是呼叫方，且只接通过一次，通话时间两分钟。然而我按这个号码拨去多次，对方从没接听过。而且，最后一次拨打时，对方已注销了号码。"姜宇阳看向我。

"可能对方装有来电显示，不接陌生号码。你们查过那个号码的来源么？"我问道。

"查了，查出来用假证办的卡。真实身份不明。"

"防范做得很足啊……看来得从杨可瑶那儿入手了。"我交叉双手说道。

"我带人去她住处查，被她以无搜捕证擅闯私宅的理由赶了出来。还说要捅到检察院去呢！估计这女的来头不小。"姜宇阳气愤地捶了下桌子。

"她能有啥来头，她情夫还差不多。"唐遥打了个哈欠，无视姜宇阳瞪视他的目光。

"不仅如此，杨可瑶居住的别墅附近，还有一些打手模样的人出没，似乎像在暗中保护她。"郎一锋说道。

"哦……是这样吗？"我略一沉吟，抚着桌子说道，"也罢，我去申请搜捕证，姜宇阳你多带点人暗中布控那栋别墅，这次给我看牢点。"

"放心吧，这次包在我身上。"姜宇阳拍拍自己厚实的胸脯回应道。

我又环视了会议室一圈，问道："陈波呢，他怎么没在？"

"噢，早上蔡志东的遗孀来了，哭哭啼啼的，说一定要讨个说法。陈波不是刚好在查他们家的利益关系网嘛，他就一边好言哄着她，一边跟她回家暗中调查了。他让我给你打个报告。"郎一锋语速很快地说道。

"哈哈，陈波这小子进步很快嘛。好的，那大家先解散，下午我要去亲自会一会那个杨可瑶。在此之前，我还有些事情要准备。"

傍晚时分的紫月湖波光粼粼，夕阳如火烧一般照耀着湖面。清澈的湖水倒映着晚霞，宛若橙红色的游龙，藏在荡漾的涟漪之中，若隐若现。这片湖水便是这座城市除了红叶山之外，最优美的自然风景了。

湖畔的那一栋栋欧式别墅，更是独览湖景的胜地。紫湖山庄别墅区就坐落在这片别墅群里。

山庄里的别墅大都是今年所建，选用的户型都借鉴了欧美的设计，线条简洁明快。虽然建筑的外形展现着现代工业设计的简约美感，但用料和选材都是毫不含糊的，砖石结构外墙上贴着轻巧的玻璃纤维装饰板，美观又大气。巨大的落地窗贯穿两层厅堂，将湖光山色揽入怀中。庭院也是考究的园林设计，石板构建的廊道与细砂铺就的小路相映成趣。更有巍峨的砖墙和高耸的铁栏杆将这片绿地包裹得固若金汤。

然而，这样一座美轮美奂的豪宅里，却空空荡荡，只住着一个年轻女孩。

此刻，这孤独的女孩斜靠在二楼落地窗前的太妃椅上，手里握着半杯红酒，百无聊赖地看着时尚杂志。

她的姿色可算上乘，媚眼如丝，肤白胜雪，一头挑染的披肩长发，穿着的睡裙也是精致而考究。

只是，为何她却寂寞深闺，无人相伴？

这寂寞很快便被一阵剧烈的铁门敲击声打断。女孩吓了一跳，很不情愿地走下楼去。

她打开屋外大门，一边朝着来人大声喊道："你们怎么又来了，不是说了没有搜查证就别来嚷嚷吗？听不懂还是怎么的？还有，墙上有门铃不会按吗？"

一个红脸膛的高大警官朝她敬了个礼，用极其洪亮的声音说道："杨小姐，搜查证已在申请当中了，为了及时破案，我们先行进入调查，并不碍事吧？"

"去你的，没搜查证就不要来烦我。好好的雅兴给你搅没了。"那女孩骂骂咧咧，便要把门关上。

"哎，等等，别关门，我们很快就会办好。"那红脸膛警官伸出强壮的手臂，卡住大门。女孩用尽全身力气也不能扳动半分，急得直跺脚。

这时警官的身后传来一声大吼："奶奶的，有你这么欺负女人的吗？"一个浑身刺青，身穿白色背心的健壮男子飞奔而来。

他伸出右手，按住了那警官的手臂。仔细看去，这男子的脸上从额角到鼻梁处，有一道蜈蚣般的刀疤，甚是吓人。

那红脸膛警官怒道："你什么玩意？别没事妨碍公务。"一边使出擒拿手段，试图将疤脸男子按倒在地。

未料到那男子反应极快，见招拆招，高大警官使了一套警用格斗术居然都制伏不了他，反而被那男子反剪住手臂，动弹不得。

那警官知道遇上了道上的高手，厉声道："你小子居然胆敢袭警？"

疤脸男子针锋相对道："怎的？就许你欺负弱女子不成？"说归说，手上还是松了劲道。

那高大警官立时挣脱，但他也不再纠缠，只是整理了下警服，便向门外走去，来到停靠在不远处的一辆面包车边。

经过车窗时，他不动声色说了一句："真是郁闷，碰上了个硬茬儿。"

面包车里的人叼着烟，嘴角抽了一下，吐出一句话来："没事，有备用方案。你先撤。"

话未了，那高大警官装作什么都没发生似的，已然走出很远。

然而这些微妙的细节，却没能逃得过那美艳女孩的眼睛。她愤愤地骂了一句："几个破警察，还想耍老娘。以为老蔡死了，你们就能轻轻松松进这道门，做梦呢。"她看向那个疤脸男子，小声说道，"谢谢你帮我解围了。"便要将门关上。

没想到那疤脸男人赶上一步,在女孩耳边小声说了几句,那女孩顿时露出吃惊的神态,松开一条门缝,放了男子进去。

进了别墅内,疤脸男子脱了鞋,轻轻放在一旁鞋架上,朝女孩鞠了个躬,说道:"以后公司里大大小小全体成员,都会全力支持杨姑娘。"

女孩并没有露出任何表情,只是淡然说道:"可那个老女人怎么办,她会甘心?我不信这是老杜的决定。"

没想到那疤脸男子又凑近女孩耳语了几句,女孩更是露出惊愕万分的神情来,以至于结结巴巴道:"你、你说什么?老蔡没死?可是新闻里都播出来了,蔡总他……"

那个疤脸男子咧开嘴,露出丑陋的笑容:"蔡总正躲在红叶水库的疗养院,享受着钓鱼呢。这是公司的最高机密,你可千万不能泄露出去。这关系到你和蔡总的感情,更关系到蔡总后面的一系列大生意。要是给警察知道了……"

美艳女孩刚刚缓过神来,伸出一根手指放在嘴上:"你当我是蠢呢?这肯定谁都不会透露的,"她眼神一动,凛然道,"你不会是骗我吧?我凭什么信你?而且我只听过你的名字,都没见过你。"

疤脸男子有些恼火,不悦道:"你没看见外面的警察?我告诉你,那面包车里坐的可都是警察!亏我舍了命偷偷给你通气。你不信我海蜈蚣海金胜,你得信这条刀疤!"他把脸上那道刀疤冲着女孩晃了晃。女孩露出一脸恶心的神情,急忙伸手推开:"我早留意到那几个警察了。有几个还是新面孔。"

"嗯,听说这几个警察里,有个家伙很厉害,咱们可得小心点。"海金胜点点头。

"啊?这些警察盯上咱公司啦?老杜知道不?"

"杜总自然知道,他已经在安排财产转移了。还有公司的几个大敌,都安排人过去对付了。"

"那就好。老杜的手腕果然硬啊……欸对了，老蔡他装死，要到啥时候才能还魂？还有，他光是说让我做一把手？没提财产转移的事？"女孩皱着眉头。

海金胜从裤袋里掏出一个信封，递给女孩说："你自己看吧，底下有蔡总的亲笔签字。"

女孩露出一丝喜悦的神情，又急忙掩饰了回去，她接过信封，小心地撕开，抽出里面一张印有"玉衡置业"字样的信纸来。只见上面写着：

"杨可瑶吾爱，

我如今'已死'。但你等万不可声张。我已留'遗嘱'，你从今日起便代理公司首席执行官，但我妻子施妍颁分得我名下所有股份。我会在明年年初安排与你见面。想你，吻你。

蔡志东"

那美貌女孩便是蔡志东的情人杨可瑶了。只见她拿着那封信的手，不住地颤抖，终于忍耐不住，将信札统统撕得粉碎，大声怒骂道："我去你奶奶的！所有的股份都给那老女人？那我要做这首席执行官有个屁用啊？蔡志东你还是个人吗？"然而她又忽地警觉，狐疑地看着海金胜。

海金胜见状，赶紧上前，猛地捂住杨可瑶的嘴，恶狠狠说道："都说了不要声张，你他妈是真蠢呢？"

他偷偷朝窗外瞄去，见面包车那没有任何动静，才吁了一口气。然后拉着杨可瑶的脑袋，把她拽进了别墅深处的一个书房里。

海金胜轻轻把书房门关上，锁好，才将手松开，杨可瑶顺势坐在书房的靠椅上，大口喘气。海金胜则不厌其烦地，仔细地检查书房的各个角落，连地毯的边缘都摸索了一遍。

许久,才对她说道:"你知道不?刚才我们说话的地方,有警用窃听器。"

杨可瑶大惊道:"这、这不可能啊,我天天都守着,而且我警惕性绝对不低。怎么可能有人能进来安装窃听器?"

海金胜说道:"所以说你蠢。知道不,这次来了个叫白烨的警察,是个潜入的绝顶高手。他今天下午三点的时候,潜进别墅来安装了窃听器。"

杨可瑶说道:"那怎么办?蔡总他的事……"

海金胜得意地一笑:"哈哈,所以这就叫道高一尺,魔高一丈。老子是什么人,混了江湖这么多年,还能比不上那个姓白的?刚才我说的话真真假假,不过,蔡总真的没死。"

杨可瑶使劲摇摇头说道:"你弄得我全乱了……我都不知道该不该信你。"

海金胜指了指书房的门:"现在这个地方,就我们俩。天知地知。我当你是自己人,掏心掏肺给你说,你不要不识抬举。"

杨可瑶半信半疑地点点头:"那好,我也当你是自己人,啥都不隐瞒。可那封信呢?"

海金胜咧开嘴:"那封信也是真的。"

杨可瑶骂出声来:"啥玩意儿!他就这样把大伙卖了?弄了这么出假死的戏,就为了把股份都转给他老婆,自己躲山里去钓鱼?"

海金胜闻言怒道:"你说什么?玉衡要不是蔡总这么多年来辛苦打拼,能撑到今天?他怎么分配财产,轮得到你放屁?"

没想到杨可瑶反倒笑了起来:"海蜈蚣啊海蜈蚣,你真当我足不出户就啥都不知道?就被你蒙骗?老杜早就想弄死老蔡了。况且,我没记错的话,老蔡说过,你算大半个老杜的人。"

海金胜愣了一下,半晌才说道:"公司里都传你叫杨狐狸,没想到真是精似鬼啊。其实我是想探探你的口风的，看看你站在哪边。"

杨可瑶面露不屑："你不是聪明人吗？这还用问？"

海金胜谄笑道："杨姐，咱这不是明白人装糊涂嘛。但你不亲口给个准儿，无凭无据啊。"

杨可瑶用手点了点海金胜的脑门，轻声说道："杜志坚亲自叫我雇人杀了蔡志东，这几天我一直悄悄和一个搞暗杀的神秘组织尝试联系。我可是打了十几个电话过去，对方根本不接……"

"等等等等，你说啥暗杀组织？"

"我记不清了，好像叫什么罗刹……"杨可瑶犹豫地瞟了海金胜一眼。

"罗刹？我江湖上混了这么多年，完全没听说过嘛，真他妈邪乎。那你到底跟人联系上了没？"

"嗯，最后终于是接通了一次，我把情况给对方说了。只不过，人家不肯做。"

海金胜面露疑惑道："为啥不肯做？"

杨可瑶摇摇头，说道："我也不知道真相。对方没提任何开价或暗杀难度之类的话，就是说了一句，你们不配。"

海金胜面露愠色："嘿！还有这种组织？这还不都是我花钱你出力的买卖，有啥配不配的？"

杨可瑶说道："这我可真不知道了。我也是费尽九牛二虎之力，才联系上那个组织。据说非常非常神秘。反正他们不做，我们再找别人做呗。"

海金胜破口大骂道："我去他妈的什么鸟组织，这么看不起人？你把联系的号码告诉我，我去问问他们什么意思！"

杨可瑶笑了下，将自己纤细的右手伸进礼服，从里衣下，慢慢摸出一个纸条来，用力一按，贴在海金胜的脑门上。

海金胜露出一脸痴相，眼睛上翻，把纸条上的号码，一位一位念了出来。

然后他也从自己裤兜里掏出了一样东西，用两根粗壮的手指夹住，按在杨可瑶脑门上，朗声道：

"宁滨市新区公安分局，刑警中队中队长唐遥，奉命缉捕你！这是我的警官证。"

而与此同时，紫月湖对面一座别致的亭台里，我放下高倍望远镜，冲着对讲机说道："姓唐的，你居然趁机贬损我，看我回去怎么收拾你。"然后拍了拍身边一个双手被铐着，嘴里塞满破布的疤脸男人，笑道："海蜈蚣，这次的行动，你才是立了头功。"

季风之章（六）

位于宁滨市南端的大学城，是本省高等教育产业的重点地区，也是这座城市一直以来的骄傲。大学城里错落有序地分布着多所大学，且每一所的建筑风格和人文气息都别具一格。

我曾经就读的宁滨医科大学，便全部是红顶白墙的建筑群，学校还配备了两所附属医院，为在校学生的实习和研究，提供了良好条件。

而颜泓即将进入的宁滨理工大学，则以淡绿色的主体建筑为主，校园里的风景也非常不错，一片广阔的水杉林，是很多学子们除了图书馆外，最喜欢逗留的地点。

不过，若是说到此时我俩所身处的宁滨师范大学，最出名的，便是数不胜数的漂亮女生了。

走在学校的林荫大道上，随处可见打扮得体、气质出众的女孩子。对比起来，男生倒真是少得可怜，如同百花丛中不起眼的绿叶。这里的教学楼、图书馆和体育馆等主建筑都是银灰色的外墙，纯黑色的装饰柱，时代感强烈。而且随处可见的花圃和绿化带，更是将校区点缀得如同植物园一般郁郁葱葱。

颜泓一路走，一路瞪大了眼睛到处张望："真的有好多美女啊，果然是名不虚传的学校呢。"

"可不是嘛，当初妹妹也有同样的感受哦。"

"其实季琳姐长得也很漂亮的，气质特别好呢。"颜泓侧过脸对我说道。

"嗯，她打从初中开始就有蛮多人追的。不过妹妹自视甚高，还得了个外号：'季冰箱'。对了，你以前认识她吗？"我问道。

"在小区里是见过不少次，不过没有说过话。倘若要说认识的话，至多可算点头之交吧。"颜泓冲我点点头，示意就是这样子。

"我以前一直以为妹妹从来没有交往过男友。感觉毕业后她一直忙于工作，好像从未把心思放在儿女情长上过。"

"你有没有想过,也许就是那次短暂的感情,对她造成阴影的缘故?"

"嗯,很可能。那应该算是她的第一次恋爱,便遇上这样令她伤心欲绝的事情,估计轻易不会再接触另一段感情了吧。"我点点头。

"还好,我的感情生活只是白纸一张啦。嗯,跟你只是假装的情侣哦,莫要当真。"颜泓冲我一笑。

"这个我当然有分寸了。你还只是个稚气未脱的孩子而已。"我也笑着打趣道。

"什么嘛,我早就成年了好吗?哼,连你也小看我……"颜泓欲言又止,似乎在其他人那里也遇到了同样的看法。

我俩便在这绿荫环抱的大道上边聊边走,不知不觉已经来到了校园的深处。

道路的尽头,是一片小花园,园中有两株枝繁叶茂的大树。围绕着大树的草地上,点缀着些许小花。近观两棵树都长着粗壮挺拔的枝干,葱葱茏茏的绿叶遮天蔽日。

"好像我们走错路了呢,这道路的尽头是个花园,前边没路了。"颜泓张望了几下。

"嗯,好像是啊。我也很久不来了,记差了路。不过这花园也算是这所学校的一处景观了。两棵树都有挺久远的历史。"我伸手指了指。

"看上去很美啊,你认识这是什么树吗?"颜泓走到了树影里,伸出手掌抚摸着树干。

"以前我也问过妹妹同样的问题。她告诉我,这叫娑罗树,又名沙罗树。相传释迦牟尼当年便是在两株娑罗树下涅槃入灭的。此树逢夏初开花,花瓣状如佛塔,又似烛台。而且每到花开之时,如佛掌般的绿叶就宛如托起了佛塔,又好似供奉着烛台。"

"听上去好像很圣洁的样子哦。不过我好像记得漫画里也有娑罗双树这么一说。"

"没错，娑罗双树，两两成双，一枯一荣。且在东南西北各有双树，分别意为'我与无我''乐与无乐''常与无常''净与无净'，是为佛家八境界。这些都是季琳告诉我的，她喜欢研究这些历史文化之类的。"

"我也听说过一些。不过看上去，这两棵娑罗树倒都是长得很繁茂啊。"

"嗯，那些也都是传说罢了，我觉得更多地指的是两棵树之间存在关联吧。就像佛祖在菩提树下顿悟一般，都是有所寓意的。"

在树荫下歇息了一会儿，我俩沿着来路往回走，找到了之前走错的岔路。

"你看，那边就是新闻系的办公楼了。"我手指道路右前方，一座四四方方的建筑，墙体做成了如同报纸表面的效果，很有特点。我第一次来看望妹妹时，便轻易认出来了。

"唔，真像一捆要被收购走的报纸堆呢。"颜泓感叹道。

从"报纸堆"的一个小口走入办公楼内。通过保安处，打听到了刘君洁的办公室在四楼，并了解到她已留校担任助教了。

我俩从楼梯向上而行，走到三楼时，听见上方的阶梯上传来一阵高跟鞋的脚步声，还伴随着一个年轻女性的声音："林主任啊，您看这样行不行，我晚上再来您家拜访下，哎……好、好。您侄子上学的事，我会替您打听的，请放心。好、好的，晚上见。"

随着声音越来越近，一个烫着卷发，身材娇小，穿着连衣裙的年轻女子看着手机，一手提着一个公文袋走了下来。

她发现楼道中的我俩，迅速把手机放入上衣口袋里，然后快步从我俩旁边经过，往楼下走去。

我正要继续上楼，那女子又抬头看了我一眼，忽然转而笑道："哎哟，这不是季风嘛。你看我，差点没认出来。"

"你、你是刘君洁？哎呀，我才是没认出你呢，烫了卷发，和以前那个蘑菇头差别太大了。"

我这时方才认出，她便是我们此行要找的刘君洁。只不过，她从前念书时，都是学生装加清纯的蘑菇头，现在变换了造型，一时竟未识出她来。

"唉，季风啊，我也听说了琳琳的事情，哭了一夜，真的。当初我们可是一个寝室的好姐妹啊。我跟她，是比谁都亲的，唉……"刘君洁一脸悲哀的表情。

"嗯，我知道的。我还没见过你时，她便常跟我提到你，说你是个特别可爱的女孩儿。其实，我们这次来，就是为了打听一些有关她过去的事情的。"

刘君洁很迷茫："什么过去的事情啊？"

"噢，就是她大四的时候，与一个男人好像有点感情纠葛……我呢，挺想弄明白的。你们俩关系那么好，肯定知道些什么，给我说说好吗？"

"喔喔，那个事情……行、行吧，不过我正赶着要去教学楼一趟，你看能不能……"刘君洁先是一副恍然大悟状，又支支吾吾地说道。

"我们可以边走边说的，从这儿走到教学楼，还要有一阵子呢。"我急忙说道。

"喔，好吧。那……这位是？"

"好啊。我叫颜泓，是季风的女朋友，他最近因为心情原因，需要我陪着。"颜泓伸出手来，又偷偷看了我一眼。

"你好，"她轻握了下颜泓的手，"那季风，你想从哪儿聊起呢？"一边说，一边迈开步子，往楼下走去。

我走在她身侧，回答道："我想知道，跟她交往的那个男人是谁。"

"唉。那个人名叫祁世炀,是我们本科时的传播学老师。"刘君洁叹了口气道。

原来真的是妹妹的老师,难怪从日记里的描述,感觉两人之间的身份怪怪的。但身为一名教师,居然会做出如此举动,实是令人不齿。

刘君洁继续说道:"其实刚开始时,他与琳琳的那段感情是很秘密的,除了我们寝室四个人,外人根本不知道。而且大家都不相信,祁老师那样的人,居然也会有如此强烈的情感。"

我插口问道:"这位祁老师,在学生眼里是很低调的一个人吗?"

"没错,起初他给我们上课的时候还好,与大家也就是普通的师生关系,下了课便再无关联了。可是,后来不知为什么,祁老师他就开始主动追求琳琳了。"

"哦?你知道是什么时候开始的事情吗?"

"这个……我就不太清楚了,毕竟我不是当事人。我只能说,以前的琳琳,是属于那种冰美人,我说这话你不要生气哈,她基本上属于对异性不苟言笑的那种。"

"对,你说的不错,季琳确实是比较内敛的人。而且对陌生人会比较冷淡一点。"我点了点头。

"后来我发现有些时候,她会独自偷笑,还会悄悄记一些日记之类的……我感觉啊,那时候应该就是她开始恋爱了。是大四的时候吧。因为毕竟是一个宿舍的,她瞒不住我们,后来也就跟我们说了。她坦白祁老师对她很有好感,她也挺爱慕对方的才华和学识,两人在秘密交往中。"

"这样吗,可是后来很快他们的关系就出现了裂痕?"

"呃……是这样吧。那时琳琳的说法是,他们的观点有些冲突,至于究竟指的是什么,她没有详说。不过,毕竟他们俩并不算一个时代的人,所以,观念有差异也不值得奇怪。可是到了后来,琳琳就会经常在宿舍悄悄地流泪。"

"嗯，季琳伤心的时候，往往都是把自己锁在房间里偷偷地哭。那你知道她都因为什么原因而伤心吗？"

"这个……我也说不上啦。大概就是闹别扭了呗，我记得她有次出去约会，很快就回来了。那大概就是很不愉快的表现吧。"刘君洁望了我一眼，又收回了目光。

"他们平时约会的时间和地点是在哪里？据我所知，季琳白天还要去一家公司实习。"

"对的，那时候大家都在找公司实习。因为我们那时候，学校已经不包分配了嘛。琳琳基本上晚上回来后，就会跟祁老师出去走一走，反正晚上她很少会在寝室里，周末也是。地点我就不知道了，我毕竟不是当事人啊。"

"也对。刘老师，我了解过一件事，是那位祁老师约我妹妹看电影，可是她因为另有安排未能赴约。便托了室友去转告他，但是他似乎完全不知道此事的样子，还对我妹妹动了手。当时是怎么一回事？"

"呃……这个好像是……是有的啦。事情的原因是，琳琳本来是要跟祁老师看电影的，可又被系主任找去谈话了。她可能觉得出国会比较重要吧，然后就推辞了嘛……她确实是托我去帮她带话的。可我刚好也有自己的事……就忘记了。为这事，我给她道歉了好几次啊。唉，可是祁世炀他动手打人，太不应该了不是吗？对方是个女孩子，又是他的学生……"

"是啊！凭这样也算为人师表？"想到妹妹被打，我胸中便一团怒火上蹿。

"其实祁老师他一直给人感觉……感觉就是你看不透他内心的那种人啊。表面上看，他确实很有知识，懂的也多，修养也蛮不错的。但一旦什么事情让他觉得看不顺眼了，就会变成一个刻薄的人。至少我是这么觉得的哦，从季琳的这件事上……"

"这样的人的确有不少。"颜泓附和道。

刘君洁朝她点点头，又说道："而且，祁老师属于那种，骨子里很大男子主义的。他的操控欲望极强，经常会找到琳琳，就强行要把她带走，还会在宿舍楼下守着她。"

"难道不怕被别的学生看见，造成恶劣影响吗？"我问道。

"那倒不会。我们宿舍在整个学生宿舍的角落，里面住的学生本来就少。而且出口那边有个拐角，站在那里，不会被看见。当然风言风语是肯定有的，但他们两人具体的关系，没什么外人知道。"

看来这个祁世炀，非常注重行动的私密性，妹妹便这样任他摆布。

"季琳对这样的胡作非为，又是什么样的反应？"

"我觉得呢，琳琳也是属于个性挺强的女孩子。不过，她很识大体，基本上呢，是不会惹出麻烦地将对方劝走。除非对方态度很不好，琳琳才会偶尔顶两句嘴。"

"他们，经常会发生冲突吗？"

"算是经常会发生吧，两个人的性格不合，祁老师又总是试图去控制她。季琳不止一次跟我说，他的控制欲望太强，也不会过多考虑别人的感受。"

"后面似乎发生过一次殴打季琳朋友的事情？"我远远已经看见教学楼那一片建筑的身影，赶紧一个接一个地问问题。

"嗯，是啊。那个男生是外语系的，长得很文静清秀的那种，成绩又是出了名地好，大家都说会是以后的外交官哦。我觉得他跟琳琳倒是蛮般配的。"

"这样的吗？我还是想多了解下当时发生的事情。"

"我不知道具体发生了什么啊。只是后来听说那个男生和琳琳走得比较近，就挨了祁老师的打，这个也难免的嘛，横刀夺爱哦。"

"走得比较近？刘老师，能再说详细点吗，我比较关心这一点。"

刘君洁看了看四周，小声说："其实呢，我是听说……那个男生一直想追她，每次尝试表白，琳琳都会回复在考虑中。男生觉得有戏，就经常会主动约她，纸包不住火，最后被祁老师发现了，就发生了那样的暴力事件。"

居然还有这样的情节，然而妹妹的日记里并没有提到，只是简单说了下，是她主动约了这名男生去练习英语。也许妹妹并不太重视这个男生吧。

"那这个男生后来有没有继续追她？他们之间后来还发生过什么事情吗？"

"好像还想死缠烂打的，一直试图与琳琳有所发展。好像，还一起上过留学的讲座呢。但是迫于祁老师的压力，也没敢做什么出格的事情吧，我也不太清楚了。你看，前面就是教学楼了，那，我就先告辞了？有机会再聊吧……"

"等一下刘老师，我还有最后一个问题。"我微微地挡在了刘君洁的侧前方。

"啊，什么问题，你说。"

"那个祁世炀，有没有给我妹妹发过死亡威胁？"

"什、什么？死亡威胁？没有听说过……不过那样的男人，能做出这样的事情也不奇怪吧。我真的要走了，后面还有会议，会迟到的……下次再聊好了。"刘君洁绕过我的阻挡，快步从我身旁走开了。

向刘君洁查实之后，觉得很多事情也验证了我的想法，这名叫祁世炀的讲师，确实是个性格极端的人，前后的反差相当大。可见妹妹也是被他一开始所表现出的博学多才、温文尔雅的假象所欺骗了，深入接触后才了解他那不为人所知的阴暗人格。

我正准备转身离开，忽然在教学楼底看见了一个熟悉的身影。

那是妹妹班上的班长，一名叫程玉菡的女生。当时我们也接触过，这个女孩子很成熟懂事，我还特地关照她帮忙照顾妹妹。

她也好像认出我来，老远地给我打招呼："季医生，你好啊。"

"你好。刚遇上刘君洁，又撞见你了。真是巧啊。"

"呵呵，是吗？君洁已经留校任教了，我现在也在本校念博。这不，刚从图书馆出来。对了，季医生，你是不是来打听季琳的事情？我们都听说了她的不幸，很难过，她是个如此出色的女孩子，命运对她太无情了……"

"嗯，我确实为此事而来，虽然妹妹的案子已经告破，但是我新近发现了些关于她的往事。于是特地来了解一下，即便和案件无关。"

"呵呵，你一直都很关爱她的。我们去那里面聊聊吧，现在没人，也安静。"她手指向教学楼一层的教工休息室。

我欣然同意，于是三人便走进休息室里，颜泓把门轻轻关上。

"大部分的情况，我已经向刘君洁打听过，但是还有些细节想问问你。"我在椅子上坐下。

"对，君洁她肯定会知道得比我多很多，毕竟，她们俩是一个宿舍的嘛。不过，季琳的事情，确实在班上还是有一些非议的，我也从中知道不少。你有什么想要了解的，就尽管问我好了。"程玉菡坐在我身边的座位上。

"谢谢你啊。我想听听，为什么妹妹会跟她的任课老师祁世炀交往。"

"呵呵，我知道你一定会很好奇，为什么他们会发展成这样的关系。不过这说起来可就长了。最开始是从大三的时候吧，祁老师给我们上课，他学识渊博，授课的水平也好，但是待人接物可算冷淡，不愿和人多交流，属于下了课就不见人的那种吧。"

"自视甚高的人都这样。"颜泓插了句，然后做出一个不屑的表情。

"不，祁老师为人还是很谦逊的，只是他个性就那样吧，属于内敛又有自己的想法的那种人。不过这样的性格，导致他在系里一直受到排挤,所以来的时间也不短了,一直都还是普通讲师。"程玉菡摆了摆手。

"他现在还在学校任教吗?"

"没有了。我们毕业后,祁老师就离开了学校。谁也不知道他去了哪,好像那种说走便走了似的。这也可以理解,传闻他与季琳分开后,便一直郁郁寡欢,工作也没有以前那样认真投入了。本来就不受待见,好像又被领导听说了风闻,加以责备处分,一气之下便离校了。"

"原来是这样。在单位里,的确要处好人际关系啊……对了,你听说过有一个外文系的男生追我妹妹吗?"

"哦,你说的是靳翔吧。不过,他们不是恋爱关系,只是很普通的朋友,或者说,是学习上来往的益友。季琳很想出国,就找到了靳翔帮忙辅导英文;而靳翔对新闻学有兴趣,也会常常请教她。"

"等等,你的意思是说,他们俩完全没有向男女朋友关系发展的意思?"

"嗯,据我所知,是完全没有的。我正巧与靳翔都是校学生会的,他确实很帅气,但属于只想着好好学习,一门心思放在课业上的那种优等生。在感情方面,是完全不开窍的,"程玉菡微微低下了头,"所以,祁老师会和他发生那种严重肢体冲突,只能说是非常大的误会……因为这件事,靳翔此后尽量避免和季琳再有过多接触。哪怕一起听讲座也分开坐,并不交流。毕业后他就去了美国。"

"原来,是这样吗……这个祁老师的性格,真是太偏激了。他为什么会和季琳彻底分手,个中原因你知道吗?"我问道。

"具体发生了什么,我不太清楚。只知道后来季琳不愿再见他,两个人就慢慢变淡了吧。后来他们就算在路上遇见,也完全不会打招呼,像是路人一样。"

"玉菡,我从妹妹的日记里了解到一件事。他们分手是因为……祁世炀说过,如果不能继续交往,就要杀害我妹妹……"我轻声说道。

"这……他们的关系竟然恶化到了这样的地步……这我并不知道，不过我觉得会有这样的可能存在。或许，只是祁老师一时的气话吧。毕竟，后来两人再遇见时，都是非常平静地擦肩而过。"

"又或许，他只是不露声色地偷偷酝酿什么也说不定哦。"颜泓在一边说道。

"这个……难说了吧。但我总觉得过去了，时间久了，爱恨都总会变淡的不是吗？"程玉菡缓缓说道。

与程玉菡道别后，我仔细回想她和刘君洁所说的话，似乎并不太吻合，不仅如此，其中的差异还是蛮大的。不过刘君洁作为妹妹的室友兼密友，了解的情况必然更多也更详细。也许有些只是程玉菡不太了解吧。

"喂喂，你没有觉得，两个人关于那个外文系男生的说法，非常不一致吗？"颜泓也发现了这一点。

"可是，当事人已经身在海外，没法再找他查证啊。而且，被人狠狠揍了一顿的事情，换了我也不愿意再提。"我说道。

"这倒没错。不过，我觉得她俩对于那个祁世炀的评价，好像也有那么点点不一样哦。"颜泓伸出食指和拇指，比画了下那么一点是多大。

"是的。感觉上，刘君洁是很厌恶这个祁老师的，而程玉菡呢，也觉得他性格的确有很大问题，但却又有自己的苦衷。"

"嗯，如果能找到这个人接触下就好了。"

"可是你没听说，他已经离校，并且不知道去了哪里了吗？"

"或许他的系主任会知道一些情况吧。我们可以去试着问问。本来嘛，追查线索，就是得靠迈开步子走，动嘴皮问，和睁大眼睛看哦。"她将本来就已经很大的眼睛睁得更大。

于是我们返回了方才那座报纸堆外形的办公楼。又从之前那名保安那里，询问到了系主任林轶教授所在的办公室。

林主任看上去五十多岁，戴着一副金丝边眼镜，梳着整齐的发型，仪表不俗。得知我们的来意后，他慢条斯理地说：

"其实祁世炀这个人吧，本质应该不算很坏，走到今天这一步，没能好好地成为一名优秀的教授，性格的原因占了很大比重。不过，说到性格呢，又得说说他的人生轨迹了。自打他进入我们学校，就一直在我手底下做事，对于他的过去，我算是比较了解的，"林主任端起搪瓷茶杯喝了一口茶。

他继续说："祁世炀呢，是一个过继到远房亲戚家的孩子。他的亲生父母，是大字儿不识一个的农民，但过继的家庭，算是县城里一个书香门第吧。这个家庭呢，起初有两个孩子，都是女儿，然后他过继来了，算是一个儿子了吧。但是过继后一年，这家人又生了一个儿子。"

我听到这里，已经有一点对后面情况的预感，不过还是点点头继续听林主任说。

"自从这家人得了这个亲儿子之后呢，祁世炀的处境就可想而知了吧。吃的穿的用的，全都优先给那个小儿子。好在祁世炀是个懂得忍耐的人，他也知道，能生活在这样还算丰裕的家庭里，接受教育，是件来之不易的事情，也便没有过多计较。他读书很刻苦，很努力，一心想要上一个好大学。可是，他高中毕业那年，家里却拒绝了他去城里念大学的打算，理由是，家里不景气了，经济一落千丈，只能供一个孩子念书，而这个机会必然只能留给他的弟弟。"

"这真的是很不幸的事情，没想到他还有这么一段过去。"我说道。

"可是祁世炀是个既聪明，又为达到目的不择手段的孩子，很早就掌握了他养父的一个把柄，一直深藏在心底。在这个节骨眼上，他跟家里挑明了，如果不让他读大学，就把这件事捅出去。由于他的态度异常地坚决，他那位养父慌了……最后妥协的情况是，同意他去读大学，但是彼此脱离父子关系，家里也不会供他一分钱。于是这孩子就只好一边找活做工,一边念书,而且成绩还非常非常好。"

"看来也是个不得了的人物呢,"颜泓小声说道,"不过这样的人,有时内心深处是很自卑的。"

林主任看了她一眼,流露出赞许的目光,继续说道:"没错。他毕业后,很顺利地便留在学校做讲师。刚开始,他的表现的确很优秀,用他渊博的知识与特有的文雅气质吸引了学生,也受到了老师们的赞赏。

"可是呢,时间长了,他性格上的毛病就逐步显露出来咯。唉,猜忌心强,报复心重,容不下别人的批评。为一丁点小事,也要争得头破血流。渐渐地,和系里的老师都处不好,甚至有时会顶撞我呢。所以在系里,大家都逐渐疏远他,这评定职称嘛,自然也轮不到他……"林主任继续说道。

说到这,林主任深深叹了口气:"后来,系里有个出国名额,论资历和水平,他的机会还是很大的。祁世炀自己也清楚这点,那时他准备得非常努力。但另一名老师,也很想借此机会镀金,于是那个老师便写了匿名信给校领导,举报祁世炀的性格有问题,罗列了他和同事之间发生的种种龃龉……结果也便不言自明了,出国肯定是黄了,还被校领导劈头盖脸地训了一顿……"

"他肯定不会善罢甘休的。"颜泓又插口道。

"你说对了。他不知从何种渠道,打听到了这个举报他的老师。然后呢,他就在学校后山把那个人给狠狠地打了,关键是,那个人被打后,居然什么都不敢多说,只能忍气吞声。不过这样一来,别的同事便从开始的不喜欢他,变成厌恶他甚至是害怕他了,更加没人敢同他来往。而他自己,似乎也便甘于停在讲师的位置,不再有其他想法了。"

"搞不好他恐吓了那个人,用那种手段……"颜泓看了看我,轻声地说。

林主任并未听清她说的是什么,又喝了一口茶,接着道:"所以祁世炀和季琳处对象被发现,大家已经没有太多反应了。至多也就是对他的恶评上,再加上作风不检点这一条。也有几个来给我告状的。这一点我私下也跟他谈过,不过,按他的性子,又是他喜爱的人,嘿嘿,他是完全不会听从的。"

"但是后来,他和我妹妹还是分开了。"

"是啊,这个嘛,也是从当初就可以预料到的啊。我们系里当时都有个笑谈,一个姓祁,一个姓季,能成一对那可真是名副其实的奇迹了。哈哈……"林主任察觉到我有些不悦,低头喝了口茶。

"不过分手后,祁世炀确实一直一副一蹶不振的样子,把他原本唯一的教学与学术优势都丢了,为这个,没少挨我训。而且,我发现他还染上了酗酒的恶习。再后来,他大概自己也知道待不下去了,便主动辞了职,离开了学校。"林主任放下茶杯,搓了搓手。

"那么,主任您知道后来他去了哪里吗?"我终于问出这个问题。

"其实吧……知道他下落的人,估计只有很少几个。不过,我算是其中一个吧。呵呵。他后来去了我们市底下的一个镇里,在那里的文化站工作,写写稿子什么的。唉,这可真的是大材小用啊,可惜了这么块好材料。"

"林主任,您还记得那个镇叫什么名字吗?"

"这个我得想想啊……沧湖镇?好像不对,哦,想起来了,叫沧芜镇。"

［第十三章］

PART13

白烨之章（七）

上午时分从审讯室走出来时，我觉得自己都要被这场将近五小时的心理拉锯战击倒了。头脑里好像空空荡荡，又好像塞得满满的，全部都是各种线索、供词、证物、阴谋，凌乱地在各个脑细胞里上下翻飞着。厚厚一沓笔记也快被我记满了。

振奋人心的是，辛苦终于获得了回报。

即便是那个狡诈阴险，诡计多端，混迹江湖数十载的老滑头杜志坚，最终也开了口：身为玉衡置业副总的他，觊觎蔡志东的宝座许多年了，一直在找机会下手……

机会终于在最近出现了：蔡志东为了躲避仇家，居然想出了一个假死的方案，还煞费苦心地做足了手脚，连遗嘱都提前写好了。

这真是天赐的大好机会，作为仅有的三名掌握假死计划的公司高层之一，借此机会真的将蔡志东灭口，也定然不会为人识破。再加上他半年前安插在蔡志东身边的小情人杨可瑶，一定能把这事处理得神不知鬼不觉。

可是，杨可瑶费尽心机才联系上的一个暗杀组织，居然拒绝了此事。正当杜志坚要联系其他杀手时，竟又传来蔡志东被杀的消息。

一开始，杜志坚是死活不肯相信此事的，坚定认为是蔡志东耍的诡计。可直到新闻播出，又亲眼见到了蔡志东的遗体后，才确认了他的死亡。

不过，对此他也是一头雾水，莫名其妙，全然猜不出凶手是谁。他列举出了几个仇家，之前就已经被我们一一排除了。我把蔡志东被害当天的监控视频播给他看，他也找不出谁是凶手。

没办法，我只好来到另一个审讯室里，看看情况。

那个妆容不整，头发凌乱，一脸困倦的漂亮女孩抬眼看见是我，鼻子里"哼"了一声："变着花样耍老娘，很有意思吗？"

负责审讯的郎一锋刚要发作，我摆摆手制止了他，笑着说道："哈哈,对付你这么个精细狡猾的小狐狸,不用点手段计策,你能上钩吗?"

"哼,亏你们能想得出来,又是演戏,又是化装,又是模仿笔迹,又是纽扣对讲机的,那封信也是假的吧。"杨可瑶气呼呼地说。

"那当然,不那么写,你能对他产生那么大的怨恨吗?其实人家蔡总真正的假遗嘱上,你跟他老婆,是一人一半股份的哦……看来,人家对你还真是情深意切啊!"我搬了张凳子,坐在审讯桌对面。

"切,都说是假遗嘱了,最后钱还不都在他自己手上。"话虽这么说,杨可瑶还是流露出一丝得意。

"其实杜志坚对你也不错啊,还安排了心腹打手,大名鼎鼎的海蜈蚣,在你住处附近暗中保护你呢。"我露出比她更得意的表情。

"那个废物……"杨可瑶咬牙切齿地说,"要不是老娘从来没见过他真人,早就认出假货了。而且杜志坚那老鬼说是保护,其实是暗中监视我吧。"

"姑娘你是个明白人。"我哈哈笑道。

"你们审了我这半天,真是白费功夫,我根本不知道是谁杀了蔡总。"杨可瑶不屑地看了一眼郎一锋。

"那你就给我说说,那个暗杀组织是怎么一回事吧。"我翘起二郎腿,交叉起双手放在大腿上。

"那是我无意间在互联网上看到的,在一个网页当中很不起眼的地方,有个广告一样的内容,说可以安排杀人,并且是免费的,还留了个电话。"杨可瑶说道。

"互联网?真是新鲜的东西啊。你肯定是给人耍了,还杀人不要钱呢,是谁的恶作剧吧。"一向严肃的郎一锋也忍不住笑起来了,"听说,人家还骂你们不配。哈哈。"

杨可瑶气得直翻白眼,厚厚的睫毛膏差点掉了下来。

"杨可瑶,你说说案发当晚的情况吧。"我严肃起来,挺直了身体问道。

"刚不是都跟他说过了嘛。蔡总每周五晚都会去天道堂做足疗,然后来酒店找我。他怕他老婆查他,每次都不带任何手机,只带一个寻呼机与我单向联系。那天晚上也是这样啊。只不过,他后来没来呗。"

"其间他有没有给你任何消息?你又为何会自行离开酒店,让我们的警员扑了个空?"

"没有。不需要联系。我只需开好房间,发条信息到他寻呼上就行了。他必定会在十一点半前做完足疗,到我订的房间来。但那天他没来,我觉得不对劲,就自己走了。"

"你知道他在足浴馆几号包间吗?他有特殊的包间喜好吗?"

"不知道。没有吧,老蔡不讲究什么数字啊之类的。而且我也只跟他去做过一次足疗。"杨可瑶摇了摇头。她所说的那次,一定就是小邢提到的那次了。

"对了,我听服务员说,那次你们好像足浴了没多久就走了啊……怎么,嫌人家服务得不到位?"我做了个按摩脚部的动作。

"那倒不是……大概是七月底的一个晚上吧。我跟老蔡一边泡着脚,一边嗑着瓜子看电视,挺舒服的,突然开门闯进一个莫名其妙的男人,看见我们就赶紧说:'不好意思走错门了。'然后掉头就走。老蔡觉得有问题,担心会不会是仇家想来害他……毕竟,保镖什么的都没在身边嘛。又怕被人看见我跟他在一起,我俩就赶紧撤了。"

这姓蔡的还真的是异常谨慎,我心想。

俄而,我忽然想到什么,又问她道:"你还记得那个闯进来的人,多大年纪,身材如何,什么打扮?"

"年纪估计三十岁以上了,满脸大胡子,个子挺高的,一米八多吧,穿件蓝色的衬衫,像地摊货。"杨可瑶不假思索地答道。

只是不久前跟对方打了一个照面,便能将其特征外形穿着全都记住……看来,这位杨小姐真的是入错了行啊。我叹了口气。

我又接着审问了一个多钟头,杨可瑶对凶手也同样是一无所知。这一条线也断了。

而几天来,对包含两名老年女性在内的所有客人,和足浴馆人员进行的二次调查,结果同样一无所获。看来案件真的走入了死胡同,剩下的可能,真的只有那名神秘的褐衣客人了。

但是,如果按照独孤玥所说的动机来查,会不会有所突破呢?

刚好陈波已回局里来了,我便问他道:"蔡志东的那起医患纠纷,你调查得如何了?"

陈波正埋头在计算机上工作,看见是我,连忙说道:"嗯,白队,我从紫湖分局那儿,把所有卷宗和资料都带来了。"他指着两盒录像带和一沓材料,又说:"这盒录像带,是蔡志东的妻子施妍,在医院误伤女医生的监控视频;这一盒,是施妍接受电视采访的录像;这些材料是当时的卷宗,包括施妍的口供。"

"很好,"我拍了拍陈波的肩膀,"走,我们一起去会议室,把这些都过一遍。"

我俩经过走道时,迎面走来一位身材匀称健硕的警官,猛地瞥见是我,转身便走。

我大步流星追了上去,扯住他的胳膊笑道:"哈哈,跑什么跑,我可不是来跟你算账的,是给你来颁奖来了。"

唐遥回首乐道:"哦?什么奖,有奖金没有嘛?"

"金鸡奖最佳男演员奖,哈哈。当然有奖金,等破案了,我请客去市里最有名的那家铜盆火锅店,咱们哥几个好好涮一把羊肉。"

坐在会议室宽大的沙发上,我首先翻开施妍的口供笔录,仔细地看了起来：

"一九九八年一月二日。我公公蔡宏因患肺气肿，由我亲自送到市第四医院入院治疗。

一月四日晚九时许，我外出办事时接到第四医院的紧急电话，告知蔡宏在住院期间突发慢性肺源性心脏病，抢救无效死亡。

因入院时，院方并未提出蔡宏有心脏问题，如今突然因心脏病发致死。我便与丈夫蔡志东一同来到医院讨要说法。

院方代表医生裴佳解释说，当时患者治疗后，各项机能都明显好转，并未发现有心脏部位的明显病状。且发病时十分突然，病人还身处医院呼吸科接受治疗，未来得及转入心内科室，患者已经死亡。对此院方只能承担部分责任。

但我认为院方明显在推卸责任，身为医生却不能及时发现病人病情，裴佳应承担全部责任。双方产生争执，有不理智行为。在拉扯中，裴佳不小心摔倒在办公桌桌角，右眼部受伤。"

"原来祸起蔡志东父亲的病故啊，"我恍然大悟，"当时此事可是闹得满城风雨啊，但当时并没有揭露出当事人的丈夫是蔡志东，只有坊间传闻，我怀疑姓蔡的暗中封了口。"

"嗯，这个蔡总真是神通广大啊……当时事情闹得蛮大，连市电视台都采访了施妍。这盘带子便是当时的节目录像。"陈波指了指另外一盘录像带。

我把录像带播放出来，采访的地点是在蔡志东的家中客厅，时间是周五的晚上八点半，采访者是市台新闻部的女主持，受访者便是施妍本人了。

这次节目采用了直播的方式。采访中，施妍对女医生裴佳表达了深深的歉意,并表示愿意偿付所有相关医疗费用。节目过程中,她还不断声明,这次道歉是完全真心的。之前的所为,完全是因为公公的病故,自己心理上一时接受不了,才产生了情绪激化。

为此,她还特意邀请电视台将采访安排在自己家中,以示诚意。值得注意的是,她多次否认关于她推倒了裴佳的传闻,且拒绝偿付裴佳任何精神损失费用。

"整个这次事件中,蔡志东从头至尾都基本未出面,他似乎不想卷入风波。这也难怪,作为一个成功商人,他肯定不愿意自己的形象被毁,从而导致生意也因此受牵连。"陈波分析道。

我没有作声。只是目不转睛地看着节目录像,盯住每一个细节,希望能发掘出什么有用的信息。

少顷,我长吁了一口气,缓缓说道:"你说的没错,蔡志东没有出面。但是,他却一直在亲自控制着整个大局,包括这次采访。他虽然没有出现在镜头中,但是一定就在现场,密切关注着一切走向。"

"啊?你怎么知道的,画面里,完全没有任何他的身影啊……"

"嘿嘿,你可看好了。这次采访,在他们家的客厅里,从这个角度去看,只有女主持和施妍二人出现在镜头里。但是,你注意到没有,这里有一台电视。"我手指向画面中两人身后不远处,那里赫然有一台硕大的电视放置于电视机柜上。

"可是,这与蔡志东在现场有什么关系呢?这么远的距离,又不是正对着节目镜头,即便电视屏幕反射出他的身影,也不可能从节目中看到啊……"陈波摸了摸脑袋。

"想成为一名优秀的刑警,还得要多动动脑子啊,"我两根手指并起,指了指自己的额头,"你仔细看一看这台电视摆放的角度!同时,电视还是开启着的,由此我们完全可以推测出,在它的前方不远处肯定有一个沙发座椅之类,而蔡志东就坐在那上面,一边看着电视,一边在妻子不远处，替她助阵。"

"呃……这个嘛，说不定电视早就开着，而整个采访过程中，都忘了将其关闭呢？"陈波不服，又抛出了一个假设。

"想成为一名优秀的刑警，还得要多多观察啊。"我两指并起，指了指自己的眼睛，另一只手拨动着那个视频的进度条。

"注意看这里，停！看这边，电视画面明显被切换了不同的频道，从原先这个现场直播的采访节目，切换到另一个不相干的节目去了！这说明什么？不可能会有其他人，敢于在蔡总家中，如此随意地切换频道吧？何况还是这么重要的现场直播呢。据我了解，蔡志东此处家中只有他与妻子居住，长辈和子女都不在此。"

"呀，是真的！我刚刚才发现这点，你不说我还真没注意到呢！"陈波一脸佩服的表情看着我。

"节目播出了一半，蔡志东切换了频道，说明他对这场采访已经成竹在胸，可以不用再那么紧张地关注着了。事实也证明了，他的妻子表现非常好，言行都足够煽情，效果也达到了。"

"果然！你说得没错，蔡志东真的就在现场。我两分钟前发短信问了电视台的人，他们刚刚回复我，证实了你所说的。他只是不愿抛头露面，便坐在客厅里镇定地看着电视。"陈波扬了扬手机，重重点了点头。

"呵呵，小伙子，你的路还长着呢。来，我们再看看最后一盘带子，医院的监控视频。"

视频的视角是自上而下的。女医生裴佳一身白大褂，坐在办公桌后，似乎在写着什么。数分钟后，一位身材丰腴、打扮华贵的女性忽然从镜头中出现，冲到办公桌前，用手指着裴佳开始训斥。这自然便是蔡志东的妻子施妍了。

面对怒气冲冲的对方，裴佳好像在解释些什么。但看上去非但没有平息施妍的怒火，反而令她变本加厉，不住地拍打桌子。

此时，画面中出现了一个体态较胖的中年男人，快步走到办公桌前。不消说，蔡志东出现了，他站在办公桌前两米处，冷眼看着面前的争执。

而裴佳可能畏惧对方的气势，此时也站起身来，伸出手比画了一个请他们离开的动作。

施妍好像更加气愤，挥动手臂拍向裴佳伸出的手。而裴佳干脆从办公桌内侧走了出来，看上去好像是想要离开，却被施妍上前一把拽住。

而下一秒时，裴佳似乎没站稳，摔倒在地，面部刚好撞在桌角……她捂住脸部倒在了地上。

这时视频结束了，整个过程没有其他人出现。

"这样看上去，好像真的是施妍拉扯了裴佳一下，后者站立不稳脚下滑倒，摔在了桌子上呢。"我托着下巴说道。

"至少……视频显示就是这样了。虽说施妍确实拉了一下，但力道并不算大啊……"陈波推了推眼镜。

"等一等，我们再把裴佳倒下的这一段，慢放几遍看看。"

我滑动鼠标，将那一段一帧一帧地反复播放："总觉得这一段怪怪的，好像并不像是自然滑倒的样子。"

"白队这样慢放的话，我也感觉到，好像女医生更像是被一股冲击撞倒的。"陈波扶着眼镜，全神贯注地看着视频。

"陈波，计算机我不是内行。有没有什么技术可以把视频中某些部分抽出来的？就像电影剪片子一样。"我问道。

"嗯，是有的，用软件就能轻松实现。白队你是怀疑这视频被剪辑过？"

"没错。以蔡志东的势力，在视频上动一动手脚，也并非不可能。这段视频我会交给内行鉴定一下。在此之前，我们去趟裴佳那。听说她手术后，右眼恢复了一些光亮感，应该能够接受我们的调查了。哦，差点忘了，这个案子最后怎么处理的？"

"最后蔡家赔钱私了，唉，对于他来说，还不就是九牛一毛的事儿嘛。"陈波愤愤不平。

"那可不一定哦……说不定，他这条命也是因此赔上的。"我若有所思地说。

第四医院的职工宿舍内，一名穿着蓝白相间连衣裙的女性正手持着水壶，微微弯着腰浇灌着窗台边的几株花草。

看着水珠滴滴自花叶滚落，她的脸上露出娴静柔美的笑容。只是，她的一只右眼，被白色的纱布包裹着，使得她的脸显得有些怪异。

这，便是在医患纠纷中受伤的裴佳了。只是，现在她的身份从之前的呼吸科大夫，变成了一名病人。

见到我们，她微微显出一点惊讶，停下浇花，问道："你们……找我？"

"对，我俩是警察。想跟你了解下，半年前那起医疗纠纷事件。"我轻轻在床边坐下。

"不是都已经结束了吗？怎么会……之前不是都有警察来详细询问过了吗？"

"是的，但是就在近期，此事件的当事人之一蔡志东遇害了，我们想从这件事上找找线索。"

"什么？他遇害了？什么时候的事情啊？"裴佳惊得水壶都掉落在了窗台上。

"就在八月七日，上周五晚上被人用利器刺穿了右眼，瞬间身亡的。怎么？你居然不知道这件事？"我侧过脸来看着裴佳。

"啊……"裴佳下意识了摸了摸自己的右眼，"我、我完全不知道。手术后的康复期，都是父亲陪着我的，他是不会告诉我这些的。"

"哦，那你父亲他现在人呢？"我问道。

"他去银行兑存折了。之前为动手术,问亲戚那借了点钱,现在定期储蓄到账了,可以还钱给他们了。"

"那么你的母亲呢,我听说……她好像与你父亲离婚了。"

"嗯,母亲年轻时脾气很差,经常与父亲吵架,还会动手打我。父亲便觉得我不需要这样的母亲,跟她提出了离婚。现在母亲早已改嫁,脾气也温和多了。住院期间,她也一直来照料我的。"

"听到事情往好的方向发展,我很欣慰,"我微笑着点点头,"裴佳,你不介意再说说当时的情况吧?你们是怎么争执的,又是如何摔倒的?"

"嗯,你们愿意了解,我当然乐意说。"裴佳放下水壶,调整脚步走到椅子边坐下。

"当时是晚上九点多吧,我正在值班,办公室内只有我一个人。施妍突然冲进来大声辱骂我。我向她解释此前并没发现相关症状,而且发作得实在太快,来不及转至心内科手术,人已经走了。我向她承认,医院方确实要承担一些责任,但是她完全不听,只是一个劲地辱骂我,说我们院方无能。"

她微微低下了头,继续说道:"接着她先生也跑了过来,一道指责我,并用阴阳怪气的语调说,'你这次麻烦大了'……我当时也很生气,便让他们赶紧出去。"

"果然如此……那然后呢?"我摸了摸下巴。

"后来施妍就打我的手,并破口大骂。我觉得势单力薄,便准备离开。这时施妍上前拖住我的手臂,不让我走。而后蔡志东猛地推了我一把,我摔在办公桌上,眼睛刚好撞上了桌角……"裴佳略带悲愤地说。

"什么?是蔡志东推揉了你?可是当时的监控视频上并没有显示啊?"

"我不知道,好像是被人为抹去了。"

"哦?看来真有此事。我再问一次,你敢保证你所说的都是实话吗?

蔡志东真的推了你一把,而不是你在混乱中的误判?"

"千真万确。他恶狠狠地推了我一把,还让我去死," 裴佳做了一个用力推的动作,"虽然当时没有其他人目击作证,但我可以对天发誓!"

"这件事,你没有转达给媒体么?如果真如你所说,他老婆可是在电视节目中精心掩盖了真相啊!"

"记者们来采访我时,我都反复强调了这件事。可是只有极少的一两份报纸只言片语报道了一下。不过,民众间倒有不少支持我的人。"

"姓蔡的真是权势遮天啊,这样的事情都能瞒下来。"陈波不平道。

"你所认识的人,都知道这件事么?"我问道。

"嗯,同事和亲人朋友,我都告诉了他们的。"

"这里面,有没有可能会有谁,做出为你报复的事情来?"我双目炯炯地望着裴佳。

"啊?你是说,杀死了蔡志东吗?不、不可能,我亲近的人……不,我所熟悉的人里,都不会有这样的人存在。"

闻听此言,我静静地站起身来,走到窗边开始思索……

如果确实是蔡志东推了裴佳,那么他便是此次医患纠纷的真正元凶了。这样一来,某人为了替裴佳进行报复,杀死了蔡志东,也是有相当大的可能的。

而且,裴佳是伤在右眼,蔡志东也是右眼被洞穿……会不会,并非是巧合?

如果真是这样的话,这个人会是谁?

裴佳虽然今年已有三十四岁,但一直未婚。而她既无亲近的男友,也没有兄弟姐妹,其父亲更是一直在医院陪护着她……

无论怎么推理,都觉得这条路似乎也要断了。

我苦思冥想着,一时得不出什么结果,只能看看窗外,期待思路的偶然迸发。忽然间,目光瞥到了那些裴佳栽种的小花,竟不由为它们所吸引。

那些娇弱的，从绿色叶片中探出脑袋，努力向着阳光绽放的紫色小花。

"你种的这些，是什么花儿？"我转向裴佳，好奇地问道。

"这些啊……是苜蓿花，也叫紫苜蓿。你看，它们的每根茎都有三片叶子。如果你发现某一株长了四片，那一株便代表着幸运哦。"裴佳也走了过来，用疼爱孩子一般的目光注视着这些苜蓿花。

"呵呵，你喜欢种花，很有情趣啊，"我笑着说，"有时候我为了破案，三天两夜不能合眼，停下来，便会幻想自己睡在一片花海里，仰望星空。"

"真是有意思呢。没想到你也会有这样浪漫的想法。"

"怎么，谁告诉你做刑警的就一定要板着个脸，毫无人情味的模样，哈哈。"看着那些花朵，我的心情好像也从之前紧张的思绪中放松了下来。

"我不是那个意思啦。其实，我一直都很喜欢花儿。不过呢，这些苜蓿花，是别人送我的。"

"那我猜，一定是个追求你的男人送的。"我眯起眼睛。

"嗯，算是吧……不过，已经有十来年了，而且，我甚至都不晓得是谁送的……"

她的眼里充满了回忆："那是在大学毕业的前一天……我宿舍门下多一个信封，里面是包花种，还有一封信。信是打字机打出的：'与你相伴的五年，虽未向你表明，但一直默默注视着你，迷恋着你。如今，是你要离开的日子，虽不舍，但无奈。这些花种，且作为我的一片心意，赠与你。希望那开出的花朵，能让你记得，曾有某个人，如此爱你。'我非常地感动，于是发誓一定要好好养活这些花儿，这一养，就是十年多了。你看，它们长得多好呀。"

"真是个动人的故事。能猜得出是谁送的吗？应该是你的同学或者校友吧。"听罢裴佳的往事，我也觉得很是感动。这般单纯而真挚的感情，恐怕只有学生时代才会拥有。

"猜不出。这么多年了，一直无法猜出对方是谁。也试探性地问了好些人，可惜，都不是……不过呢，我想呀，即便我问到了那个人，对方也不会承认的吧。"

"奇怪的人啊……若如此深爱某人，为什么不愿勇敢地表达内心呢？如果换作是我，一定不会愿意让心爱的人这样孤独离开的。"我感觉很不解。

"其实也没什么啦。这样远远地守护一份感情，也许会更温暖哦……就像这太阳，呵护着这些花朵，如果靠近了，反而会灼伤它们呢。"裴佳温和地说着。

走出第四医院的宿舍楼，看着夕阳渐渐低垂，我心里不知是何种滋味。

唯一的线索，似乎又一次落入了无边的黑暗里，令我苦恼万分。而倾听别人的感情故事，又勾起了些许自己的往事，颇有些伤感。

陈波似乎也看出我情绪不佳，拍着我的背说道："白队，咱们要不去撮一顿？喝点酒，散散心吧！"

我刚要点头赞同，手机又不合时宜地响了，我接起一看，居然是许久不见的刘治良打来的：

"白队，啥时候来明山区分局一趟吧，毛国柱的爹找到了！不过，这还不是最重要的消息……毛国柱的舅舅提供了一条重要线索，他们母子俩搬家到红叶山麓附近，是有人背后指使的！"

[第十四章] PART14

季风之章（七）

坐在开往沧芜镇的短途客车上，一路的颠簸让我和颜泓都没有什么心思说话。

车窗外，铅灰色的天色，混沌不清，有气无力地低垂在远处起伏的山峦上。视野之内，唯有零落的高压线杆塔埋伏在天际线下，划破暗沉的阴云。大片大片黄绿相间的稻田里，间或有几只水牛一闪而过的身影。

客车时不时在一排排白墙黑瓦的农舍边停靠，搭上路边几名模样朴实的庄稼人，又"突突突"地继续在坑坑洼洼的水泥路上行驶下去。

"你知道吗，我们要去的这个镇子，曾发生过一起轰动全省的灭门血案噢。"大约抵不住无聊，颜泓终于开口道。

"嗯，小时候就听说过，好像是一家四口全部被害。"我回应道。

"其实不是这样哦，是一对夫妻和另一对父女，之间的关系可谓凌乱，为了研究这个案子，我还想方设法找到当年的报纸了呢。"颜泓纠正道。

"你还真的很喜欢这些啊。当初怎么不考个警官学校呢？然后毕业了当个女刑警，就可以和白警官做同行了。"我打趣道。

"我也想的啊。可毕竟是女孩子，就算有这心，爸妈也不会答应哦。所以嘛，也就是想想罢了。"颜泓扁了扁嘴。

"其实，当刑警还是很危险的，毕竟所遇大都是穷凶极恶之徒。像这件血案，一下死了四个人，换作普通人见到那场面，早吓惨了。"

"是的是的，而且被害的小女孩是完全无辜的，不知道凶手怎么下得了手啊。"颜泓流露出同情的表情。

"嗯……听说那孩子还很小，就被杀害了，太残忍了。"

我们正聊得入神，坐在我们座位前方的一位谢顶中年汉子，好奇地回头望了我们一眼。那人穿着一身紧巴巴的白衬衣，脸色黑里透红，眼角交错的皱纹暗示着他似乎饱经沧桑的人生。

"唉，人呐，可怕起来便会变得极端可怕的。真是捉摸不透的生物，"颜泓回望了那中年汉子一眼，继续说道，"警方当时的调查结果是，男人去捉奸，把自己的老婆和情夫，以及情夫的孩子一起杀了，自己也在搏斗之中挨了刀，一起死在情夫家里。"

"嗯，你这样说，我的印象好像越来越深了。对的，而且那个男人下手非常狠辣，全部是一刀刺中对方的心脏致死的，包括对小孩子也是。"我皱了皱眉。

"对的，手段就是那么残忍。不过如果事情只是这样，那也只不过是起乡间的寻仇惨案罢了，不至于轰动全省。问题在于，在这起血案发生的同时，另一名曹姓村民也失踪了……"

"还有这回事？我倒是不记得了。如果是这样，那么这个案子就不只是血腥，更是离奇了。"我摸着下巴说道。

"是很离奇呢！当时，警方认为此人的失踪也有重大嫌疑，或许牵连进本案也说不定哦。没想到两周之后，便在村子不远的山上，发现了此人的尸体，并且也是被一刀刺中心脏毙命的。只不过，死亡时间是在血案发生之后的第三天……"颜泓的脸色变得很白。

"啊对，我也想起来了。因为血案发生的那户人家，是完全封闭的，而且地面上也没有第五人进出的脚印，所以警方觉得另有人模仿那个男人的手法，对这名曹姓村民施以暴力。但这名凶手一直没有被抓获，最后只能归结为过路抢劫杀人，草草结案。"

那起案件瞬间闪现在我脑海里，每个细节都变得清晰起来，甚至清楚回想起小时候被吓得不敢一个人走夜路。

"可是我听说村民并不这样认为呢，他们觉得凶手只有一个，只不过，那个人会法术……到后来越传越神，有人说凶手是山上得道的，会千里杀人不留行，有的人说凶手会轻功，雪地无痕。总之五花八门的都有。"颜泓侃侃而谈，显然是对这起案件做足了功课。

那个坐在前面的中年汉子又回过头来,笑了一笑,用挺纯正的普通话说道:"这两位朋友说的可是沧芜镇的那件惨案?那可是二十五年前的事情了吧。"

我也笑了笑,回应道:"是啊,我们的目的地就是沧芜镇,路上无聊,便想起那过去的事儿来了。"

那中年汉子眨巴了一下眼睛说道:"你们知道不,这还不是传得最邪乎的哦。我听不少住在附近的村民说,若说雪上没有其他人的脚印,倒也不是那回事。虽说连警方的报告里都写了现场无他人经过的足迹,不过呢,事实上还是有一些痕迹的……"他故意停下不说,露出诡异的笑容。

"啊,大叔你快说!到底是怎么一回事哦?是什么痕迹?"颜泓双手抓住前排车座的栏杆,用力摇了摇。

我心想,这下你也尝到被人卖关子吊胃口的滋味了吧。

"嘿嘿,小丫头还挺好奇嘛。不瞒你们说,我就住在沧芜镇。只不过我前些年才搬过去,不是当地的住户。目前在镇上的文化站担任站长,免贵姓穆。"他伸出手来。

"啊,您就在文化站任站长啊,真是巧了。我叫季风,是市里的医生,这位是我朋友,她叫颜泓。"我握了握穆站长的手。

颜泓白了我一眼,又怕话题被转移走,抢着说道:"穆站长,你继续说下去,那个故事后来是怎么样的?"

穆站长哈哈一笑,说道:"我呢,平时也就是写写小报,发发文章之类。那个案件作为镇子里为数甚少的历史性事件,当然被作为话题,拿来做了不少文章。其中有一篇,就叫《神秘的足迹》。"

"嗯嗯……然后呢?"颜泓瞪大眼睛听着。

"其实当时的雪地里啊,还真有一些散乱的足迹……但那些足迹,就根本不像是人的。很小,大概酒杯那么大。数一数,好像有六个爪子。每个爪印都细细小小的,完全看不出是什么动物留下的……"穆站长做出一个爪子的形状。

"六个爪子？怎么可能呢……"颜泓吃惊地问。

"为此，我们还设法取得了当年的照片，联系到市里的动物学专家做鉴定。专家看了后，当即就排除了黄鼠狼、野狗、狸子、野猴等村民的说法，还要带回去仔细研究。没想到，这一研究就没了下文，咱们也不好去麻烦人家，只当是这专家也认不出来罢了。当地人说，这根本不是动物，而是山鬼留下的，那些人都是被山鬼杀的，用尖尖的指甲戳死的。"穆站长装出一副凶神恶煞的表情，朝颜泓做了个伸爪子的动作。

"啊！"颜泓尖叫了一声，显然是被那可怕的传说吓了一大跳，引得车上好些人都看了过来。发觉了自己的失态，她赶紧吐了吐舌头，尴尬地朝我笑笑。

不过这个传说，虽然是在大白天，听着也觉得令人汗毛倒竖，脊背一阵阵发凉。

脑海里，仿佛浮现出一只面目可憎的山间怪物，会用利爪掏开人的心脏一般。然而，身为一名外科医生兼科学工作者，我自然不会被这些民间传言所困惑。

"六个爪子的动物，从生物解剖学上来说，除非是物种发生了变异，否则是不存在的。"我说道。

"嘿嘿，这不就是个传说嘛。有这些传说，才会有更多人注意到我们这小破镇子啊。对了，说起来当年那起血案现场的屋子，本来要拆了的，不知为什么，后来一直没动，到现在还闲置在那。经常会有些胆大的城里小年轻，大晚上来我们这儿搞探险什么的。"

"这真是胆子够大的，我可不敢。哪怕跟你一起，我也不敢。"颜泓盯着我，凉凉的小手轻轻握住我的胳膊。

"你不敢去最好不过啦。我可真担心你又脑子一热，想要跑去那废弃的屋子，来个什么现场勘查。我们此行的目的可不是这个哦。只能当段旅途中闲聊的小插曲而已。"

"这我当然知道的啦。切,人家可是分得清轻重缓急的。"颜泓撇了撇嘴。

穆站长刚要开口询问,客车售票员喊了一声:"沧芜镇到了,下车的同志请抓紧。"

汽车停在一个以水泥与金属管拼接起来的简陋站台边,我俩和穆站长一起下了车。汽车稍稍停了一会,便喷着黑烟呼啸着离开了。

站在路边,穆站长开口道:"你俩好像是来沧芜镇办事啊,要不,我就不打搅了?咱们就此别过?"

"其实是这样啦,我们本来就想打听文化站的一个人,谁知刚好遇上穆站长,我觉得还是很巧的。如果不嫌弃,我们请你一块儿吃个饭,聊聊天如何?"

"哈哈,好、好。其实在车上,我就猜你是不是想打听文化站的事儿了。不过呢,小兄弟你们来咱们镇,可不能让你请客,走,我带你去家我常去的饭馆。老哥请你。"

在窄小曲折的土路上七转八绕,我也顺带打量了一番这个小镇。

一路走来,路边大都是简陋的平房,超过三层的小楼屈指可数。所谓商业区也就是镇中心的一个小广场以及广场周边那些食品店、裁缝店、五金店之类。这小镇虽然风貌稍显落后,然而民风甚是淳朴,路过的乡民都和气地向穆站长和我们打招呼。

穆站长带我们来到一家名为"秀山水饭店"的二层小楼门前,指着招牌说:"就是这里了。他家老板我认识,菜量肯定没话说,哈哈。"

我们三人在二楼临窗的座位坐下,服务员很快端上了茶水和菜单。我浏览了一下,大都是水产,也有一些野山菌之类的山货。

"到这家饭店,一定得尝尝他们的麻辣小龙虾,虽然外地人不怎么吃，嫌脏，但是在我们这儿可是被奉为至宝的。然后呢，再来盘农家炒肉吧，你们看看还有什么有兴趣的？"穆站长看了看站在一旁的服务员，又看了看我俩。

"听说农家菜特别健康，来个清炒金花菜吧。"颜泓指了指菜单。

"这么多肯定够了，我就不点了吧。"我摇了摇手。

"那可不成啊，你们大老远来这偏远小地方，不容易啊。我可得好好尽一番地主之谊。这样吧，你不好意思点，我就替你点个白汤鲫鱼吧，也是这儿的水产，新鲜的。那鱼捞出来都是活蹦乱跳的。"

我看着窗外一片很大的湖泊，岸边的芦苇荡随风摆动，风景倒很不错。就是这朴实的小镇居然和杀人案联系在一起，未免有些可惜。

不一会儿，服务员端了个不锈钢盆过来，将满满一盆小龙虾放在桌上，红灿灿的小龙虾只只饱满，浓汁四溢，鲜香扑鼻，饿了半天的我俩都忍不住食指大动。

穆站长直接用手抓了一只放在嘴里，咂着热辣的汤汁，又灵活地剥去虾壳，吮吸着里面黄澄澄的虾黄。他见我俩还没动静，便说道："你俩吃嘛，趁热，就用手抓剥着吃，这里的龙虾都清洗得很干净，放心吃没问题的。"

颜泓再也忍不住了，学着穆站长也抓了一只个儿大的就往嘴里塞。咯吱咯吱地，连虾壳都咬碎了。

穆站长笑道："哈哈，我就喜欢这样爽快的姑娘。来，来，季医生你也吃。咱们边吃边说，你们是要打听谁？"

见他俩狼吞虎咽，风卷残云的模样，我也不再拘谨，用手抓起一只龙虾品尝了起来，香辣的感觉瞬间传遍口腔，配合着鲜嫩的虾尾肉，果然是一道令人绝赞的菜肴。

不消一分钟，我便解决了一只，擦了擦手，对穆站长说道："其实，我们这次来，是想打听一个叫祁世炀的人，他应该在站上工作吧？"

"噢,小祁啊。对啊没错。他是去年冬天来这镇上的,写得一手好字,文化功底那也是顶呱呱的。听说以前还是个大学老师呢,我是不知道他怎么跑这儿来上班了。"

"据说,是和之前的同事关系处得不理想吧,他性格好像有点古怪。"我旁敲侧击着说。

"是吗?我觉得还好啊。他这人,有点清高那是能感觉到的,不过跟我熟了之后,挺聊得来的啊。你们大概不知道,他酒量很不错,我俩经常一边加班,一边弄瓶二锅头喝着,美哉啊!"

转眼间,穆站长已吃了好些小龙虾,留了一堆虾壳在面前。"对了说到酒,服务员,来一瓶洋河大曲,我来给季医生接个风。"

"大叔你是说……他从来没有做过什么出格的事情吗?"颜泓嚼着虾,盯着服务员手里端着的小炒肉。

"嗯?为啥这么问?难道他有什么不堪的过去?我没看出来啊,也许因为我比较不在意这些吧,大家吃好喝好,工作上文化上也交流得不错,就好了吗。我们站里一共五个人,没有处得不融洽的吧。来,季医生,我敬你一杯。"他端起小酒杯,和我碰了一下,一饮而尽。

虽然我平素滴酒不沾,但遇到如此性情中人的爽朗汉子,又怎好意思败了兴。一仰头,我也将杯中酒喝干,一股子辣劲直灌入喉。

"穆站长,你是爽快人,我就直说了吧。这个祁世炀,他不是什么好人,以前和我妹妹处对象,还是他的学生呢,一不满意就动手,甚至还拿刀威胁过她说,不跟他好就要杀人。"

"什么!?还有这种事情?这还了得啊,"穆站长一听,惊得筷子都差点掉了下来,但他随即又说道,"不过呢,老哥哥我也直言一句,恋爱中的人,那心情都是难测的,指不上啥时候就做出什么过激行为来。"

我见状,便借着酒劲,把妹妹遇害的事情一股脑儿都给穆站长说了。穆站长一边听,一边叹气。末了,他举着杯子对我说:"季医生,这种事情搁在谁身上,都是晴天霹雳,我老伴走的那年,我就深深体会过。只不过,你这是遇害,更令人难过了。来,我陪你喝一杯。"

这时颜泓插话道:"大叔,你觉得,这个祁世炀在整个案件中有没有可疑的地方?会不会他才是幕后真凶呢?"

穆站长接过话坚定地道:"这不可能。你这案子发生在七月八、九号的样子吧,整个那一周,小祁晚上都睡我屋里的。当时他住的那屋子,因为连日大雨,屋顶漏了几个洞,找人在修着呢。"

"那会不会是他趁你睡着,偷偷溜出去作案的呢?"颜泓继续问道。

"这更不能了哇!我俩不但睡一屋,还睡一个房间,那几天我们为了准备一个文化节活动,赶稿子都来不及,哪有时间还出去晃荡呢?再说了,咱这到市里开车都得俩钟头,他半夜溜出去时间都不够的。我觉着吧,你们肯定是怀疑错人了。"穆站长又是一杯酒下肚。

听穆站长这么一说,我心里如同泄了气的皮球一般,说不出一句话,只是一杯接一杯地喝酒。

难道这一次,又只是我们的无中生有、庸人自扰吗?此刻我的心情,比窗外的天空还要阴沉百倍。看着满桌可口的饭菜,都再也没心思动一下筷子了。

颜泓似乎察觉出我的沮丧,也停下了夹鱼肉的筷子,缩了缩肩膀。她看看我,又看看穆站长,开口说道:"穆站长,你能告诉我们祁世炀目前的住处吗?我们想亲自去拜访他一下。"

"我说你们咋就不信我的话?"穆站长红着脸说道。然而他还是站起身来,走到窗边,指着不远处一座平房民宅说道:"喏,就是那间山脚下的,几个月前翻修过,所以看上去明显比周围的要新,很好认的。"

颜泓刚要致谢,穆站长又紧接着说道:"我觉着吧,今儿肯定见不着了,他去乡里参加一台晚会了,最快也要今天夜里才能回来。"

百般道谢后，我们辞别了穆站长，在沧芜镇的街头漫无目的地走着。

"我说呐，这位穆大叔是个很好的人，可能他对祁世炀印象很不错，不愿意相信他会是个坏人。"颜泓说道。

"我倒觉得，是祁世炀被这位真性情的汉子所感染，收起了他那些暴戾的本性。"我直视着前方无人的街道，风吹在身上，酒也醒了很多。

"所以我说，人真的是复杂的动物呐。"颜泓无神地望着天空。

"是这样。只是，虽说我也选修过人类学、心理学，却始终搞不明白一件事，人的本性究竟是与生俱来的呢，抑或是后天的经历所导致的？"我也将视线转向那一片灰暗的天空。虽然是午后，但厚厚的云层遮盖住了阳光的穿透，令人情绪低落。

"听上去好形而上学的样子哦，也许以后某一天，本少女会亲自解开这道谜题。"颜泓尽量不被我的情绪所感染，笑着说道。

不知不觉，我们来到了穆站长所指的那座平房，也即是祁世炀的住处了。

那是在街道的尽头，角落里的一间屋子。屋前都是空地，屋子的后方紧挨着山坡。隔着二十几米才有另一户人家，看上去是孤零零的一间山边小屋。

我走到暗红色的大门边轻轻推了下，门紧紧地锁着，试着敲了敲门，里面完全没有回应。我又尝试着透过紧闭的窗望向里面，然而那窗玻璃上好像贴了层黑色的膜，黑黢黢看不清里面。

"唉，看样子，我们得在镇上住一晚，等明天再来找他了。"颜泓说道。

"是吧。"我默然垂下了头，在路边蹲下，心情沉重地说，"现在我真的不知道该怎么办了。颜泓，我们是不是到了该放弃的时候了？过去的，就让它过去好了。"

颜泓挨在我身边蹲了下来："季风，别这么丧气嘛。我们住一晚，明儿一早就去找到祁世炀本人，来个刨根问底。"

"呵呵，找到他又怎么样呢？人家根本不在现场啊……难道，他还能在毛国柱的脑子里装个感应控制器，远程遥控毛国柱作案吗？更何况，他说不定根本就不认识毛国柱。"我苦笑着回应。

"唉，被你这么一说，我仅剩的那点信心也快没了呢。"颜泓难得一见地低着头，漫无目的地玩着地上散落的树枝。

"所以说，其实根本就没什么所谓真正的真相，都是我们两个傻瓜自个儿幻想出来的而已。"我双手捂着脸，自嘲地说道。

只见颜泓颇不服气地也斜了我一眼，拍了拍双手，起身道："哼，难道非要逼我用那一招吗？哎，虽然真的不太好，可是也只能豁出去了！"

我依然蹲在地上，歪着头看着她苗条纤细的身影，懒懒地说："你还有什么秘密武器啊？反正……我是缴枪了。"

她一把将我拉了起来，说道："走，跟我去镇上的百货店。"

没想到她力气还挺大，我被一下拉得站起身来，乖乖地跟着她向镇中心的商业广场走去。

沧芜镇真的不大，我们走了十来分钟，便到了与周遭相比稍显繁华的沧芜广场。

颜泓领着我到了一家五金店，用她一贯甜美的声音问道："师傅，有没有这么大的剪刀，给我来一把。"她用食指和中指比了一个她手掌那般大小的剪刀。

"有啊，喏，张小泉牌的。"售货师傅将一把崭新的剪刀摆在柜台上。

颜泓拿了起来试了试，笑道："行，就是它了。"付了钱又拉我向其他店铺走去。

我嘀咕道："这么小一把剪刀有什么用，还指望能用它剪开那道大门不成?"

颜泓并不答我的问题,只是歪了歪脑袋说:"季风啊,今天你真的跟平常有点儿不一样呢,那个不急不躁的你哪去了?"

"心情处在崩溃的边缘,又喝了那么多酒,能一样吗……"我苦笑道。

颜泓回应我一个神气的笑容,走到一家食品店的柜台前:"老板,有没有可口可乐,来两罐。"

"可口可乐没有,只有非常可乐,行不?"老板指着小冰柜说道。

颜泓看了看,说:"行,来两罐。"

付过钱后,她笑着递了一罐给我:"来,解解酒。顺便冰爽一下大脑。"自己"啪"地拉开一罐,咕嘟咕嘟仰头喝着。

我也打开一罐,冰凉的液体伴随着泡沫灌入喉咙,大脑瞬间清醒了许多。之前那些糟糕的负面情绪也仿佛被驱散了不少。

我感激地看了一眼颜泓,她闭着眼睛,纤细的手指捏住罐子,很享受一般,大口大口地吞着可乐。

她一定口渴坏了,我想,没有她的支持,我或许早就倒下了。

"元气恢复!精神满格!"颜泓竟很快将可乐一饮而尽,她拉着我说:"走吧,我们回山边那座小屋去。"

我惊讶地看了她一眼,问道:"怎么,你真的只需要买一把剪刀?"

颜泓得意地看着我,将那个空空如也的易拉罐在我面前晃了晃:"还有这个。"

这时我才恍然大悟过来,原来她竟想靠这个易拉罐来打开那道门锁。这种事情我也只是在新闻里听说过,使用者不是能工巧匠便是神偷。没想到,眼前这个俏丽的小姑娘居然也有这一手。

"怎样,不佩服不行?"颜泓看出我吃惊的神态,拉着我走出店铺,一边小声说道:"走吧,这儿人多,咱们到了山边无人的地方,我弄给你看。"

我跟在她身后，也小心地问道："你真打算破门而入？这可是违法的啊。"

她幽幽叹了口气说："唉，怎么办呢？若不是被逼到山穷水尽，也犯不着用上这一招啊。不过我可跟你实话实说啊，这玩意儿我只在自己家试过，可从来没开过别人家的锁啊。"

看着她一本正经的模样，我方才沮丧的心情全然一扫而光了。

我俩来到那座小屋门前，刚好四下无人。颜泓又敲了敲门，确定无人在家，然后小声说了句："潜入行动开始……"

我站在一旁，暗下决心，不管有没有发现，过后都要向警察说明情况，如果冤枉了别人，那我更要向对方道歉。

她拆开剪刀的包装，从易拉罐边缘戳进去，一丝不苟地剪出一个长条形，又在长条形上剪出一个小口，然后把长条的顶部捏成了一个圆箍……

她小心地修剪调整那个圆箍的直径，直到达到目测与锁舌差不多的尺寸。再拿起剪刀"刷刷"修剪了几下，心灵手巧地将那圆箍弄成了一个一端带尖头的钩状。然后她把那个小钩贴着门缝隙塞了进去，调整位置转动了稍许，又用手拨动了几下，只听"咔"的一声脆响，大门居然应声而开了！

"哇！居然真的成功了呢……看来多看推理小说还是有用的呀。"颜泓笑逐颜开地说道。

我鼓起勇气走上前去，轻轻地推开房门。

屋里一片昏暗，一股阴湿而霉烂的气味扑鼻而来……

PART15 〔十五章〕

白烨之章（八）

我万万没有料到，一个月后重返明山区分局，居然是因为之前那起红叶山麓强暴杀人案。这起板上钉钉，证据确凿，几无疑点的简单案件，竟又会产生新的波折。

刚踏入烟雾缭绕的会议室，刘治良就冲我打招呼道："不好意思啊白队，虽然知道你在负责新区的案子，还特地把你喊来。只是我们经过商议，觉得这个情况，还是当面跟你说一下比较好。"

"都是自己人，跟我不用这么客气，"我摆了摆手，"你说吧，发现了哪些线索？"

"首先是我接替陈波的任务，花了半个多月，终于查到了毛国柱的父亲毛海龙，和其情妇王丽娟的下落。两人隐姓埋名，定居在西南边境一带。"

"哦？获得王丽娟的照片没？长相和季琳相仿吗？"我问道。

"嗯，我设法弄到了照片的扫描件，白队你还是自己看看吧。"小刘从电脑里调出了两张王丽娟的照片，分别是年轻时和现在的。

我认真地看着王丽娟的两张照片，虽然她年轻时长相也还算俊俏，但是眉眼中却带着一丝媚态。而且脸型、五官的构造，都与季琳完全不同。总而言之，绝不会有人把这两人的外貌弄混的。

"两人长得并不像啊。为什么毛国柱会对季琳如此痛恨呢？"我自言自语道。

"她与毛海龙在西南边境的景区开了一间小客栈，经营得还不错。虽然多年以来，两人一直是非法同居关系，但是倒也过得相安无事。"小刘补充道。

"呵，这俩倒过得潇洒了，他儿子和结发妻子便不管了。"我讥讽了一句。

"上个礼拜，我设法与毛海龙取得了联系，告知他儿子犯罪的事情。没想到那边只是淡淡说，'这种事情，我早猜到总有一天会发生的。我拼了命想离开那个家,就是担心有一天,自己会卷进这些破事里。'然后就把电话挂了。"

"真是轻描淡写啊,明明是自己不负责任,不尽到养育孩子的义务,倒说得好像儿子是他的绊脚石一样。"我有些不满地说道。

"谁承想过了没几天,我就得到讯息,说他俩把客栈转卖了,一起偷逃去了缅甸。"

"得知了儿子犯事的消息,不是焦急地回来看他,倒立马撒腿跑了?有这样的父亲,真是做孩子的不幸。"我轻叹了一声。

"我也觉得,其实毛国柱的父母,倒真不如他舅舅关心他多。刚巧我们也正是从贾和顺那儿,了解到一些情况。原本毛国柱同他母亲,是住在火车站附近的棚户区里的。只是那时候,毛国柱同样会经常在夜间出来转悠,火车站那边又比较乱,贾桂花担心他闯出什么祸来,一直想搬家到别的地方……"

"然后你说……就有人给他们出主意,让他们搬来红叶山麓附近的旧小区居住?"我饶有兴趣地问道,伸手搬了张小凳在会议桌边坐下。

"没错哦白队,而且这个人,是一名心理医生。"

"哦?是那位叫景未阳的医生吗?我听闻他在业界小有名气,口碑也相当不错啊。他开的那家暖阳光心理咨询所,在我市好像也是最出名的。"

"不,不是他。景医生呢,确实是毛国柱的主治心理医生。说起来,能找到他也是贾和顺牵线搭桥的呢,咱不提这茬,这位出主意的心理医生,是景医生的好朋友,名叫聂子清。"

"你说什么?聂、聂子清?"我闻言惊得目瞪口呆,急忙又向小刘确认道。

"没错啊,聂耳的聂,子弹的子,清明的清。白队也听说过这个人吗?"小刘不解地反问道。

"是的,季风的女朋友特地托付我去查了这个人。当时的调查结果,此人与季琳毫无任何瓜葛。没想到,他居然和毛国柱有所联系。"

"事实上,他与毛国柱也并非名义上的医生与病人。只不过因为景未阳这层关系吧,聂子清也结识了毛国柱,参与到治疗中来了。"

"好吧。可即便如此,关于聂子清,咱们也拿不出可靠的证据,能证明他与毛国柱的强暴杀人案有什么关联啊。"我将之前的那起案件又在脑中重现了一遍,似乎并没有什么值得注意的线索,会与聂子清的行为有所交织。

"呃……我只是将这个月来,这边所获得的消息全部转达……至于信息有没有用,还得劳驾白队你的判断啦。"小刘似乎被我说得有些尴尬。

"不,我不是这个意思。我有一种预感,这个聂子清背后,有问题可挖。这样好了,我马上去一趟他的心理诊所,来一次暗访。"

"嗯,白队费心啦。喏,这是他的地址。"刘治良从桌上递给我一张便条。

"哈,你又来跟我客气,"我接过便条,念道:"四叶草心理咨询中心。"

咦,这个名字挺熟悉,好像似曾相识的感觉。

驶入四叶草心理咨询中心,我将车停在绿树丛中的诊所楼下。走出车门,仰头看着这座修葺别致,绿叶环绕的三层小楼,楼顶隐隐约约还有个花架一样的设计,不由觉得此间倒真是个清静所在。

步入小楼正门,咨询台前的中年大姐一脸花痴状,盯着身着便装的我目不转睛:"你好,这位帅哥,你也是来做心理咨询的吗?"

"嗯,我失眠快一个月了,晚上一睡着就做噩梦,然后就猛地吓醒,再然后就怎么都睡不着了。"我瞥了眼对面墙上那一排排的医生介绍,随口编排了一个症状。

"这个不算太严重的心理问题啊,不过我可以推荐你去找……"

"我要找聂大夫,聂子清大夫,我就是听朋友介绍他来的。"我不等她说完便抢着说道,又朝墙上聂子清的照片努了努嘴。

"哎呀,好吧。不过聂大夫他这会儿好像正在接待其他病人呢。没办法,人家是提前预约的嘛……他们应该是在楼顶的小花园里,你可以先在这坐会,跟我聊聊……"

她话音未落,我已经向楼道里走去,留下那位白褂大姐露出一脸失望的表情。

"这地方真是安静得不像话啊。"听见自己极轻的步伐依然传来了回声,我不由感叹道。

我更加轻手轻脚地走上三楼,借着之前在一楼瞟到的医生信息,很顺利地便找到了聂子清的咨询室。我轻轻叩了两下门,毫无反应。看上去聂子清依然在顶楼陪着病人。

我又用力推了推门,没想到门居然没锁,一下被我推开了。

谁料到,推的那一下用力过大,眼见房门就要撞到墙上。吓得我一个激灵,猛地出手抓住门边。要是发出动静来被楼上发现,可就不好办了。我暗想。

咨询室内很干净整洁,一扇相当大的窗户将外面的绿树与草坪尽收眼底。靠墙是一排书柜,里面空空如也。书柜旁摆放着一个长条皮质沙发。沙发边上有个小茶几,上面放置着制作考究的茶具,大概是聂子清用来待客的。沙发前面是一张挺大的多功能办公桌,两侧各有一把椅子,这必然便是聂子清与病人谈话的位置所在了。

我正打算检查抽屉,视线突然被窗台上的几株植物吸引住了。

这不是在裴佳那里看到的苜蓿草吗?

我猛地想起裴佳所说的,苜蓿草有时会长出四片叶子,便是代表幸运的四叶草了。而这家心理诊所的名字就叫四叶草心理咨询中心，其中难道也有所关联不成？

然而转念一想，应该不会的。毕竟，裴佳所牵扯进的是另一起案件，可不能把信息搞混了。

我转而将注意力放到办公桌抽屉之中的一份份文件上。大都是些病人的病情记录、既往病史或治疗笔记之类。一页页粗略地扫过去，并未发现任何有用的信息。

此时，楼顶上传来一阵阵的笑声，看来聂大夫正与病人相处甚欢，我略微放下心来，又继而检查其他的抽屉。

这些抽屉里摆放了一些心理学方面的书籍和期刊。我信手翻了翻，都是些深奥的理论。一直检查到最后一个抽屉，里面凌乱地散布着各种发票和收据。但就在那一堆堆的纸片之下，一本厚厚的笔记本终究没有逃过我的目光……

我如获至宝般抽出了那本笔记，正要打开翻看之时，手机忽然"滴滴"响了一声。

我吃了一惊，赶紧取出看了一眼，是一条新短信。我屏息静气，侧耳听了听周围，还好，似乎没有什么太大动静。但时间紧迫，来不及看那短信了，我将手机收回身上。

拿起那本笔记，翻开一页页看了过去，没想到内容却令我大失所望。

那只不过是一本治疗笔记罢了。里面满满记载着一年以来，聂子清对一位名为冯春霞的病人进行心理治疗的记录。

大概只是随手放在这个抽屉中的吧，我猜想。难道又要徒劳无功，一无所获地离去了吗？我不甘心，又将之前已检查过的抽屉重新搜索一遍。

果然，再一次的搜索又有了新的发现。一本之前没有并未过多留意的心理书，此刻牢牢吸引住了我的目光——《西方新型心理疗法之探索》。

虽然从书名来看，这只是本普通的学术书籍而已，但作者那栏的名字"景未阳"三个字却令我大为惊喜。

这不就是聂子清的好友，毛国柱的主治医生所著的书吗？书里面会不会有什么值得期待的线索？我怀着极大的好奇，刚要翻开书进行查看，只听见楼顶上传来了阵阵的脚步声。

我暗道一声不好，急忙将那本书揣进怀里，所有抽屉都推上关好，又用飞快而轻声的步伐溜出了门，转身把门带上。然后一闪身钻到了楼梯道间。

这几下连贯的动作在十秒之内完成，刺激得我肾上腺素狂飙。直到躲进楼道里，心口还在怦怦猛跳着。

我贴着墙壁看去，只见一个身材挺高，戴着金丝边眼镜的清俊男人，领着一名状若病人的老年男子，从顶楼有说有笑地走了下来。根据一楼墙上的照片，这个戴眼镜的男人必然就是聂子清大夫了。

眼见他们进了咨询室内，我又轻手轻脚地走下楼去。那位大姐见了我，惊奇道："咦，这么快就下来了啊，找着聂大夫了吗？"

"楼顶找着的，在他治疗病人的当口插了句嘴。聂大夫叫我多做些锻炼，身体有了一定的疲乏度，自然就能睡得着了，嘿嘿。"我随口搪塞过去，以免她心生怀疑，去找聂子清核实。

在那位大姐默默的注视中，我走出小楼正门，坐进车里，发动汽车，驶出了四叶草心理咨询中心。

将车停到附近一个僻静的街边，我从怀中取出那本书来，粗略翻了几页，大都是些西方现代的心理治疗方法。翻至中间时，书中掉出来几页信纸，我急忙一页页扫过去，署名都是景未阳。书信一共有三封，按照时间前后顺序，我仔细地阅读着这几封信。

子清吾友：

　　自秋天一别，已多日不见，如今倍觉思念。你所言关于令堂之往事，我也甚感惋惜，倘或双方均能略微克制，则事情并不至发展至斯。令堂身为医护人员，本当体贴患者，思患者之所思，虑患者之所虑。若患者或其家属不满于医疗结果者，又当耐心讲述，尽力调解。对方或欠缺医疗知识，或对医者期待过高，又或因病情而情绪欠佳，此皆为人之常情。吾辈为医者，当先医其心，而后医其身，此为华佗《青囊秘录》所载。万不可因其蛮横无礼，便恶语相向。故令堂所为，略有不妥。然则由此及彼，其人于医院病室对令堂大打出手，更是骇人听闻。其影响之恶劣，实为人所不齿。

　　此虽是三十余载之往事，然余波仍在。令堂所罹患之精神分裂症，我恐怕皆因祸起于此事。从你口中所述之病状，我初步判断为创伤后压力心理障碍症，此为遭遇严重物理性伤害后，心理状态失调所导致之后遗症。其症状中，常噩梦、性情大变、疏离感、易怒、情感失控、过度警觉皆与令堂之表现相若。我当与令堂亲自接触后，方可着手安排治疗事宜。待此间琐事处理完毕后，至多一月之后，便可抽出空来，亲自登门拜访。子清勿虑。

　　书不尽意，余言面禀。

未阳恭呈
一九九七年十二月六日

　　从这封信看来，聂子清的母亲因为多年前的某次医患纠纷，而患上了精神分裂症。只是聂子清自己身为心理医生，又为何要找景未阳去治病呢？

　　转念想到景未阳作为业界的顶级医师，也许他的专业水平是同行中之翘楚，那么聂子清向他请教，也不无可能了。这时我又想到了裴佳与蔡志东的那起医患纠纷来，难道这事情也会跟聂子清有关吗？但这可是完全不相干的两个案子啊。我又继续看下一封信。

子清吾友：

　　自年初着手令堂病症之际，我百般尝试，遍历书籍，然始终不得其法。苦恼之余，想到我当下所起草《西方新型心理疗法之探索》一书，内有少许国外新式治疗之法，为西方心理学界近年来所逐渐推崇使用，虽未在我国业内广为人知，然未尝不失为顽疾突破之道。但念及患者为你之至亲，我恐不便自作主张，还望得你首肯。此书我已著有原稿，今影印附信予你，可供参考。

　　远承下问，粗述鄙见，尚希进而教之。

未阳敬上
一九九八年一月十二日

　　这样看来，景未阳开始时也对治疗聂子清的母亲一筹莫展。不过看样子，他好像想尝试一些之前没试过的新式疗法。我回想起在抽屉里找到的那一本治疗笔记，那位叫冯春霞的病人，会不会就是聂子清的母亲呢？我又接着看最后一封。

子清吾友：

　　欣闻令堂在进行此疗法后，改善良多。于我，为莫大之鼓舞。我以同样疗法对毛国柱施以治疗后，亦甚有起色。此患者便为那日你与我一同会诊，身材极其巨大健硕之人。其发病时或有暴力倾向，若不加以治疗，恐造成不良后果。倘若你对毛国柱之病例亦有兴趣，以为令堂治疗之比对考证，我当乐意提供全部记录于你。你或可亲自为其治疗，则尽吾二人之力，关怀备至，理应有所成效。

　　我亦闻裴佳之祸事，既感心寒，又甚为不平。可见三十年之后，医患之对立情绪，仍时有出现。忆及令堂之事，可发一叹。然获悉裴佳将由著名眼科医师亲自主刀治疗，聊感欣慰。观你所陈之言，此中气愤倍加于我，大约是多年之后，仍未能对裴佳忘怀之故。你当自我克制调节，万不可冲动，做出后悔莫及之事。切记切记。

临书仓促，不尽欲言。

未阳敬上
一九九八年二月六日

看完这最后一封信，我不由一惊，景未阳似乎想让聂子清与他一起治疗毛国柱，并与治疗其母亲所用方法相同。这会是什么治疗方法呢？再加上聂子清又劝告毛国柱母子搬去红叶山麓附近，难道他真的与那件案子有所瓜葛？

不过更令我吃惊的是，聂子清与景未阳居然都认识裴佳。而且从信中来看，聂子清对裴佳存有旧情，会不会他便是裴佳所说那个暗恋她的男人？再联系到聂子清咨询室里的苜蓿花……我立刻给陈波的办公室拨了个电话："是陈波吗？帮我查下电脑资料库，看一看裴佳、聂子清、景未阳三人都是从什么学校毕业的，分别是哪一届。"

陈波答应了一声，便传来快速敲打键盘的声音。大约过去了五分钟，陈波回复了："报告白队，他们三个人都是八二届宁滨医学院毕业的，也就是现在的宁滨医科大学。"

"太好了！多谢。"我挂断电话，可以想象对方摸不着头脑的神情。

果然如此！看来他们三人不仅是校友，更是同一届的同学。而且景未阳似乎也知道聂子清暗恋裴佳的秘密，不但如此，可能还在替他保守着。且从景未阳的信里可以看出，即便十二年后，聂子清对裴佳依然旧情难却，念念不忘，对她的遭遇非常愤恨，好像要做出什么报复性举动。

除此以外，聂子清的母亲似乎也因三十年前的一次医患纠纷中遭遇暴力，产生了严重的心理疾病。聂子清一直在为其求医问药，直到今年才略有好转。这件事一定也对聂子清产生了极大的影响，他一定对医患纠纷深恶痛绝。

那么综合这两个因素考虑，聂子清极有可能便是杀害蔡志东的真凶，也就是最后那名进店的褐衣客人了。从身形上来看，他也与视频中的褐衣人相仿。况且，他应该与蔡志东素不相识，即便假扮成足浴馆的服务员，短时间内也不会引起怀疑。

这些线索对应起来，思路便逐渐清晰了很多。

万没想到，本来是奔着红叶山麓案件去的，居然极其意外地找到了足浴馆案件的重大突破口。这可真是山穷水尽疑无路，柳暗花明又一村。

然而本案还有一个最大的疑点：聂子清是通过什么手段，在如此短的时间内取得蔡志东的包间号的。这里面必然暗藏了什么玄机。

思忖了一会，并无什么头绪。我想起方才在聂子清办公室收到的短信，打开一看，是独孤玥发的："足迹已鉴定完毕，请抽空来我这取报告。"

嗯，若是独孤老师的话，说不定能从中发现什么来。

我驾着车，向大学城疾驰而去。半小时后便到了警官学校的教工宿舍区。

我将车停好，从副驾驶座上拿起一个纸袋，"噔噔噔"跑上了四楼。独孤玥听见我的脚步声，已经站在门口迎接了。她穿着一件藏青色的无袖长裙，长发及腰，双手抱胸斜靠在门边。从楼梯下方向上看去，自是有一份独特的气场。

"白烨，这几天我为了帮你，可是连课都没好好上。"独孤老师拍了拍弯腰换鞋的我。

"老师对我恩重如山，无以为谢，"我扬手把那个纸袋递给她，"顺路买了点巧克力，听说是刚引进的新品牌。大餐的话，还是等破了案吧。"

"嚯，几块巧克力就把我打发啦。"独孤老师接下袋子，笑了笑。说归说，她还是小心地将巧克力放进冰箱里，然后走进了书房，并示意我也进来。

独孤老师那"L"形的办公桌占据了书房的一半面积，另一半则是被各种警用刑侦设备铺满。书房一角的垃圾桶里，塞满了各式速食食品包装袋，看样子，这几天她真的是不辞辛劳地帮助我。一阵阵暖流瞬间从心中传遍我全身。

独孤玥指着挂在墙壁上那几张打印出的足迹图，用红笔画了几个圈，又拿笔敲着图片说道："这一道足迹，从足浴馆正门进入，在大厅略停留了一下，便径直进了五号包间，在包间里逗留片刻，然后出包间门，进了对面男卫生间的厕间，一会儿后又出来，跟随逃跑的人群一起跑出了正门。你懂了吧？"

"这个就是那名褐衣男子的足迹吧？他就是杀人犯无疑了。"

"没错，此人步速中等，基本保持匀速，看样子是早有准备。从进入正门到行凶完毕，不会超过半分钟。推测身高一米七七以上，体重七十公斤左右。"独孤老师说道，这与聂子清的身材基本一致。

"独孤老师，虽然确定了嫌疑人的足迹，但是上次那个疑惑，还是没能解决。"

"是关于如何确定包间号的疑问吧。我只能说，依照足迹鉴定来看，他大概是进门前就知道了。因为他从走进正门，到进入包间行凶，整个过程中，步态是几乎没有什么迟疑的。完全看不出有进入足浴馆后，进行试探性查询的迹象。"

"是这样吗？那还就真的奇了怪了，凶手有超能力？"我摸了摸脑袋。

"确实很令人起疑啊。凶手一定通过什么不为人知的办法，获得了信息。"

"其实，我大概调查到，凶手极可能是一名心理医生。独孤老师，这之中会不会有什么可以做文章的地方？"我问道。

独孤玥也相当擅长心理学，或许能从中发现些我所不了解的线索。

"如果是进行心理暗示，唇语或是微表情读取的话，确实能够发现目标潜意识里的一些信息。但是呢，这得建立在与目标面对面交流，或近距离观察的基础上，"独孤老师用笔指了指足迹图，又指了指电脑屏幕，"你看案件中的褐衣男子，他行踪匆匆，丝毫没有与人交流的迹象，距离前台的服务员更是有两米以上。我觉得，他不大可能通过心理方面的手段来获取信息。"

"这，难道他真的会读心术不成……或者是意念感知，哈哈。"听了独孤老师的详细解释，我竟有点不知所措了。

"白烨啊，我以前协助办案时，也会遇到想不明白的事情。这时候，我就会假想自己就是当事人。然后呢，我会去到当事人的环境，身临其境一下。有时候，感同身受，你才能发掘出一些很不起眼的秘密来。"独孤老师露出了自信的神色。

这的确是个不错的办法，既可以再次身临现场研究一下，又可以享受一次足疗服务，两全其美，我想。

"哈哈，真是个好主意。可这么好的事情，学生我可不能独享，独孤老师，我们一起去洗一次足浴吧。"我朝独孤玥会心一笑。

[第十六章]

PART16

季风之章（八）

傍晚时分，阴沉的天空终于淅淅沥沥下起雨来。天色更加黯淡，也映得这间山边的小屋里气氛阴森森的。不大的一间堂屋里满是陈腐的霉味儿，在这阴雨天里更加明显。

我与颜泓走进屋里时，都情不自禁地掩住鼻子，过了好一会儿才略微适应。

这是间极其普通的农家小屋，只有一个房间。房间里侧有间木板隔开的厕所。所谓厨房，只是几样位于屋外的水池加炉灶的组合而已。

屋内的家具陈设同样非常简陋：屋中央有张单人床，床边摆着个四四方方的床头柜。床的右首靠外一些，是一座带镜子的大衣橱。临着窗边，有张木桌外加一把椅子。简易厕所边上有一个小圆桌和几张小木凳。便构成了这间屋里的全部家当。

然而简陋归简陋，房间倒收拾得还算整洁。衣物都整齐地叠放在床头，数量不多的杂物也都摆放得井然有序。

我注意到小圆桌边，地上铺了一层不知何许动物皮毛鞣制的厚皮毯子。紧挨着毯子边靠墙摆放了一溜的空酒瓶，数一数有十来个，看来屋子的主人确实有嗜酒的爱好。

床头的柜子上放着一盏台灯，看上去像是这屋里唯一的照明设备。当然，为了防止被人从外面发现，我们是断然不会打开它的。

"看，这儿有一本书哦。"颜泓指向那个四方形的床头柜。

我顺着她所指看了过去，见床头柜的台灯边上，斜放着本半新的《魏晋诗歌赏析》，随手翻了翻，很多页上都写满了蝇头小楷，内容全都是对于诗歌的批注，像是做的读书笔记一般。

"这个祁世炀，倒还真的很喜欢诗歌文学之类。难怪妹妹会对他青眼有加。"我喃喃自语道。

我走到大门边，将门轻轻关上锁好。颜泓已经开始翻箱倒柜地检查了。她一边拉开床头柜的所有抽屉进行检查，一边嘟囔着："既然已经做了破门而入的事情,不好好搜查一番,岂不是浪费?"

只是那些抽屉里,无非是些寻常的文学书籍与期刊杂志。颜泓一本本地翻开,查阅其中是否夹带有纸张便签之类,然而翻遍所有,也并没有如她所想那般,隐藏了什么秘密。

但她并不甘心,又打开那个大衣橱开始研究里面的衣物。一边指挥我道:"喂喂,不要愣在那里不动。去看看床底下有没有藏了些什么?"

我依言探下身子,钻进床底,一股更浓郁的霉味呛入鼻腔,忍不住打了个喷嚏。只得掩住鼻子,借着手机的微光四下扫视了一番,床下整齐摆放着双款式普通的皮鞋和两双很旧的旅游鞋。除此以外,便再无他物。

"真是,我这边也没什么收获呢。衣橱里每件衣服我都伸手进去探了探,口袋也都掏过了,只在几件外套口袋里找到许多张用过的车票。"颜泓挥了挥手。

我用手机屏幕的光线照射着那一叠车票,全都是今年三月至六月往返城里的长途车票,粗略而观,没有过多值得特别留意的,便又放回了那件大衣口袋。

我俩又在屋内四下检查了一番,书桌、墙角、门后,几乎所有能藏东西的地方都翻开看了,厕所里也进去转了一圈,依然没发现任何有价值的线索。这小小一间屋子,原本便很难藏下什么物件,经过我和颜泓这么一番搜索,可算是翻了个底朝天了。

"呼,搜查大失败。"颜泓抹了抹脸上的汗,蹲在了地上。

"早该想到会是这样的。我们还是赶紧走吧,万一祁世炀提前回来了,可就不好解释了。"我指了指大门。

"稍等一下。"颜泓从半蹲转为伏在地上,伸着脑袋四下嗅着。"你不觉得很奇怪吗?站长大叔说了,这间屋子是新近翻修过的,屋里也还算整洁,可为什么会有这么大的霉味呢?"

我一直也觉得有些奇怪,便跟着蹲下身来,试探地闻着:"我们里里外外都检查过了,并没有什么异样的存在啊。也许是之前的阴雨连绵,加上今天的天气原因吧。"

"可是你不觉得,蹲在地上,这股气味就变得更重了一分吗?"颜泓回过头,怔怔地望着我。

被她这么一说,我汗毛瞬间倒竖了起来。我俩面面相觑,瞬间都陷入了沉默之中。

此时,天已经完全黑了,小屋里一片寂静,只能依稀听见山边的阴风呜呜地吹着,夹杂着沙沙的雨声。

颜泓靠在我身边,战战兢兢地说道:"我、我想起来了,有一个地方还没检查……可是,我不太敢……"她手指颤抖着,指向屋里的某处。

我顺着她手指的方向望去,正是那张皮毯子。手机昏黄色的照射下,棕灰色的毛皮上映出斑斑点点的污迹,仿佛是什么山间的野兽趴在地上一般,伺机待发地准备扑向我们。

我壮着胆子走过去,将皮毯的一角轻轻掀开。只见水泥铺就的地面中间,居然有个用砖石搭起的洞口。洞口安装了一道以木条拼接而成的木门,上面还覆盖着一层干草。我拨开干草,将木门拉开,地面露出一个圆形的黑洞来,更加浓重的气味散发了出来。

果然,这底下便是那霉味的源头。

"这毯子下面真的有机关呐,好恐怖的感觉。"颜泓不知何时已经蹲在身边,差点吓了我一大跳。

"看上去像是个地窖,有些村民会利用地窖来储藏食物。可是这么大的霉腐气息,这地窖应该是很久没有用过了。"我缓缓说道。

"唔,事情发展到这一步,我们是不是也没有选择了?"颜泓居然在惊恐之中还能挤出一丝笑容。

"不入虎穴,焉得虎子。这样,我先下去,检查一下底下的氧气含量情况。没有异常的话,你再下来。"

说罢，我便拉开木门，钻进了那个深渊一般黑漆漆的洞口。

洞口下方确实是一个地窖，面积与上面的屋子相若，只是高度略矮了一些，从洞口到地窖的底部有两米二左右。我站直身体，用手机照射了一下四周，所看到的景象不禁令我毛骨悚然。

地窖里没有任何照明。而且，显然也不是用来储藏食物的。

纵不论那阴森的氛围与诡异的气味，单单是扫视一眼其中的陈设，便让人觉得心惊胆战。沿着墙边立着的是一座两层的木架子，架子上层摆放着各种工具：铁锤、铁锨、刨子、扳手、虎钳等等，下层则是各种刀具，从砍刀到匕首不一而足，一把把地排放在木架的凹槽之中。各种金属器具发出冷冷的寒光，简直如同一个古代的刑具架。

这时背后传来"咚"的一声，我吓得猛一缩身，急忙转头看去，原来颜泓也跳了下来。落地站稳之后的她，看到地窖这幅景象，也是惊得合不拢嘴。

这种场面，若只是看看小说里的情节，最多也就是觉得挺刺激罢了。可当真正身临其境时，一种死亡和未知的气息便会从内心深处流淌出来，迅速侵蚀你的周身。

颜泓情不自禁地跑到我的身后，微微探出头来观察。

"你快看，那边墙上是什么？"她的声音带着颤抖。

我用手机照了过去，只见那布满裂缝、斑驳不堪的墙面上，赫然有一个血红色的符号。像是一根骨头向上裂开，分叉成了两个箭头一般。结合着这地窖的意境，更加显得阴恻恻的。

我发现那画有符号的墙边，好像摆着什么工具。走过去拿起一看，是一把两尺来长的钢锯。而且，锯条上的锯齿，有很明显磨损的痕迹，像是用来锯过什么东西。

"这个，难不成就是祁世炀用来作案的吧？会不会是他用来清除小区围墙上的玻璃的？"我想起案件的报告，上面提到围墙顶端，有一块区域的玻璃渣曾被清理过，作为攀爬翻越的支撑点。

"也许吧……无论怎样也好，为什么他会在这地窖中暗藏如此多的工具……"

颜泓紧跟在我身后，望着架子上。她凝视了一会儿，又接着说："不过好像有一点不同，架子上的那些利器和工具都显得锈迹斑斑，看上去是很有些年头了。可是这把钢锯，应该是新的……"

我仔细看了看，确实如此。"真是佩服你啊，这样令人恐惧的环境中，还能保持这样的洞察力。"

"好啦。现在完全不是羡慕我智慧的时候，你没发现那边还有一排架子吗？"颜泓指了指那个工具架的对面，也有一排木架。

我走到跟前，这座木架上，放置着一些陈旧的报纸和书籍，全都受潮且泛黄，纸张已脆得一触即破。似乎年代非常久远。我翻了翻那些书籍的封面，居然都是和犯罪有关的：《刑侦勘验手段》《伪造罪案现场的识别》《当代犯罪学研究》等。看上去是为设计作案而精心准备的资料。

我发现在那些书籍的一侧，还有一本厚厚的笔记。翻开一看，每一页都贴着泛黄的剪报，内容已经无从分辨，然而标题还是依稀可以认出，都是很多年以来的凶杀案件。

"疗养院凶杀案死亡两人，小区发生灭门惨案八人死亡，九名红衣女性遭遇连环杀人案……"我一页页地念着那些标题，每个字仿佛都渗透出浓重的血腥味。

"这个祁世炀，到底是个什么人啊……"颜泓站在我身后，声音已经带着哭腔了。

我把那剪报本翻到贴有内容的最后一页，上面的标题更是令我一震：沧芜镇东栅村情杀惨案，五人身亡，包含一名女童。

这不就是二十五年前发生在此地的那桩悬案吗？

若按照时间顺序来排列的话，沧芜镇是最后发生的一起。在这之后，便没有案件的剪报了，只剩下少许空白页来。

我隐隐地觉得其中有些古怪的地方，但又想不出是哪里不对劲。

然而，还没来得及细想，便听见了不远处颜泓凄厉的尖叫。即便是进入这幽暗的地窖时，她也并没有发出这般惊惧的叫喊，此刻到底发现了什么？

我赶了过去，原来这间地窖的深处，居然挂着道纯黑色的帘子，将整个后方完全遮挡住。方才没有仔细看，以为那已是地窖的尽头。

而颜泓便站在黑色帘子旁，浑身像筛糠一样地抖着，似乎掀开帘子看见了后面的什么东西。

老实说，此刻我的内心也已到达了恐怖的极点，血压升高，呼吸急促，大脑释放出的多巴胺令我接近眩晕。我只能闭上眼睛，深深地吸了一口气，仿佛当初第一次走上解剖台一样，咬紧牙关，缓缓拉开那道黑帘……

黑帘的背后，是一块十坪大小的空间，那股霉腐气味的真正根源，便来自这里。

空间的顶部，有一根贯穿左右地窖墙壁的粗大铁管。铁管上赫然钩吊着三具白骨。每一具白骨的颅骨顶端，都被硕大的铁钩洞穿，从而悬挂在铁管上。

我一眼便分辨出，其中两具是人类的，且应该都是男性。而剩下的那一具，尺寸明显小得多，应该像是什么动物的。但我对于动物骨骼构造方面的学识，并不足以识别出这具骨架的所属。我的视线穿越过三具骨架，达到这狭小空间的尽头，只见那里居然贴着墙壁放置着一把破旧的木椅。我实在无法想象，是什么样的人，出于何等的心理，才敢于坐在这个椅子上，感受着这般氛围。

"啊……到底是外科医生啊，看见这些场景还能这么镇定。"颜泓掀起帘子一角，从手捂着的缝里窥视着，见我呆立不动观察着那些骨架，略微松了口气。

"这些骨骸究竟是怎么回事，我们面对的……是一个怎样的怪物……"我没有理会她，自言自语地说。

"你不要吓我了，我们还是赶紧走吧。"颜泓拉了拉我的手肘。

"等一等，这些骨骸都年代很久远了，"我用手轻轻搓了搓骨骸表面，"它们的主人应该死了有几十年了，这个地窖里究竟发生过多么可怕的事情……"

"也许……和那件血案有关？不行了，季风，我真的不想待在这里了，我们还是快点离开吧。"颜泓颤抖着说。

"这些都是证据，骇人的证据……必须报告给白警官。"我拿起手机，却发现方才小屋里还存在的微弱信号，在这地窖中已经完全消失了。

我不甘心地尝试着拨打110号码，依然无果。

然而，更悲惨的情况发生了——手机最后残存的一点电量，也在这次拨号后耗尽了。失去了最后的照明，整个地窖陷入了无边的黑暗之中。

"啊啊啊……"颜泓终于控制不住恐惧，尖叫着紧紧抱住了我。

这一刹那，自责与懊悔的感觉交织着，压倒了我内心的恐惧。

"是我的错……应该早点离开的。小泓别怕……别担心，我在你身边呢。"我抚摸着颜泓的头发，轻声地安慰着她。

"呜呜……我们不会死在这里吧……刚才我就有一种不祥的预感……"颜泓单薄的身体噤若寒蝉。

"不，不会的。来，跟着我，我们去到洞口那边。"我鼓起勇气说道。

也许是突破了恐怖的极点，心理的应急机制开始生效了，我竟然不再那么害怕，逐渐冷静下来。

我蹲下身来，伸出一只手感知着粗粝的地面与墙壁，另一只手紧紧握着颜泓那冰凉柔弱的小手，两人摸索着爬向地窖外侧。每一步，都仿佛在深渊中的跋涉一般，宁静之中只能听见颜泓牙齿打战的声音。

好不容易，终于慢慢挪到了最外侧的墙壁。我踮起脚来，伸直手臂在地窖顶部摸索，终于找到了那个入口。

"你先上去，我托着你的腰，记得要抓牢地面。"我对颜泓说道。

"嗯，等我上去就拉你上来。"她果敢地回应道。

颜泓身体轻盈，在我的托举之下，脑袋已经探出了洞口。我刚要用力将她顶上去，只听见她"嘘"的一声，然后一只手将皮毯小心地搭在木门上，再将木门轻轻合上，缩着头极小声地对我说："赶紧躲下去，有人回来了……"

我连忙将她放了下来，两人又缩回到地窖的黑暗之中。我摸索着爬到地窖中央，侧着头努力聆听来自上方的动静。

只听见大门"哗啦"一声打开了，然后便跟着缓缓的脚步声。紧接着，是椅子晃动的声音，大概是来人一屁股坐在了上面。又过了少顷，一阵"咕嘟咕嘟"的吞咽声，伴随着玻璃瓶接触地面的声响，传到了地窖里。居然一回来便开始喝酒，我推测，来人十有八九便是祁世炀。

正在猜疑间，又传来了一阵敲门声。门旋即被打开，走进了另一个人，开口便道：

"怎么这么早就回来了？我见你屋里灯亮着就过来了，晚会怎么样？"嗓音浑厚，应该是穆站长。

"还不就是那些俗套的表演嘛，客套了几句我便先走了，还想趁晚上有空写点稿。"一个低沉，略带沙哑的男人声音，在我头顶上方响起。

"我早就说了，写稿没那么要紧。以你的水平，那无非是件很轻松的事情嘛。"穆站长似乎一边说话一边坐了下来。

"反正闲着也是闲着。"

"哈哈，好吧。我也闲着，来找你喝点酒，谈谈天。"穆站长爽朗地笑着。

"这样挺好,有站长陪着一起喝酒,论道,不亦快哉。"随后便是他大口喝酒的声音。

"你这酒不错嘛,口感醇和,喝完口齿生津,不错,不错。"穆站长也吞着酒。

"乡下村民自家酿的,别的我不收,这个得带走,哈。"

"小祁啊,我一直想问问你,为什么放着城里好日子不过,跑我们这镇上来了?"听见穆站长这么称呼,便确定了那人正是祁世炀。

"穆站长,你往常从来不打听这些的。今天是怎么了?"祁世炀语气略带反感地反问。

"你既然问起,我便直说吧。今天有两个人来我们镇上,专程打听你的事……"

穆站长话音未落,祁世炀已经抢道:"是什么人?打听我什么?"

"咳,你不用这么着急嘛。别人也是很正经的人呀,你别说,我还请他们吃了饭呢。席间他们谈起上个月发生在城里的一桩刑事案件,我想,可能有点怀疑你吧。不过你放心,我已经拍胸脯保证过你不在现场了。"

"真可笑。我上个月压根儿没出过镇。"祁世炀的嗓门开始变大了。

"我的确这么给他们说了。也许明天他们还会找到你,你们再沟通一下吧。把事情都说明白咯,免得误会一场。"

听到穆站长的言语,我越发觉得,说不定忠厚的他,被祁世炀给蒙蔽了。

"我倒不觉得有何沟通的必要,无事生非庸人自扰而已。这种人在我眼里是统统忽视的。"祁世炀冷笑了一声。

"小祁啊,你的锋芒还是这么盛。人家只是抱着疑问来向你求证,并没怎样,解释清楚不就好了嘛。老哥哥我觉得呢,得饶人处且饶人,不必那么较真,这样才能搞好人际关系。"

"哈，人际关系吗？穆站长，你是好人，但并非人人都像你这样，值得深交。大多数人所谓的人际关系，无非便是相互利用，党恶朋奸罢了。需要你时，便巴结逢迎，利用完了，便形同陌路。这些蝇营狗苟之辈，我这么一路走来，早已看得分明。正所谓：如人饮水，冷暖自知。"祁世炀情绪开始激动起来，一口气说了很多。

"怎么说呢，你说的这些，我自然都明白。但你想呀，人活一辈子，总得学会容得下别人的缺点不是？有了宽容和体谅，你就会觉得彼此之间是相互依靠，而不是相互利用啦……"穆站长的语气颇有些无奈。

"这世上，绝大多数人本就是不可信赖的生物，在我的生命里只当他们从未出现。"

"唉，小祁，我一直觉得跟你算挺投缘的，才会愿意来劝劝你。若你始终抱定这样的想法，只怕会吃苦头啊。"

"哈哈哈，让我吃苦头的人，我何尝不会反让他吃到更多苦头？"祁世炀沙哑的笑声好似磨刀一般，竟逼得穆站长说不出话来。

"这个人，太可悲了。"颜泓附在我耳边轻轻说道。

我没有答话，继续注意听着他们的动静。只听见又是一阵喝酒的声音，看来两人话不投机，只能以喝酒缓解气氛。

不一会儿，便听见穆站长起身说道："酒也喝得差不多了，就不多说了。我先回屋睡了，你忙吧。记得早点睡。"

"好，站长慢走。"祁世炀冷然答道。

紧接着便是关门的声音。随后床晃动了几声，大约是祁世炀躺了上去。

过了约莫半个钟头，上面没有任何动静。颜泓拍了拍我，凑近小声说："他是不是睡着了？怎么办，我们偷偷溜出去？"

"再等等吧，如果被他发现，难保不会发生什么意外。此地可谓是凶险万分。"我轻声回应。

"嗯,也是呢。那我们就再等等,静观其变。"颜泓紧张地说道。

又过了二十分钟左右,上方响起一阵电子乐,很像是手机的铃声。

"喂,请问哪位?"果然,祁世炀迅速接起了手机,语音清晰,听上去他之前并未在睡觉。但手机那头的声音完全听不见,只能听见他一个人的话语声。

"你为什么又打过来?我说了几遍了,不想见你,也不想听到你的声音。"祁世炀气势汹汹地说,听上去对那个人很厌烦。

"哼,难道我要说声费心了吗?"过了一会儿,他又说道。

"你真是自作多情了,我怎么可能会回去?你去找林轶做什么?我不想听到他的名字。"祁世炀的话语里提到了林主任。

"你不用对我好。就算季琳死了,我也不会选择你的。"这一句话令我的心猛地揪了起来。似乎通话的对方是个女人,在追求着祁世炀,并且还认识季琳。

莫非是刘君洁?我脑子里闪过这个念头。回想起她那天刚开始支支吾吾的样子,加上她之前电话里依稀提到过要去拜访林主任,会不会是想办法托他把祁世炀调回学校?如果是她的话,莫非她也喜欢祁世炀?可为什么她在与我的聊天中百般贬低对方呢?

一时间,各种猜想和念头闪电一般穿梭在脑中,莫衷一是。

"没错,不要再来找我,死了这条心吧。"祁世炀冷冷地说道,之后便再无任何声音了。显然,他绝情地挂断了通话。

一切重归于寂静之中,我和颜泓此刻也无计可施,只能继续耐心等待。考虑到祁世炀之前应该喝了不少酒,也只能盼着他会不胜酒力睡死过去。

时间一分一秒地流逝,我们又静静地等待了半个小时。那种恐怖的感觉,重新开始在心底逐渐蔓延。此刻我俩想的,都是赶紧离开这个暗无天日的地窖。

"我再托你上去，瞧瞧他是不是已经睡着了。"我在颜泓耳边说道。

"嗯。"颜泓用手指在我手心点了点。

我一手挽着她，一路小心地触碰着地面，用同样的办法摸索到了地窖的洞口。

在洞口下方，我又一次把颜泓轻轻托起，她用手撑住头顶上的木门，稍微用力顶了一顶。这时一丝光亮从那木板与地面的缝隙透了进来，没想到灯居然还开着。颜泓把眼睛凑到那条缝边，想要看个真切。但那缝隙似乎太窄，她只得又微微用力，试图把木门顶得再高一点，扩大那条缝隙。

没想到她刚一使劲儿，只听见"咣当"一声，撑开的木门扯动了皮毯，竟然将墙边的酒瓶给带倒了。

PART 17

【第十七章】

白烨之章（九）

夏末的晚风逐渐转凉,吹拂着独孤玥飘散的长发,她略施淡妆,身穿一件宝蓝色衬衣,下着一条修身黑色皮裤。脚踩一双小高跟,使本来就高挑的她即使站在我的身边,也几乎可以平视我的眼睛。无论是冷峻的眼神,稍稍翘起的嘴角,自若的步态,都显露出一种独到的女性气质。加之我今天也是便装出门,一件淡粉色的T恤,外加一条纯白色七分裤,竟引得街上不少路人议论纷纷。

哈哈,大概是将我们视为情侣了吧,我想。

然而独孤玥毕竟是我的老师。虽然在她的面前,我可以"目无尊长",口无遮拦,甚至直呼其名,完全不必像对待一名威严的老师那样唯唯诺诺,但在内心深处,我对她的尊敬是远大于其他感情的。

我也深深知道,独孤老师虽然外表冷漠又不动声色,但她的内心感情世界远超想象中的复杂。

这一点,在过去那个令她痛彻心扉的案件上便体现无疑。自那个案件之后,她才会坚定地从警界退出,选择了学术路线。而她内心中的绝大多数感情,大概都是交给了那个人吧。也便是基于这些原因,我才能跟她如此亲密无间,不用拘泥于各种复杂的关系,相处自如。

而现在,她在我的身边,一起走在这灯火辉煌的新区中心大道上。纵使心中有那个一直困扰着的疑点,仍然觉得信心满满,充满了挑战谜团的渴望。

更何况,此案的最大嫌疑人已锁定聂子清,找到他作案的手法,也无非是时间问题而已了。

天道堂足艺的霓虹灯已经重新点亮,正门也彻底翻新装修过,增加了包金的立柱与大理石台阶,显得比之前气派得多。看上去邱经理为了摆脱那起凶杀案的影响,不惜花费了大代价。

走进了正门,原先在大厅后方的那个服务台被挪到了门口,大概是为了避免客人私自闯入的事情再次发生吧。

站在服务台后的姑娘鹅蛋脸,面目端正,正在热情地为新来的客人挑选包间。她看见我,先是一愣,又微笑道:"白警官,今天又是来查案的吧。"

我志得意满地笑了笑:"呵呵,今天嘛,可以说是来查案,也可以说不是。晓兰,你就当我是带着朋友来做足疗的好了。"

翟晓兰注意到了我身边的独孤老师,又笑着说:"哇,带着女朋友哇,是模特吗?"

独孤玥嘴角上扬:"我是他的老师,来协助办案的。顺便也体验一把足浴的感觉。你有什么推荐的包间吗?"

翟晓兰又是一怔:"呃,竟然是白警官的老师啊,真的看不出来。我们包间里的设施和服务都是一样的,不过呢,因为是你们来,我还是提供五号包间给你们吧。对了,里里外外都已重新翻新,外加彻底清洁过了哦,不用担心影响。"

"放心吧,我们见惯了大场面的,不会顾忌这些,哈哈。"我一只手撑在服务台上托着腮说。

"那你们有没有选定的按摩技师呢?要不要让袁芳来给你们服务?"

"那倒不必,该问的都问过了。我们还是以做足疗为主,放松一下而已,哈哈。不要因为我是警察,就默认此行又来录口供啦。今晚我只要打听一件事就够了。"我自信满满地说道。

"哦哦,这样啊,那我就安排付大姐吧,她的手法很好,肯定能缓解你们奔波的劳累。"

"好的,"我把身体探到服务台内侧,从口袋里拿出了一张照片,小声地问道,"你看看这个人,你见过他吗?"

翟晓兰把照片拿在手里,仔细地看了又看,然后肯定地说道:"没有,没见过。"

她的回答令我惊得差点摔倒在地。

我给她看的照片，正是聂子清的正面证件照。作为当天的前台服务员，即便是一闪而过，也应会有些印象。可翟晓兰却说完全没见过，这对信心十足的我来说，相当于给了我一记当头重击。

我又拿出几张搜集到的聂子清生活照，交给翟晓兰："你再看看这几张，仔细看看他的身材长相。你真的确定没有见过他？"

翟晓兰接过那几张照片，时而瞪大了眼睛分辨着，时而闭上眼睛回忆。最终，她还是摇了摇头："白警官，我也真的很希望见过他，很希望能帮到你……可是，我完全没有。"

我仍不甘心："给你点提示，这个人是不是就是那天最后进门的褐衣人？"

"不是他，虽然身材啊气质什么都挺像的，但那个褐衣人的五官眉眼，跟他完全不同。"

我一时惊讶得说不出话来，作为此案排查至今，动机最可疑的嫌疑人聂子清，居然没有在场证明，这太过难以理解了。我觉得自己像是开着车在幽暗的隧道中，向着有微微光亮的出口前进，就在那光亮越来越强，眼看就要到达出口时，却发现自己开进了另一个隧道一般。

我依然觉得哪里出了什么问题，于是又去了邱战涛的办公室。把那几张聂子清的照片一字排开，放在他的办公桌上，请他细细辨认。

没想到，他也给出了同样的答复：不但那天没有见过他，自打这个足浴馆成立营业以来，便从未见此人踏进过一步。翟晓兰可能还会出点差错，但连深谙人事之道的邱经理都如此肯定，只能说明之前的判断又一次错了。

不停地遭遇挫折，让心高气傲的我也有点慌了神。我用手托住额头，闭上双眼，面无表情地陷入了深思。满脑子的凌乱线索飞速地闪现，交叠撞击着我的大脑皮层，却变得越来越混乱不堪。

独孤玥也看出我被打击得不轻，之前一直未发一语的她，把手放在我的肩上,安慰我道:"不要灰心,失误总是会有的。而且,错误判断了一名嫌疑人,不就等于排除了一名嫌疑人吗?至少所进行的每一步,都是在向着最终的真相前进的,不是吗?"

我睁开眼,看着她清澈的眼神,笑了笑:"老师,你总是在我山穷水尽的时刻,给予我最好的支援。哈哈,作为你最得意的弟子,我怎会在这里倒下?"

独孤老师也笑了:"你一直都是我的学生里,最坚韧的那一个。虽然平时你不羁又洒脱,但是关键时刻却总能给人以希望。我坚信你会找到答案。"

"嗯,我也相信自己。我们还是继续原计划,还原一下当事人的感受吧。无论如何,至少要把这足疗给享受了,才能不虚此行嘛,嘿嘿。"

独孤玥点点头,与我一起走入了五号包间。包间正如翟晓兰所说,与我最后一次来勘验时相比,已完全翻新过了。

我在靠门边的躺椅躺下,把正中的位置留给了独孤老师。她冲我笑笑,顺势躺了下来,感受着这宽大而柔软舒适的座椅所带来的美妙体验。

"从现在起,我们就是蔡志东的化身了。"我笑着说。

"果然是挺舒服的啊,这椅子比我睡的那张小床都软。"独孤老师伸出两根手指,按了按躺椅松软的靠垫。

"邱经理上回说了,这些椅子都是特地从国外定制的,里面的填充物都价格不菲,适合各种体形的人呢。"

独孤玥听我这么说,清澈的双眼转了转,似乎在联想可能会引出的线索,但她的思考被一阵有节奏的敲门声打断了。

进来的是一位四十岁出头的中年女性,她礼貌地鞠了个躬,说道:"两位客人好,我是今晚负责为你们服务的技师,我姓付,叫我付姐好了。请问二位客人有什么药液需求吗?"

我望了望一脸茫然的独孤玥,回答道:"我们都是第一次做足疗,不太清楚,付姐你替我们安排下就好了。"

"好嘞。那就给二位都来玫瑰精油纯中药养生桶好了。既养生保健,又能润肤调理。"付姐的业务很娴熟。

"嗯,好的,名字听着不错。"我呵呵笑道。

"那我先去给你俩准备喽,"付姐说道,又把墙壁上的电视机打开,"你们先看看电视吧,稍等片刻哈,我很快就回来。"付姐说完便开门出去。

因为工作关系,我的生活几乎与电视是绝缘的,只有偶尔会看一看新闻与球赛。但此刻,终于有一个借口给自己放松一下,我也乐于去欣赏一下当下的电视节目。

此刻正在播放一部电视剧,似乎也是与犯罪有关的。正演到一个非常阳光帅气的大男孩,与一位一身警服,气质冷峻,英气逼人的女警官在交谈,两人似乎关系密切。

看到这一幕,我不禁与独孤玥面面相觑,看得出她的神色甚至有些尴尬。

这也太巧合了吧,我的思绪仿佛一下回到了几年以前在警校,与独孤老师在后山边的小凉亭里分析案例的那个下午。

山间的风吹拂着独孤老师的长发,她用那清冷而理性的声线,大胆地对案件进行推论,并在不同的角度上穿插分析,令年少的我感到受益匪浅。只是一个下午的时间,她便将一起疑难的未破案件,从独到的角度剖析出其利害冲突,并给出了自己的解答。而事后,警方的侦破也确实证实了她的推论。

可以说,从那天起,我便立志要成为一名优秀而有人格魅力的警官。

此刻电视剧中的女警官,似乎正在指导那个年轻的大男孩,并让他参与到调查一名毒枭的卧底工作之中。他们深情地对视,彼此之间都对对方充满了好感。而如此艰巨的任务,也令女警官对男孩放心不下,百般嘱咐。

虽然只是电视剧,但这其中的剧情已令我身陷其中,仿佛真的跟随着剧情在演绎自己的感受。我看了看独孤老师,她也正看得入神,长长的睫毛下,双眼目不转睛地看着屏幕。看得出,她也已被剧情所吸引。

大概是发觉我在看她,独孤玥闪过一个窘迫的神色,又转而用冷静的语气说道:"对了,我们来,也不能真的便这么放松,还是有任务在身的哦。"

她话音未落,付姐已端着足疗的木桶进来。她先把一桶药液端在独孤老师的椅子前,又搭上一块毛巾在桶缘上。然后又从门外端来另一只木桶,小心地放在我的身前。一边摆放毛巾一边对我说道:"现在水温比较高,小心烫脚啊!"接着便又离开了。

我好奇地打量着足浴桶,大约是橡木或杉木之类的硬木材制成。里面注满了药液,看上去略微浑浊,并散发出一阵中草药的清香。药液的表面,散落着玫瑰花瓣,随着水流的漩涡而正在打转。

我伸出右脚试探性地放进药液里,又立刻抽了出来。"果然好烫。"我叫了一声。

"呵,你看你,那么猴急。小心点儿,别烫坏了脚板。"独孤老师歪着头看我出丑。

我用两只脚在水面打着水花,然后一咬牙,都放进了桶里。

起先,一股炙热的痛感如同千万根小针刺入脚面与足底,但很快,痛感变成了热流,在脚部的每根神经和每个毛孔中跃动,炸裂。带来一种无法形容的舒适感觉,简直妙不可言。仿佛是寒冷的冬夜里,在雪堆覆盖的小屋中,灌入一大口浓郁的烈酒一般。周身都伴随着那股热辣的暖流而为之激荡,让连日来靠着一双脚辛苦奔波的疲劳感一扫而光。

"怎样,舒服吧。你看看你的脚,全都红彤彤的。"独孤老师坐起身来,笑容可掬地看着我。看得出来,她也跃跃欲试了。

果然，她带着点犹豫，小心地将一双纤纤玉足探入木桶中，然后仰头闭上了双眼。满足而愉悦的神情写在她的脸上。

"哎呀，你们真不怕烫呢。我才刚出去会儿，都泡进去啦。"付姐端着两盘水果和零食走了进来。我看了看，果然那些瓜果都非常新鲜可口，作为零食的小软糖和巧克力也都是进口食品。与假扮服务员的褐衣人带来的果盘外观迥异。

付姐坐在独孤玥身前的小凳上，捏住她的右脚，熟练地按摩着脚心，并用大拇指在足底的穴位上揉动。大约五分钟后，改为用手指用力地按压着她的脚面和脚踝。接着又逐个揉捏每根脚趾。

"真的很舒服，很解乏，我觉得以后有空还会再来的。进行这样的一次按摩，对我的精神与脑力恢复也有帮助。"

"嗯，对啊。我们做的都是回头客。要不是发生那个事情，我们的生意还要好呢。"付姐已经做完了一套服务，坐到我的面前，准备开始为我进行足疗了。

"来你们这里的客人，一般从事什么职业的比较多呢？"独孤老师一边继续泡着脚，一边问道。

"怎么说呢，有钱的，做生意的肯定是最多了。不过现在普通市民也来得越来越频繁了。像你们这样的警官，来得很少。"付姐用心地按压着我的涌泉穴，一股酸麻的感觉汇集在足心。

"来的客人有没有什么特殊的习惯，或者与众不同之处呢？"独孤老师继续问。

"有的客人会提出不当的要求，但是肯定是被拒绝掉的。我们邱经理强调很多次了，如果客人不礼貌不友善，就要直接告诫他们……"

"不，我不是这个意思。我是指，有没有什么人的行为举止，与一般的客人不同。"独孤老师摇了摇头。

"这个嘛。有的客人喜欢边泡脚边打牌，还要在中间搭个小桌，有的客人嘛,喜欢大声唱歌的,还有大人带孩子来的,小学生还一边做功课一边泡着呢。"付姐侃侃而谈。

"嗯,你提供的这些信息倒挺有意思,"我一边享受着付姐劲道的足部按摩,一边补充说道,"不过,蔡志东从来没有什么与众不同的表现。他都是中规中矩地泡脚,休息,然后离开。每次进行足疗的时间也差不多,这些我都已经了解过了。"

"哦,是这样。"独孤老师侧着头似乎陷入了沉思,不再说话。

电视里演到那个英俊男孩,答应了女警官,愿意利用毒枭女儿对其的好感,潜入毒枭的家中进行卧底调查。他坚毅的神情和眉宇间的单纯也深深地打动了我,过去的某个案件也让我彻底明白,身为卧底是有多么危险,朝不保夕,更何况是这个涉世未深,毫无经验的男孩呢。

我正想欣赏他在毒枭家中的表现,但这一集便在这时结束了。我意犹未尽地听完了那首高亢激昂的片尾曲。不只是脚部,浑身的血液都伴随着那首歌曲沸腾了。

然而令我失望的是,电视台并没有继续播放下一集,而是一个接一个地播放广告。

"这个电视剧蛮好看的,不过一天只播出一集。"付姐也看出了我的期待,边搓着我的脚趾边说道。

"是啊,全是广告了。只好看看别的台。"我想拿遥控器换个频道,看看其他节目,东张西望却没有找着。

"不用找了。呵呵,咱这儿买的这批电视型号比较老,每台电视都没有配备遥控器,只能在电视机上手动换台。"付姐站起身来,用手在电视的面板下部按了几下,切换到了一个频道,正在播放世界杯决赛的比赛录像。然后她便出门离开了,留下我们俩继续泡着脚。

对足球赛事还算热爱的我,此刻却无心欣赏这场众星云集的比赛。而是借着足疗后放松而清醒的大脑,开始追踪分析案件。

隐隐约约间,我似乎发现黑暗的谜团深处有一丝光亮在闪烁,虽然我并不能立刻领会到,但它就在我脑子里不住闪烁,与所知的一切案件信息"叮叮"作响地回应着,仿佛抓到它,谜底便揭开了。

忽然,一个念头闪现在了脑中。

我猛地一个激灵,从沙发上弹坐起来:"老师,我怕是想明白了凶手的作案手法了,那个三十秒的谜,我想我解开了。"

独孤玥怔了一下,然后她会心地一笑:"哎呀,我突然也想明白了。不过,慢了你一步。"

我从足浴桶中抽出双脚,一边迅速地用毛巾擦拭着,一边说道:"老师你掌握的信息远少于我,都可以这么快得到答案,果然姜还是老的辣啊。"

没想到独孤玥赤着脚便走了过来,并拢两指在我的头上敲了两下:"你还是那么不会说话。"

"不过,我还是要回分局检查一样东西,再确认一下。"我握了握拳。

"嗯,我跟你一起去。"独孤老师点了点头,眼里闪烁着光芒。

我们快速地穿戴、收拾完毕,付完账单,离开了天道堂足艺。我跳上车,载着独孤老师飞驰向新区分局。

我快步走进办公室,打开电脑,开始播放那个在蔡志东家直播的节目视频。

跳过施妍感人肺腑的演讲,直接把视频拖动到了客厅那台电视进行换台的片段。我把视频定格,放大,仔细看着那个切换画面后的电视节目。

节目里,一名年纪颇大的男子,手握着长长的钓竿,正坐在一个湖边,看着镜头说着什么。然后他手一扬,好像是钓上了一条大鱼。

"你知道这个节目叫做什么吗？我记得独孤老爷子很喜欢钓鱼的。"我转头问着独孤老师。

"知道，我父亲也很喜欢看这个节目。是市休闲频道的周末节目，名叫《钓胜于鱼》。"

"好极了。"我抓起桌上的电话，给宁滨市电视台拨了过去。

"喂，你好，我是市公安局刑警支队副队长白烨，请帮忙转到休闲频道负责人。"

不一会儿，一个女声响起："警官你好，请问您想了解什么情况？"

"你好，我想问一问，你们台的《钓胜于鱼》节目的播放时间。"

"哦，这样啊。《钓胜于鱼》是每周五晚九点至十点间播出，在我台休闲频道播放。"

"果然啊。再确定下，节目是准点播放吗，播出时间固定吗？"

"当然，《钓胜于鱼》是晚九点准时播放的，时间固定每周五。而且开播来，从没有被安排插播或转播别的节目过。"

"能问问节目的收视率如何吗？"

"这个……因为节目只是定位于部分中老年钓鱼爱好者，所以，收视率只能说很不理想吧。不过我们台不会取消这个节目的，毕竟要满足各类人士的需求嘛。"

"好的，非常感谢你的配合。"我挂了电话，又来到隔壁的技术部。

"陈波，能不能帮忙调取一下市休闲频道的节目《钓胜于鱼》的节目录像？"

"好的，稍等片刻啊。我要去数据库里找找，"陈波双手如蝴蝶穿花般在两台电脑之间穿梭，还不忘插句嘴："白队啊，这么晚你还跑来局里，而且，还带着个大美女来。"

"你小子是有眼不识泰山啊，这可是我的老师，快叫独孤老师。她名气可不小，你那所警校的老师肯定也听说过她。"我嘿嘿一笑。

"你、你的老师？那么年轻啊。独孤老师您好。"陈波吃惊地看了独孤玥一眼。

"你就是陈波吧，听白烨提过不少次你呢。聪明好学，基本功都很扎实，又擅长计算机。"独孤老师露出爽朗的笑容。

"哎呀不敢当，我也就是个实习的，还得多努力。有了，录像调出来了，等我点开它。"陈波把那段录像视频打开。

伴随着悠扬舒缓的古筝配乐《渔舟唱晚》，《钓胜于鱼》的片头开始了：夕阳之下，平静的湖边，坐着一位身着蓑衣，头戴斗笠的老者，垂着一根钓竿，露出气定神闲的微笑。这时，"钓胜于鱼"四个艺术字体逐渐显现在了画面上，古筝曲也缓缓淡去，然后镜头切换到了主持人出场，片头结束了。

"停，我们来看一看这个片头有多长时间，"我看了看进度条的时间显示，"一共是二十秒。"

"也就是说，那名褐衣人算好了时间，在九点前一些进入足浴馆包间区，然后九点整，节目开始，他顺着包间区外侧的走道行走，根据电视里所传出的《钓胜于鱼》片头曲配乐，确定了被害人所在的房间。"独孤玥接着我的话，做出了分析。

"没错，能做到这一步，是基于以下四点：一、电视机安装于进门墙壁上，距离外墙很近，在过道中行走，只要用心倾听，便可以清晰听见里面电视节目的声音。二、电视机没有遥控器，只能亲自到电视前去换台，这对于正在泡脚的人来说几乎是不可能的。这样大部分人都只会将电视锁定在自己想看的频道。三、凶手非常了解蔡志东的喜好，知道他每周五晚必定准时收看《钓胜于鱼》。四、他要对此进行至少一次确认，那也就是小邢和杨可瑶所说的，有一次蔡志东与杨可瑶在进行足浴时，忽然闯进一名男子，又迅速离去。其实那名男子便是乔装的凶手，他进入的时间，应该便是周五晚九点后，节目的片头曲播放之时。"我语速略快地进行了补充说明，详细解释了自己的判断。

"你说的都不难理解，除了第三点。凶手为什么准确地了解到蔡志东的喜好，甚至能知道他对于《钓胜于鱼》节目的喜爱呢？"独孤老师反问道。

"我想，凶手肯定事先做了相当多的准备，并且不难想象，凶手是个高智商且心思极端缜密的人。虽然蔡志东也行事非常谨慎，几乎从不抛头露面，关于他的私生活，一般人完全无从了解。但是，像凶手这样的人，能调查到他热爱钓鱼这一点，应该并不难。"我用手指敲了敲桌子。

"可是，难就难在怎么能锁定他对于《钓胜于鱼》节目的喜好呢？毕竟，并不是每个钓鱼爱好者都必定会收看这个节目。况且，同类型的节目也不是没有。"独孤老师插话道。

"我觉得，凶手一定会关注到蔡志东的妻子施妍所参与的那个直播节目。并且，他碰巧也注意到了蔡志东换台去收看《钓胜于鱼》，这一点被他抓住了，作为一个行动的契机。然后才有了后面的踩点验证，以及案发当晚的行动安排。"我回应道。

"这个凶手好厉害啊，至少洞察力是在白队你这个级别的呢。"陈波感叹道。当时第一次发现这个细节，便是我与陈波一起查看那个节目视频时留意到的。

"不，我对这一点存疑，"没想到，独孤老师居然并不赞同，"白烨你的观察力，即便在我所接触的学生里，也算是拔尖的那一批。而且，你们是用警用的播放软件，一帧一帧地回放视频，并进行了放大处理，才发现到了这个很不起眼的细节，甚至可以捕捉到具体这个节目。但是普通人用自己的录像机或电脑，能够做到这一点吗？他能够发现那个角落中的电视，刚好放的就是这个节目？我觉得，这有点不正常吧。"

没想到独孤老师一针见血的分析，切中了我的要害，让我的判断出现了漏洞。我只得开动大脑，对此进行进一步的思考。

"白烨，你对于凶手作案手法的推理，从总体上我是认可与赞同的。我们也不必拘泥于其中的一个细节，先放一放，继续追查凶手好了。毕竟，最大的谜题已经解决了。"独孤玥又冷静地说道。

陈波接口说道："对了白队，说到追查凶手，今天傍晚的时候，我们接到电话，有人发现了很可疑的物品，我们经过比对，怀疑是本案的凶器。"

"真的吗？那你们取得了这件物品吗？"我迫不及待地问道。

"是的，我们已经前去取回了，郎一锋正在楼下对它进行检查与鉴定。"

"好的，我马上去看看。对了，是什么人发现的？在什么地方发现的？"我又问道。

"是一名街道绿化人员，在打理足浴馆不远处的花坛时，发现有一根金属柱状物插在花坛的泥土里，因为被绿化植物遮挡着，一直没被发现。"陈波回答道。

在楼下的物证鉴定室中，郎一锋、王初胜正与技术人员一起围着一根金属制的柱状物研究着。

说是柱状物，其实它的另一侧明显被切削过，变成了锐利的锥状尖角，切削角度大概在三十度以下。整体长度约有三十厘米，直径有两厘米左右，被切削的部分长度约十厘米。整体表面有明显的电镀处理，成色可算很新。

而且，圆柱体并不是光滑的，两端都密布着螺纹，未切削那一端螺纹的分布约占据了总长度的三分之一，切削成锐角的那一端表面也覆盖着螺纹。而在两端螺纹的尽头，各有一圈凸起的金属环状物包裹着柱体。

从外形上看，有些类似俗称的管叉，是一种非常危险的伤人凶器。

我仔细观察着那根柱状物，切削的部分明显被打磨处理过，表面很是光滑，使它变得更为锋利。从切削的平整程度来看，应该是人力所为，而并非机械加工。

而两段圆环之中的那一部分柱体，虽然没有螺纹，但也似乎做过磨砂处理。不过，这种处理可以一眼看出是由大型机械打磨而成，均匀而整齐。

"我们已经周密鉴定过，本物与死者的伤口痕迹相吻合，可以断定便是凶手使用的凶器。"王初胜说道。

"并且凶器上没有任何残留指纹，根据提取到的微量血液痕迹进行样本比对，与蔡志东的血液样本完全一致。"郎一锋接着进行了补充说明。

"可是凶手为什么会使用这么根怪模怪样的棍子作为凶器呢？"站在一边的陈波问道。

"如果只是从外形来看，磨砂与螺纹都会加大与手掌的摩擦力，或许是凶手为了能够更好地抓握住凶器。"独孤老师给出了她的看法。

我将那根柱状物拿在手里小心地观察着，翻来覆去地检查着，又拿起桌上的放大镜里里外外寻找着。终于，在未被切削的那一端，我在柱状物的顶端发现了一行小字：FHJG963841。

这明显是在加工金属时压印上去的。我默念了数遍这一行字符，会不会是本市的某家金属加工厂的代号？

我与陈波根据拼音缩写，在数据库中检索着我市的金属加工厂名册，终于发现了一家名为"丰华金属加工厂"的企业，地址便位于我市新区的工业园内。

我立刻致电该厂家，并与正在厂内加班的负责人时厂长取得了联系。

"时厂长您好，我是市公安局刑警队的白烨。想询问一下，我这里现有代号为FHJG963841的金属管材，是否是经由你厂加工的？"

"这个……我要去查看一下，等一下哈。"电话那头传来了时厂长招呼手下检查生产日志的声音。

过了大约十分钟，时厂长回话了："白警官，我们已经查阅了今年的生产日志，这个编号确实是我厂加工生产的一批零件，时间是在今年年初。"

"好的，可以查到是这批零件是销售往何地的吗？"

"等一下，我找找……嗯，是售往一家名为'猛大帅'的健身器材公司的。具体时间是今年一月十八日发的货。"

结束了与时厂长的通话，我又查找了"猛大帅"健身器材公司的资料。这也是位于我市新区的一家公司，成立时间不长，主要销售各类健身产品。

"健身器材？哦！我说怎么那么眼熟，这不就是哑铃当中的那根金属杆吗？亏我们还经常锻炼使用，没了两边的几片铁块，又被弄成了这个模样，居然没看出来。"郎一锋恍然大悟道。

没错，这样看来，这根柱状物便是由哑铃杆改造的，两边的螺纹都是安装哑铃片所用，凸出的环状金属也是为了固定哑铃片而设的。中间的磨砂处理，则是为了更利于抓握。

这名凶手居然利用哑铃杆打造为凶器，实在是闻所未闻。不过细细一想，这样的凶器便于紧紧握持，适合发力，锐利程度不逊于匕首，而杀伤力更是远远超过一般刀具。总结来看，它非常适用于出其不意，一击致命的场合，与凶手果断而迅速的作案手法不谋而合。

我拨打给"猛大帅"健身器材公司，但可能因为时间已晚，没有人接电话。我又连续拨打了几遍，仍然如此。

忽然，郎一锋一拍手："对了，咱们分局也跟他们公司订过一批健身用品。我看看，好像我这还有他们经理的名片。"

说罢他取出钱包，在里面翻看了一会，喊了声："找到了！"又将那张名片递给我，上面写着名字：谢怡。头衔是公司总经理。

我拿出手机,依照名片上的手机号码拨了过去,接电话的是位女性,不客气地冲着话筒里嚷嚷:"喂喂,谁啊,这么晚了还打过来?"

"谢经理你好,我是新区公安分局的民警,之前还从你们那里买过健身器材的,记得吗?"

"哦,哦,警察同志啊。你好……有什么事吗?"谢经理的语气立刻婉转许多。

"我是想了解一下,你公司一月十八号到的一批货,来自丰华金属加工厂的杠铃杆,后来是销售往了哪里。"

"一月十八号?那可有大半年了啊,我现在不记得了,得去公司查查。"谢经理回答道。

"好的,你大概多久能查明去向?现在牵涉到一起严重的凶杀案,我们急需相关情报。"我将凶杀两个字重重念了出来。

"啊,那我马上去给你查,你等我会,我还得步行到公司。二十分钟以后给你回电可以吗?"

"好的,谢谢了。"我挂上手机。

大约一刻钟后,手机响了,是谢怡打来的:"警察同志,我查到了,这批哑铃杆都是同一家单位向我们公司订购的,还包括哑铃片、杠铃、拉力器等等。订购单位是沧芜镇文化站健身馆。"

[第十八章]

PART18

季风之章（九）

夜深人静的小屋之中，有一个玻璃制的空酒瓶静静地矗立在墙角。

不知为什么，瓶子边的毛皮毯子发生了挪动，带动了微微压在毯子边缘的玻璃瓶。那个玻璃瓶像喝醉了酒的人一样，晃了一晃，旋即倾斜着倒向地面，重重地砸在地面上，发出"咣当"一声尖锐而清脆的响声，撕裂了夜晚的宁静。

而那个空瓶子并没有伴随着撞击而碎裂，它完好地在地上翻了几圈，"咕噜咕噜"地滚向了一个人的脚边。

祁世炀发出了一声惊讶的怪叫："什么人？"

随后，只听见他快步冲到了那块皮毯边，掀起了毯子，拨开稻草，打开了木门，伸出一只握着手电筒的手，又从那个圆形的洞口，探着头朝下方的地窖四下张望。

许久，他仿佛并未发现什么，只得从洞口撤出身体，嘴里恼怒地嘟囔着一句："难道是老鼠搞的鬼？等着，我睡醒了下来收拾你。"

随着他的离去，整个地窖又恢复到了黑暗和寂静之中。大约过去了一个小时，我极度小心地拉开黑帘的一角，向外仔细聆听着，继而转身对身后仍在瑟瑟发抖的颜泓低声说道："没事了，万幸他没有发现我们。"

颜泓松开捂着脑袋的双手，缓缓睁开两眼："季风，他真的走了吗？"

我轻声道："嗯，他好像以为是老鼠碰翻的，我们暂时安全了。不过，难保后面他不会下地窖来，我觉得还是应该偷偷溜出去。"

颜泓一听，立刻慌张道："不成不成，不能再冒险了。这底下这么多工具和刀具，我们一人拿上一把准备好，如果他真的下来，我们两个对付他也不会吃亏。当然啦，最好还是希望他没下来，我们熬到天亮，等他出门，再逃出去……"

我叹了口气，缓缓道："我觉得不妥。对方毕竟极有可能是个凶残的杀人犯，我们没有把握去和那样的人拼斗。况且，我不愿意让你置身于那样的危险之中。"

"那怎么办，我害怕又发出什么声响惊醒他。太可怕了。"

"嗯，这次换我上去检查下情况，如果他睡着了，我们就轻手轻脚离开。不过这次一定得小心了。"

我把那张靠墙的破旧木椅轻轻端起，跟着颜泓摸黑来到了地窖洞口底下。让颜泓帮忙扶着椅子，我屏气慑息地站了上去，木椅微微晃动了两下，所幸并没有发出太大的响声。

我见木椅能够支撑得住，便伸出手推开了木门和上面的毯子，从缝隙中看了出去。屋里的灯已经关了，只有一点点微光从窗口射进来。但对于在伸手不见五指的黑暗中待很久的我来说，这点微光便足以让我将整个屋内看得一清二楚：不远处的床边，一个男人正和衣仰卧着，并发出微微的鼾声。看上去睡得正香。

正是逃脱的好机会，我心道。

我深深呼吸了一口，平静了一下身心，便开始采取行动。

先将头顶的皮毯轻轻抽拉到与墙边反向的位置，以免再次触及那些空酒瓶。又用最小的力度把那些干草拨开到一边，虽然仍旧发出了些许窸窸窣窣的声响，所幸熟睡中的祁世炀并未察觉。

我手上用力，把木门彻底推开，又轻手轻脚地将之固定在洞口边。双手按住地面，用力一撑，上半身已经爬了上去。

然而，身下的那把破椅子发出了哗啦一声。我一惊，紧张地盯住床上的祁世炀。却见他只是翻了个身，背向我这边，继续睡去。

我抚着心口长吁了一口气，将悬着的双腿也踩上了地面，又伏在地上聆听了一会儿动静。然后才转过身体，朝着底下专心致志倾听着的颜泓做了个手势。我从洞口探出身体，伸直双臂紧紧握住她的双手，然后发力将她拉了上来。颜泓这次表现得极为小心，整个攀爬过程中几乎没有任何声响。

我俩都爬上了地面之后,又伏在地上匍匐向门口前进。由于精神高度集中,又过分紧张,我感觉脑部开始充血,眼前也有些金星在旋转。

我微微朝颜泓做了个停下的手势,趴在地上闭目休息了一会儿。

良久,我睁开眼,方才感觉好了不少,于是又示意颜泓继续前进,大气不敢出的她点了点头,紧紧地跟在我的身后。

我俩好不容易挪到了门口,回首望望躺在床上的祁世炀,他虽然脸朝我们,但双目紧闭,呼吸均匀,好像完全没有发现我们的存在。

于是我便半立起身,半跪在地上,准备拉开门锁……

没想到,门锁居然分毫拉不动,貌似是被祁世炀从里侧用钥匙锁了。

我顿时窘迫无比,回首在屋内东张西望看了看。就在祁世炀脸侧的床头柜边上,赫然有一串钥匙。看来真是"不入虎穴,焉得虎子"了。我暗暗叫苦。

没奈何,我只得打着手语比画,让颜泓盯住祁世炀,自己则俯下身去,朝他的床边匍匐前进。

我调整呼吸,每一步都极为小心翼翼地向床边爬去。只是距离那个身影越来越近,心跳得也愈加厉害。他发出的呼吸声,仿佛道道响雷,在我耳边轰鸣。

终于,我爬到了他的身边,他的脸距离我只有三十厘米,而钥匙更是在我上方触手可及。

我在惊悚之间,瞥了一眼那张近在咫尺的脸庞:刀削一般的面容,蜡黄的脸上胡子拉碴,浓密的眉毛下,一双深凹的眼睛紧紧闭着。

我不敢再直视他那张脸,低着头,伸出手来向床头柜的那把钥匙摸去……

手指小心地试探着,终于,我触碰到一个冰凉凉的金属物体,正是那钥匙圈。我张开手,一把握住整个钥匙串,尽量固定住,那串钥匙仿佛很听话，没有发出什么撞击声。

太好了，已成功了一半。我紧紧攥住那串冰凉的金属，调整手腕的角度，试图收回手……

正当我准备抽回手时，一只铁钳似的手猛地箍住了我的手腕，紧随着响起阴阳怪气的沙哑声音："怎么？想拿了我的钥匙开门走人？你们在做梦呢？"

方才还酣睡正香的祁世炀，此刻一脸凶相，恶狠狠地盯着我。他一只手紧紧握着我的手腕，令我动弹不得。

祁世炀伸出另一只手，将床头的台灯打开，又调节到很低的亮度，昏黄的灯光射在他凶神恶煞的脸上，如木雕的厉鬼一般可怕。

颜泓见状也吓得一惊，但勇敢的她立刻试图大声呼救。没想到，祁世炀早有准备，他突然低吼道："你敢喊一声，我就要了他的命！"并猛地从床垫下抽出一把匕首，对准我的喉咙。

这一把明晃晃的利刃搁在我的颈脖上，颜泓吓得呆在那里，完全不知道怎么办好了，只是用颤抖着的声音说道："别……别乱来，我保、保证不喊……"

祁世炀静了一静，一边用握紧我手腕的手臂勒住我的脖子，一边坐起身来，把匕首的锋口顺着我的脸颊轻轻地刮擦。又开口问道："你两个是谁？怎敢偷偷闯到我这屋里来？"

他不等我俩回答，又冷笑着说道："你们真以为能逃得过我的眼睛？我一回来就觉着不对劲了，诗集的摆放改变了位置与方向，床单的褶皱也变了。那时我就知道屋里来了人。所以我就等着，看你们是不是还躲在屋里。"

这可怕的家伙果然极为谨慎小心，纵使我们已经尽量将检查过的物品，都依照原样放回了原处，还是被他发现了异样。而且，他唯恐会在黑暗的地窖中遭到伏击，并没贸然进入地窖查看，而是等待我们上到屋里自投罗网。

"你们发出那动静,空瓶子倒了,以为我会不知道吗?我说的话都是故意引诱你们的,自己想想吧。哈哈哈。"

祁世炀又发出一阵阵拉锯般的冷笑。那笑声戛然而止,他又面露凶光,盯着我的眼睛问道:"你两个到底是谁?听说,你们一天都在到处打听我,对我这么感兴趣?"

他手臂的力道大得出奇。我竭力将他勒住脖子的胳膊掰开了一点,喘着气说道:"祁世炀……你、你还记得季琳吗?"

祁世炀闻言也是一惊,他的反应极快,反问道:"季琳?难道你是她的那个哥哥,叫季风的?"

"没错,就是我……你老实说吧……是不是你和别人合谋害了她?"我侧过脸用余光看着身后的他。

"你在胡诌什么呢?她遇害的那会儿,我压根没离开过这个镇子!"

"你、你一定是唆使毛国柱去袭击并杀害了她。我说的对不对?"见祁世炀的语气有些松动,我鼓起勇气说道。

"毛国柱是谁?我根本不认识。"祁世炀冷冷地否认道。

"别狡辩了,我们看过季琳写的日记,里面白纸黑字记着你用刀威胁她,要杀害她的事情,"颜泓忽然语气强硬地说道,"你已经杀了她,现在还要杀她的哥哥,你还是个人吗?"

"没错,我是说过要杀她,又怎样?我那么爱她,她却那样对我。她曾是我所有的希望,却被她自个儿亲手毁掉。现在的我,对她只有恨!只有恨!"祁世炀忽然发出野兽般的咆哮,逐渐失去了理智,这与之前那个谨慎又猜忌的形象截然不同。

听见他的话,我心中充满了愤怒,之前的恐惧仿佛都一扫而光,大声道:"你那样粗暴地对待我妹妹,还对她动了手。而她不但没有跟你分开,反而一而再地原谅了你。你居然还能说出这样的话!"

"哼，我承认动手是我的错。不过，那也是她不遵守约定在先，我才会恼羞成怒。何况，季琳嘴上虽然原谅了我，可她的心早已不在我身边了……"

"如果她不是真心原谅了你，又怎么会推迟离校，继续住在宿舍只为与你接近？"我反问道。

"切，别当我是蠢材。她留在学校，一来是为了自己的留学出国，方便学习、查资料；二来是为了增加与别人相处的机会。"一股大力传到我的喉咙口，祁世炀的手臂又箍紧了，他继续说道："她看上英语系的那个小白脸，以为我当真不知道？"

"我妹妹她、她和那个人只是单纯地互相学习，你、你不要……"我挣扎着说道。

"一派胡言！她和那个靳翔私底下接触多次，甚至都被我亲眼撞见。难道她只敢偷偷地写在日记里，不敢当面与我对质吗？如果她真的只是为了交流学习，又为什么要偷偷摸摸地背着我？"祁世炀的嗓门越来越大，他已控制不住手上的力道，令我快要不能呼吸。

我想要反唇相讥，如你这般偏执多疑，又容易情绪失控，她敢当着你的面和异性来往吗？又畏惧他真的怒施杀手，只得费尽力气说道："你为什么不相信她。她、她对你是真、真心的……"

"哈哈哈，对我真心？对我真心会偷偷摸摸和那小子约会，和那小子一起听报告，预谋一起出国？不仅如此，那个靳翔，他若对季琳只是单纯的友谊，为什么被我揍过之后，还要纠缠她？你倒是解释啊，嗯？"祁世炀用几近疯狂的语气连珠炮式地问道。

"她、她与靳翔相约，只是为了练习……练习口语。而且，她去听、听讲座，故意坐得离他很远，就、就是怕你猜疑……"我竭力反驳道。

"哈，就算我信你这些，你倒是解释下，为什么那个靳翔今年一月，还要特地从美国回来看她，试图向她表白？"祁世炀突然问道。

这个情况，季琳的日记里的确没有提到。确切地说，那时候她已不再记日记了。这让我一时不知如何回答，只是觉得喉咙里一阵阵火辣辣的疼痛。

"你们无话可说了吧？现在，我要对你们的行为进行惩罚！我的人生已经被毁了，你们居然还要闯入我家，打搅我的清静？甚至还来诋毁我？"他的语气越来越激烈，用力地扣住我的手腕，另一只手握着匕首放在我的手掌边，用几乎泯灭人性的语气说道："季医生，我要割掉你一根手指，让你永远都记得今天这一幕！让你也尝尝人生被毁灭的滋味！"

"住手！"颜泓突然大声喝止道，"祁世炀，等一等！我想问你，你知道的这些关于季琳的事情，有多少是那个叫刘君洁的女人告诉你的？"

这突如其来的问话，让祁世炀不禁愣了一愣，然后冷笑道："嘿嘿。刘君洁，你们居然还知道她？不过也难怪，她是季琳的好朋友……"

颜泓抢过继续道："没错，她曾经是季琳的好朋友，但是她更是季琳的情敌！因为她也喜欢你，想要把你从季琳那里抢过来。你没想过吗？这些季琳与靳翔的事情，都是她口中传出的谣言而已。其恶意中伤的目的就是为了激怒你，让你们争执并分裂，从而趁虚而入。"

虽说颜泓此时所说，我也曾思考过，特别是当祁世炀接到那个电话之后，但我总觉得，刘君洁平时那单纯可爱的模样，又与季琳关系如此之好不应该有问题。她曾经身体虚弱，季琳多次托我配药调理。两人可谓情同姐妹，刘君洁怎能做出这样出卖人格的事情来？然而此时，又不得不相信这是事实。

"不、不可能。刘君洁？她居然能做出这样的事情？不会的……"虽然祁世炀态度依然凶恶，但能看得出，他的内心也开始动摇。

"甚至那次看电影的失约，也可能是刘君洁故意没有带话给你，让你们产生误会。从那时起，你便一直被笼罩在谎言里了。亏你还自恃谨慎，在感情里，就变得失去了理智。"颜泓也察觉到了祁世炀的态度变化，甚至开始声色俱厉地谴责起他来。

"这、这怎么可能……难道琳琳她真的没有对不起我？没有移情别恋？"祁世炀近乎自言自语道。他的神情仿佛在回忆那些往事，重新确认自己的判断。

"没有错。季琳从来都没有喜欢过其他人。作为她的哥哥，我可以保证。"我抓住他动摇的时机，又把他的胳膊推开了一些。

"他们两人如胶似漆地牵手走在小路上，他们约定今后在大洋的彼岸寻梦，她去看望被我打伤的他，心疼地流泪……这些，难道都是编织的谎言？为了欺骗我，触怒我？"祁世炀喃喃自语道，他的脸上显现出悲伤而气愤的神情。

"是的！就是这样！你可以现在就打电话给刘君洁，质问她真相。"颜泓伸手指向床头柜。

"不，我不能……伊人已逝，倘若这一切，尽都是我听信谗言所导致的误会，我又如何面对……"他将匕首丢在了床上，低着头陷入了深深的痛苦之中，但依然死死抓住我。

祁世炀继续喃喃自语道："季琳曾经是我全部的寄托，唯有在她的面前，我才会彻底地吐露内心，卸下一切防备，展现出真正的自己……可是，为什么她会那样做……她知道那是多大的伤害吗……"他用手指了指自己的喉咙，"因为她的背叛，我才会这样夜夜酗酒买醉，你听，我声音都哭哑了……不……这不会是假的……不会的……"

过了半晌，他突然抬起头，瞪着颜泓问道："我问你，靳翔今年一月那次回国，特地去看望季琳，又是怎么一回事情？这难道也是刘君洁的谎言吗？你要是能证明这个，我就信你。"

我正要脱口而出，也许靳翔只是回来探望家人。但转念一想，对于此事我并未了解，如果靳翔的父母均在国外，那么贸然编造谎言，必然会加倍激怒祁世炀。

"呵呵呵，"没想到颜泓居然发出清脆的笑声，"你以为没有证据吗？季琳把这件事完整地记录在日记里，她解释得清清楚楚，根本不是你想的那样。嘿嘿，我刚好把这些日记全都撕下带来了，你想看吗？"她伸手指了指自己衣服口袋。

"什么，琳琳的日记……你都带来了？"祁世炀闻言猛地一颤，从神情完全可以看出，他极端渴望看到那些记录他们往事的日记。

"当然，这不就是？"颜泓把手伸进口袋，取出一沓纸页来，朝着祁世炀挥了挥，又塞了回去。

祁世炀闻言，丢下我在床上，凶恶地说："老实躺在那，但凡乱动一下，你们两个都得死。"然后快步走到颜泓的面前，"拿出来，给我看她的日记。"

颜泓便从口袋里又拿出那叠纸，指着上面说道："你看，这一篇是最后一篇，就是今年一月写的。你注意看看这一句吧，'此情可待成追忆，只是当时已惘然'，你还不明白季琳的一片遗憾之情吗？"

昏暗的灯光下，祁世炀看不真切，他低下头，仔细地去看颜泓手所指的那一行……

便在此时，颜泓忽然将手里的纸张翻开，用力按在了祁世炀睁大的双眼上！

后者惨叫了一声，拼命用手揉拭着两眼，一边痛苦而愤怒地吼道："啊……我的眼睛！你他妈敢耍我？我杀了你们！"

我见此机会，猛地冲了过去，挥动桌边的椅子砸向他的后背，只听"咚"的一声闷响，祁世炀被砸倒在地，痛苦地谩骂着，一手揉着眼睛，一手挣扎着想爬起来。我赶紧上前补了一脚，他闷哼一声又倒在了地上。

颜泓已经跑去取得了钥匙，正在试着打开锁。她试了两把都没有成功，焦急加之恐惧，连手都开始抖了起来……

而祁世炀已经晃晃悠悠站起身来,一双通红的眼睛盯着我们,面目狰狞,活像一个充满了恨意的恶鬼。

这时"咔"的一声,门打开了,颜泓叫了声"快跑!"便拉着我冲出门去。

没想到,祁世炀的动作更为迅速,他也跟着冲出了门,并且挡在我俩面前,伸手便向我的脖子捏将过来。我赶紧侧过头避开,拉住颜泓就向反方向跑去。

只听见祁世炀在后面呵呵冷笑道:"那是往山上的路,你俩还能往哪逃?"

果然,脚下的路越来越陡,向着山坡顶上蔓延。并且,那石子路越来越不成形,到后面简直只剩泥泞的窄小土路,每走一步都要担心滑倒……

我向山下望了望,万幸的是,似乎祁世炀并没有追上来。

山上风雨交加,颜泓的几声呼救都淹没在了雨声与山风里。我挽着她,艰难地向山上跋涉。一夜的紧张与惊惧,已经几乎耗光了我俩所有的体力,只能弯着腰撑住双腿,大口喘着粗气,走走停停。

忽然间,我隐隐听见后方传来什么声响,急忙回首看去,顿时大惊……原来祁世炀方才消失,只是回屋取了一把砍刀,此刻,正踩着泥路追了过来。

我用尽全身的力气,拉起颜泓拔腿就跑。在这生命受到极度威胁的状态下,我俩仿佛都突破了体力的极限,越跑越快,冲进了山间的丛林里,暂时听不见身后追赶的脚步声了。

这段冲刺使得我整个大脑一片空白,眼前发花,人也近乎虚脱了。

我"啪"的一声趴倒在林地里,借助植被和山石的遮挡藏住身体,草木皆兵地聆听着远处的声响。颜泓似乎也好不到哪去,趴在我身边,说不出话来,满脸都是痛苦的表情。

歇了好一阵子，我才缓过劲来。看了看四周，山林密布，树木繁茂，雨水顺着枝叶啪嗒啪嗒地溅落在泥地上。隔着层层绿障，既看不清祁世炀的踪迹，也听不见任何动静。我深深地舒了一口气，但愿，不会被他发现我们的所在……

毕竟，现在我们是手无寸铁，唯一携带的甩棍也因为担心爬动时发出声响，丢在地窖中了。而对方却是心带杀念、手持砍刀的狂暴之徒。

看了眼身边的颜泓，在这危机四伏的短暂平静之中，她居然抵抗不住疲乏与劳累，闭上眼睡着了。

我暗自苦笑了一下，只得打点精神，倍加警惕地注视着四周。

又过去不知多少时间，雨渐渐小了。除了间或有不知何许动物出没的响动，惊吓了我几次之外，并无其他情况发生。这时，困意慢慢笼罩着我的大脑，令我逐步丧失了抵抗，意识也逐渐开始模糊了……

迷迷糊糊不知过了多久，忽然有个声音在我耳边炸响："哈哈，可算找到你们了！拿命来！"然后伴随一阵掌击拍打着我的肩背。

我猛地睁开眼，本能在地上连滚带爬，闪出几米远去……

回头看，只见一个高大的男子，半蹲在一株树边，面有喜色地望着我。

天色已蒙蒙发亮，风雨也已停歇。日出的微光照射在他小麦色的面庞上，勾勒出一张俊朗而英气勃发的侧脸，那一双满含笑意的双眼闪烁着俏皮的神采。

这一刻，我所有的恐慌与忧惧都化作了充满温暖的安定。宛若在怒海中颠簸漂荡的小舟，驶入了风平浪静的港湾一般。

"白烨警官！"此时颜泓也醒了，揉着眼睛欣喜地说，"哎呀！你居然还有心思搞恶作剧吓唬我们，魂儿都快没了！"

"白警官，你怎么会在这里？我们夜里逃避祁世炀的追杀，才躲在这里的。"我又惊又喜地说道。

"哦,你是说他吗?"白烨伸手指了指不远处,一个面带沮丧的男子被铐住双手,老实地蹲在两名警官的身前,正是昨晚狂性大发的祁世炀。

"是他!白警官,我怀疑就是他与人合谋杀害了我妹妹,他昨天还试图要追杀我和颜泓。"

"嗯,我了解。昨晚我们发现了足浴馆案件的凶器下落后,沿着线索一路追踪,终于找到了沧芜镇文化站。与穆站长沟通后,大致锁定了嫌疑人祁世炀。我又无意得知你俩也特意前来调查,担心会出事,便协同多名警员,连夜驾车前来此地。我们找遍了沧芜镇及周边,都没有发现祁世炀的踪迹。最后还是借着他在家门口的足迹,一路摸到了这山上。"

"啊,你们好。谢谢你们,熬夜办案辛苦了。"我朝祁世炀身后那两位警官点了点头。

其中一位身材健硕的警官笑着说:"你好,我叫唐遥。别看白队说得那么悬乎,最后人还是我亲手抓的喔。你们晓得不,这家伙凶暴乖张得很哇。我们发现他时,他手拎把大砍刀,四下里寻找你们的踪迹,见到我们近身,非但不跑,还吼着冲过来。不过搁我手里,三两下就老实喽。"

白烨也笑着对祁世炀打趣道:"听说你还是个大学老师啊,我看咋一点都不像呢。你这是教人读书呢,还是教人犯罪呢?"

祁世炀冷哼了一声,不置一词。不过看得出,现在的他,已经恢复了正常的神志。

白烨也不再搭理他,拿起无线对讲机放在口边:"姜宇阳、陈波,你们在祁世炀的屋中搜查情况如何?"

对讲机那边传来一个洪亮的声音:"报告白队,搜查基本结束。在地窖中发现三具尸骨,并藏有大量可疑刀具器械。具体情况还是等你们来了再汇报吧。"

"好的,我们马上就把证人及嫌疑人一并带来,注意保持现场。"白烨关闭了对讲机,扶起我与颜泓,示意唐遥和郎一锋押着祁世炀,一起向山下走去。

一边走着,我一边小声地问颜泓道:"昨天夜里,你是拿什么骗过了祁世炀,又抹向了他的眼睛的?"

"呐,还记得昨天那家饭店吗?吃小龙虾的时候,我不小心溅了一大堆辣油在菜单上。当时觉得有点难堪,就鬼使神差折起来藏在口袋里了。没想到,居然派上了大用场哦。"她嬉皮笑脸地看着我,仿佛又恢复了昔日里神气活现的模样。

[第十九章]

PART19

白烨之章（十）

如果没有亲自在那阴暗潮湿，散发着浓重霉腐气味的地窖里待过，恐怕无法想象这宛若人间地狱一般的地下刑房。

那一排排生锈的金属工具与刀具，霉烂发黄的罪案剪报，乃至于墙上那个血红色的、不知代表什么含义的诡异符号，都仿佛在倾诉着一个个发生在过去的，充满血腥与恐惧的故事。

身为一个刑警，我甚至有些敬佩敢于孤身闯来的季风与颜泓。这里的死亡气息浓重得几乎令人绝望。

当我身处这个恐怖地窖，听完了他俩这几日来获得的所有情报和信息，特别是了解到祁世炀这个潜伏着的人物之后，我觉得自己终于揭开了一个巨大的秘密。

一个横亘于两个迥异的案件之间，隐藏在无数条杂乱的线索之中，并最终导致了我始终不能解释个中原因的秘密。

换言之，历经各种磨难的我，终于在大家的无私帮助之下，掌握了案件的真相。

为什么两起案件的嫌疑人，不是被查出拥有极为可能的动机，但却无法证明出现在作案现场，就是明明与受害人毫无关联，但却流露出作案的蛛丝马迹？最重要的是，这两个嫌疑人之间并没有任何明显的联系，不存在同伙作案的可能。

那么，这中间只有一个可能——那就是他们在作案前就刚好相互认识，并相约进行一次交换谋杀，也即是互相代为杀掉对方指定的目标。如此一来，就可以使得证据与动机，线索与目的之间支离破碎，毫无关联。

两个几乎素不相识的人，却在差不多的时间段，同时产生了杀人的冲动，又刚巧遇到对方，了解到对方的需求。不仅如此，他们还要做到完全地信任对方，既要肯定对方不会泄密，更要坚信对方会履行杀人的承诺。最终，还要设法杀死一名自己完全没有恨意的目标。

如许诸般难度叠加在一起，才会导致这样的交换谋杀型犯罪，几乎只能出现在推理小说或悬疑电影中。

然而,现在我们所掌握的所有线索,无一不在揭示着,这两起案件,也同样是一次交换杀人的行动。只是,这起案件里,还牵扯到更多的人,所使用的伪装手法也更为高明。

面对着坐在我对面,一声不吭,毫无表情的祁世炀,我并不吝惜于自己的推理与判断:

"祁世炀,你可算一个性格极强,又命运多舛的男人。幼年的遭遇与后来的种种不公平对待,让你形成了对人无法信任,排斥异己,睚眦必报的个性。但你饱读诗书,渴求文化知识,又让你获得了现代文明的火种,点亮了你黑暗的人生,至少,给你披上了人性的外衣。于是,这就形成了一个双面的你,在正常情况下,可算文质彬彬,才华横溢,但一旦有什么事情触怒你,伤害到你的自尊,你就开始变得暴躁,极端,甚至是残忍。"

祁世炀用冷若冰霜的目光扫了我一眼,脸上闪过一丝不安的表情。

"季琳的出现,对于你可算是一次命运的转机。她符合你对女性,不,甚至是对他人所默认的许可标准:有才华,有涵养,洁身自好,性格单纯却又率真。因此,你对她充满了好感。此外,作为一个才貌双全的女孩子,季琳有着坚强的内心,却又有着需要被呵护的外表。这更加吸引了你,使那个素来拒人于千里之外的你,居然主动开始追求她。而更令你欣喜若狂的是,她居然非但没有抗拒你的热情,甚至表示了对你的好感,于是你们便度过了一段卿卿我我的美好日子。

"然而,好景不长。你发现,虽然你们能够共同品味诗书,谈古论今,但却有着并不一样的价值观和对人生的期待。这也许是饱受命运折磨的你,对于美好生活所产生的畏惧吧,你不敢追求更好的人生,却又担心会因此而失去季琳,于是,那个控制欲极强,行事暴戾乖张的你逐渐浮出水面。"

"够了！你是个警察，还是个婆婆妈妈的心理咨询师？废话少说。"祁世炀充分展现着我所说的特质。

"哈，我不是心理咨询师，另有人是。而且，你肯定对他也并不陌生吧。好，既然你反感于我对你的心理剖析，那么我就长话短说。"我喝了口矿泉水，表情开始严肃起来。

"你与季琳的分歧越来越大，感情也由浓转淡。这时，另一个人出现了，那就是季琳的室友兼闺蜜刘君洁。她虽以季琳最亲密姐妹的身份出现，却暗藏心机，百般挑拨你们的关系，并不惜拿一个毫不相关的男生靳翔作为破坏你们关系的道具。在这里，我就懒得一个个去揭穿那些下作的谣言了。我只说一点，我们已经亲自查明了，靳翔回国，只是为了去看望他身患重症的小学老师，根本没联系过季琳。人家那么高尚的品格，却被你们拿来制造肮脏的纷争，真是够讽刺的。"

"真的是这样……哈哈……看来，我真的是彻头彻尾误会了季琳……哈……"一直寡言少语的祁世炀，忽然抱着头，伏在双腿间喃喃自语起来。

"与其说是误会，不如说是你的性格导致了这一切。你觉得自己永远失去了季琳，你人生唯一的希望火种熄灭了，便因爱生恨，下定决心要杀害她，让她承担你所谓的代价。然后，不知道通过何种手段，你联系上了一名心理医生，那人也抱有同样的杀意。你们当下制定了交换杀人的契约。并且，他的目标蔡志东，本身便可算劣迹斑斑，对于你来说，决意杀掉这样的一个人，根本不算是什么难事。在具体行动中，我猜测你还带有些许怀疑，让他先行作案，而你在一个月后作案，这样，你便占据着主动。"

"哈哈，收起你那愚蠢的推理吧。即便你发现了我们是交换杀人，其中缘起的一环，也将是你永远解不开的噩梦。哈哈哈……"祁世炀歇斯底里地笑着，沙哑低沉的笑声回荡在地下。

"别嘴硬了,这世间没有永远解不开的谜。更何况,你们是怎么认识的,如何策划的,并不影响全局。只要根据你的作案手段,就可以定你的罪!"面对他的猖狂,我冷然道。

"现在,就来简单说说你的作案方式。首先,你要对目标蔡志东进行全面深入的了解。对象也属于相当谨慎狡猾的类型,很少在公共场合露面,身边保镖无数。但这并不能难倒你,通过收集大量的资料和周密的跟踪,你掌握到了蔡志东的行踪和爱好。这些调查大都在三月至六月间完成的吧,这也解释了为什么你外衣口袋里会留有这些车票。"我把物证袋里的一叠长途车票在他面前晃了晃。

"在跟踪中,你发现一个非常重要的线索,那就是蔡志东从六月起,每周五都会只身一人,去天道堂足艺去做足疗,然后私会他的秘密情人杨可瑶。这也就是六月以后,你的车票全部都是周末往返的原因吧。这时,一个杀人的计划便在你脑中诞生了,在足浴馆的包间里,趁着极罕见他不设防的时候,用最快的速度杀掉蔡志东,只要计划充分,完全可以做到神不知鬼不觉。事后更不会有人怀疑到毫无动机的你头上。

"为此,你特意佯装客人去体验了足浴馆的服务,并假惺惺给了邱战涛经理一个建议——让他重新定制一套制服,如此你就可以趁着服务员装束不统一期间,穿着自己的衣服,大摇大摆地装成服务员进门服务,也不会被蔡志东立刻识破。我想,即便邱经理没有采纳你的意见,你也肯定能偷到一件服务员的制服,进而假扮作案的吧。这不是什么难事。"

"没错,我是弄到了一件男制服,只不过,尺码太小而已,哈哈。"祁世炀肆无忌惮地笑道。

"哼,你可真是费尽心机。说到制服,现在我们再来谈谈你的作案道具和凶器。你花钱在地摊上买了几件便宜货外套和T恤,既方便穿完就扔,也可以假扮那些朴实的服务生。你又在水果铺买了个果盘,虽然邱经理说了,你那个太寒酸,也太不新鲜,但瞒过蔡志东一时还是足够了。

而且，用保鲜膜包好的果盘，更便于你随身携带。

"至于凶器嘛，你想到了管叉这种杀伤力极强，可以瞬间致人死亡，但需要持械者膂力甚大的武器。你长期锻炼，上肢发达，做动作也精准到位，使用这个武器再适合不过了。事实也证明了，蔡志东连哼都没哼一声，就死在了你手里。我想，你是趁没人时，偷拿了一根文化馆健身房里的哑铃杆，带回了这个地窖。并用那把钢锯及架子上的其他工具，对哑铃杆进行了加工，彻底打造成了一把利于抓握、短小精悍、又破坏力超强的凶器。"我指着墙边那把有明显损耗的钢锯说道。

"你还漏说了一点好处，这东西用完后，随便往土里一插，没个十天半月，也不会被发现，"祁世炀嘴角上翻，露出不屑的表情，"当然，本来我可以更妥善处理好凶器的，只不过，你们警察出现得太快，随身带着太危险了。"

"说实话，你不做贼心虚的话，我们也不会怀疑到一个案发地点附近的路人身上。总之，你的准备确实是非常周密而完备，如果不是季风他们发现了那本日记，追查到了隐藏的线索，我估计，到现在你还在逍遥法外。"我顿了顿，捏着瓶矿泉水喝了几口。

"然而呢，饶是你准备得如此周密，却突然发现疏忽了件重要的事情——足浴馆的包间都是前台翟晓兰安排的，除非前去询问她，或是紧紧尾随着蔡志东一起进入，你是没法迅速掌握蔡志东所在包间的。但是，那样的行为，太过于危险了，也容易暴露你的行踪。

"你一旦谨慎冷静起来，便会变得心细如发，你更广泛地收集信息，随时准备改变原计划。这时候，终于被你发现了一个不为人知的秘密，你在文化站内多次收看施妍的采访录像后，无意发现蔡志东对一台节目《钓胜于鱼》的狂热追捧……

"当然，你早就知道蔡志东痴迷钓鱼，同时又更加深入了解到，参加《钓胜于鱼》的，大都是蔡志东的老钓友。因此，他每期必看，且准点收看,甚至是妻子的现场直播都不能改变这一习惯。并且,多疑的你甚至安排了一次亲自踩点,确认了这个信息。还有一点,这个节目收视率很差,观众也属于小众,在那个时间段,其他客人凑巧也在看这个节目的可能性极低。"

"咳……真是精彩,没想到这点都能被你发现,果然是优秀刑警的观察力。"祁世炀用难得的赞许口气说道。

"过奖过奖。其实吧,打开始我也纳闷着呢,为什么你也能从那段录像中,准确捕捉到《钓胜于鱼》这个节目。这实在是个常人无法注意到的微小细节。即便是我,在起初的调查中,也只是发觉他切换了频道而已,完全没有注意到他锁定的是个什么节目。

"直到季风告诉了我关于你的信息后,我才恍然大悟啊,你是个教传播学的老师,电视节目正是你的老本行啊!嘿嘿,怎么说呢,从侧面也证实了你惊人的学术能力,这些节目你完全烂熟于心。所以,只有你这样的高手,才能发掘出利用片头曲确定包间号这样堪称精妙的想法。"

"哼,一点皮毛而已。如果我真的保持潜心研究,早就在学术圈里扬名立万了。"祁世炀自负地说道。

"只可惜,不论是你的命运造化也好,性格使然也罢,最终你没能安心地做学术,成为什么专家教授,反倒做了阶下囚。案发当天,你先是跟踪着蔡志东,目送着他进入了天道堂足浴馆。你则在附近某个角落里做好了准备,穿着大一号的褐色 T 恤,将果盘、灰色外套和凶器全都藏在衣服里。这便是为什么在监控视频里,你显得比真人壮实的原因。

"准备完毕后,在距离九点整还差十秒左右时,你也进入了足浴馆大门,无视前台的安排,径直走进了包间区,且边走边偷偷披上了那件藏在身上的灰色外套。你贴着墙壁仔细倾听着里面电视机传来的声音,很顺利地便定位了蔡志东。你走进包间,装作是服务生,递上了果盘,并趁蔡志东不备,站在他视线的盲区突施杀手。从蔡志东右眼眶戳进的那根凶器,直接插入颅脑,导致其瞬间死亡。

"然后你迅速擦净凶器上的血液和脑组织,脱去血衣,若无其事地躲进了包间对面的男厕所里。再在听见骚动后,和其他客人一齐假装慌乱逃离。最后在人迹罕至的花坛边,处理了凶器。至此,你也履行了承诺,完成了杀人。"我又喝了一大口矿泉水,润了润嗓子。

"好了,这足浴馆的案件差不多了,来交代下你这地窖里的情况吧。先交代下这帘子后的三具白骨是怎么个情况?"我指了指那黑色帘子。

"哼哼,你不是很能推理的嘛,请继续。"祁世炀一副反唇相讥的神态。

"都这时候了,你还不老实?这么多金属工具、钳子啊,扳手什么的,还有这些砍刀、斧子、匕首,都是做什么用的?你还犯过其他什么案子没?"

祁世炀又冷笑了一声,歪过头不再理睬我。

我指着那本剪报,依然不挠不屈地追问:"这些个剪报,里面都是几十年前的案子,你收集这么多剪报做什么?虽然是搞新闻的,也不至于光盯着犯罪新闻吧。你抱有什么目的?"

祁世炀斜着眼睛朝我上下打量,似笑非笑地说道:"嘿,不多了解些犯罪,怎么能酝酿出灵感来呢?"

我不置可否地看看他,又指着墙上的血色符号问道:"那这个呢,像是分叉的骨头伸出的两根箭头,这又有什么含义吗?"

"大概是我哪天喝醉酒了,由着心情瞎涂的吧,我不记得了。"祁世炀不屑地回答道。

我完全不信他的鬼话,起身仔细端详起那个符号来。

符号应是用鲜红色油漆刷上去的,其中那两根伸出的箭头,右边一个的箭头是双层的,更像是表示一棵树一般,而左边与其说是箭头,不如说就是一撇而已。我琢磨了一会,弄不清楚这究竟是故意而为,还是胡乱的涂鸦。

我又检查了下油漆的涂层，透过表面的鲜红色，隐隐可以看见底下有一层陈旧的，早已褪色的旧漆层。看上去，鲜红色这层，是后来又补刷的油漆。

我仿佛觉察出什么来，又看了眼那两排架子，上面的工具和刀具早已是锈迹斑斑，看年代至少有二十年了。而祁世炀搬到这个镇上，一共才八个多月……

难道说，这些工具架是之前就放置在这的？

这么一想，似乎那些剪报的新闻，也都是三四十年前的了，即便是最后一个案件——沧芜镇的那桩悬案，也有二十五年的历史了。

我忽然察觉到，那些新闻，都是从当天的报纸剪下的，可祁世炀今年不过才三十五岁而已……

莫非，这个地窖里的东西，并不是属于祁世炀的，物主另有其人？

那么，甚至那三具白骨，也是那个人留在这的吗？这究竟是个什么样的人，拥有多么黑暗的内心，才会收集这些东西放在这暗无天日的地窖里？

陆陆续续又审了祁世炀一个多小时，他对于与季琳的恩怨，以及足浴馆的命案，都承认得很快。但是对于其他的问题，不是默不作声就是故意胡编乱造。

见从他口中无法得出更多的讯息，我便从地窖口爬上了地面。甫一露面，郎一锋、姜宇阳、唐遥和陈波都围住了我，一副"你终于审讯完毕了"的表情。

郎一锋开口问道："怎么样，都招了吗？"

"天道堂那案子，他算是招了，但还有很多其他的疑点，譬如他如何和人达成契约杀人的，另一名契约者的身份和作案手法，以及这间地窖的秘密，他一概不说。"我摇了摇头。

"要不，咱们先去审那个聂子清？我刚联系了胡头那边，人他们已经抓了，在明山分局里，说是一个字都不肯招。"郎一锋问道。

"哦？动作这么神速。对了，是在红叶山麓他母亲家抓到的吗？"

"不是，在他自个儿家里抓的，离心理咨询中心不远的一套公寓里。"

"好，那咱们马上赶过去。不过，在此之前，还得去接个人。"

一个多小时后，我们全部人马会集在明山区公安分局。大家都为案情的重大突破而感到兴奋，也都觉得这样高明的犯罪方式闻所未闻。

我依然决定还是亲自单独审问聂子清。然而，对方是个心理学专家，能否在其身上打开缺口，我心中也没底。同时我觉得，对待他的话，理性客气一些，收起警察的派头，效果应该会好些。

走进审讯室，见聂子清垂着头坐在对面椅子上，并不与我进行任何目光接触。他双手交叉置于胸前，面色苍白，神情却是很平静。从心理学的角度来说，这个姿势和态度，表明他已经构建起了完整的防御架势。

我拉开他对面的椅子，轻轻地坐下，开口说道："你知道吗，对于你与祁世炀，我都是觉得惋惜的。"我顿了顿，见他全无反应，便继续说道，"你们毕竟都算是高级知识分子了，却因为这样那样的原因，走上了犯罪的道路，实在是种损失呐。"

聂子清不发一言，面无表情，双眼紧闭。

"我调查了你的家事，自你幼年时，父亲便过世了。你母亲独自辛苦地抚养你，没想到，她在三十多年前的一起医患纠纷中，受到患者的暴力对待，导致了心理和生理的双重创伤，从此患上了精神疾病。你的幼年，便在母亲的间歇性暴躁情绪中度过的，打骂更是家常便饭。不过我想，你并不怪她，相反，你还深深地同情她，爱着她，对不对？"

聂子清的身体非常轻微地颤动了一下，但依然保持着同一个姿势，继续沉默着。

"我想，你选择了心理医生这条路，又费了那么多苦心，只为了治好母亲的病症吧，真是个孝子啊。当发现景未阳所借鉴的外国新颖疗法时，你的心里一定燃起了熊熊希望。特别是，当疗程的初始，你母亲有所缓解恢复时，那时你必然坚信她可以彻底恢复。只可惜，希望越大，失望也越大。之后的病情严重反弹，甚至倒退，使你最后的希望也失去了，你甚至开始怀疑学医的选择，怀疑自己的价值。"

对方彻底地无言，所幸这样的场面我已非常习惯了，只要能撬动对方哪怕一根心弦，我都会全力以赴。

"你的这种心情，我完全能够体会。因为，我自己也亲身遭遇过……这种对自己的极度不满，甚至产生摧毁自己的想法。那是我之前遭遇的一起绑架案件，绑匪劫持了一名可爱的女童，并以此为要挟，想要赎金与离境。我周密布置了一套自以为万无一失的解救方案，没想到在解救时，依然出现了致命失误。唉……虽然绑匪被当场击毙，但那个天真无邪的小女孩，也永远离开了人世。她是我六岁的外甥女……"

说到这里，我也沉默了。本来只是为了渲染一下气氛，没想到，自己又走进了往昔那绝望的情绪中。聂子清抬头看了我一眼，又垂首下去，还是不说话。

良久，我站起身来，避免被负面情绪影响我的思绪。

"你一定觉得，现在这狭小空间中的我们，是处于对立面的吧？你觉得，我无非是代表着钢铁一般的刑法，如山一般的意志，是不是？但你想过没有，任何一名警察，他首先，是一个人。"我的声音逐渐又恢复了力量。

"我能理解你的所为，也能体会你的痛苦。但是，你毕竟是作了恶。无论你是自暴自弃也好，还是为了心爱的人复仇也罢，富有同情心和关爱弱者的你，为什么能狠下心来，参与谋害一个无辜的女孩？"

我继续说道："我今天在这里，并不是为了套你的话，不是为了逼着你交代作案动机,犯罪行径。我只是希望你能有一点人性的良知,希望你能自己说出来,在忏悔中自白。"

看着略微发抖的聂子清,我打开了门,一个面容温婉的女人站在门口。

"裴佳,请你进来,"我搀扶着她,坐到我那把椅子上,"今天,你就当着心爱的人的面,卸下所有的防备,告诉她你所做的一切吧。"

裴佳静静凝望着对面那个男人,温和地说:"子清,真的是你做的吗?为了替我复仇吗?你看,我的右眼已经隐约能看见你的身影了。"她指了指自己的右眼。

这时,之前一直沉默不语的聂子清,仿佛再也控制不住自己的情感,痛哭了起来。泪水簌簌地在他苍白清癯的脸上流淌着。即便是心理防御有如铜墙铁壁的他,也决意敞开他的心扉:"裴佳,从大学见到你的第一眼,我便一直深深爱着你。但是,我一直不敢当面告诉你这一切。我只能在毕业时,给了你那封信,还有那些花种。"

"啊……真的是你。可是,我后来问到你时,为什么你也不愿承认呢?为什么,你一直都不肯告诉我这份感情?"裴佳伸出一只手,握住了聂子清的手掌。

"因为,我们不会有幸福的……我的母亲,是一个严重的创伤后心理疾病患者,对于除了我以外的人,都有可能会产生极端的暴力倾向。并且,我清楚正因为你母亲的暴躁脾气,你父母才会离异。我不愿看到这一幕又在你身上重演,所以我一直在努力治疗母亲,但是,在她痊愈之前,我恐怕都无法走近你的身边。这一等,就是十多年过去了……"

"呵呵,不知道为什么,这么多年,我也一直没有遇见钟意的人。会不会,是我内心里还仍旧期待着,那个送花儿给我的人出现?"

"谢谢你一直喜欢我送的苜蓿花。四叶草诊所这名字,也是我提议的。这么多年来,我一直默默关注着你,悄悄打听你。直到今年一月时,我听说你在医患纠纷中撞伤了右眼。通过医院内部的关系,我看到了那段监控视频,分明是蔡志东那条狗推倒了你,在之后公布的视频中,这一段居然不见了!肯定是姓蔡的利用权势,造了假,还有他老婆那段恶心的直播……"聂子清气得咬牙切齿。

"然后,你便决心要替我复仇吗?"

"没错,不,不仅仅是你,我还想到了我的母亲。想到了三十年前,她的那次经历,最后也是草草处理,不了了之。可是这起事件,却对她和整个家庭,造成了灭顶之灾。这一次,我不能让这样肮脏的人逍遥法外……"

"然后呢,你就杀了他吗?"裴佳松开了聂子清的手。

"不、不……后面的事情,我不想和你具体说。你只需要知道,是我替你报了仇就可以了。其他的,我不想多说。"

"这……"裴佳愣在那里,一时不知说什么好。过了许久,她注视着聂子清,清晰地说道:"谢谢你,子清。但是,这并非我所想要的。我们身为医生,即便不能悬壶济世,也该尽力治病救人。杀害他人,不应是我们所为。"

"是的,我后悔了……"聂子清动情地说道,"我真的很后悔,当时被仇恨蒙蔽了双眼,伤害了那么多的人。"他双手抱着头,伏在桌上低声地啜泣起来。

"你已经忏悔,那么愿意说出整个作案经过了吗?"一直在旁静静看着的我说道。

"我可以说,但不是在她的面前,"聂子清抬起头,泪眼婆娑地指了指裴佳,又转而对她说道,"请你帮我一个忙,代我照顾我的母亲,好吗?"

"好的。不管她会如何对我,我都会耐心地照顾好她。"裴佳点了点头。

"谢谢你，裴佳。现在，请你离开吧，我不愿你听到下面的事情。"聂子清抹了抹眼睛，低下了头。

将裴佳送出门后，我坐了下来，叹息着说道："本来你应该是一个好儿子、好丈夫的。为何会走上这条路？不论如何，我们都会代为照顾好你的母亲的，请放心。"

"我也谢谢你。请原谅我方才的不配合……现在，我想通了，我会交代作案的过程。"聂子清清了清嗓子，开始讲述道，"我和祁世炀约定了互为对方杀人，但是当我了解到，他想要杀害的目标是一个纯洁无辜的女孩时，我没办法接受。然而，契约是残酷的，我不得不想出办法做到这件事。"

"请稍等，为什么你在签契约时，没有弄清楚对象和缘由，就接受了这个承诺？还有，你跟祁世炀是如何相识的？"我打断了他的话。

"白警官，我可以坦白全部，唯独这些不能。请不要再要求我这个。"聂子清断然地说。

为何他和祁世炀都对契约这部分三缄其口？我不由得产生了极大的好奇，然而面对终于愿意开口的他，我还是决定先听完他的讲述。

"在烦恼中，我忽然想到了老友景未阳，以及他与我一起治疗的那名精神病患者毛国柱。最重要的是，我想到了他对其进行的那种疗法——催眠治疗。不得不说，这是种很新颖的治疗手段，为此，我进行了大量的研究。研究中我发现，以毛国柱的精神状态非常容易对他进行催眠，且很容易就能达到深度催眠。于是，我决定利用他之手来行凶，这是我唯一能想到的解决办法。我了解了毛国柱的身世，包括他父亲的那些事情，便决定给他设定情境暗示：我偷拍了季琳的照片，并以此不停地暗示这便是当初勾引他父亲的女子，尽量激发他的愤怒情绪。通过多次暗示后，我发现他对季琳的样貌产生了巨大的恨意。

"然后，我了解到季琳住在红叶山麓小区，并会经常很晚回家。便唆使毛国柱母子搬到那小区附近，又在小区里租了间房让母亲搬去居住。小区附近的环境，确实利于心理病人的康复，于是计划顺利得很。我也经常假借去照顾母亲，仔细地观察了红叶山麓小区以及周边的构造。我发现，门卫好像并不会检查开车进出的人员，因此每次都是驱车前往。并且，趁人不备时，将一处围墙上的玻璃渣碎片简单地清除，以便日后翻越。

"然而，即便是借毛国柱来行凶，我也依然处于犹豫中。直到七月八日那一晚，也就是母亲催眠疗程的最后一天。她不但没有任何好转的迹象，还试图拿剪刀刺向我，这是她之前从未有过的举动。那一刻，我顿时觉得万念俱灰，之前所有的希望全部都破灭了，甚至觉得自己被景未阳耍了。我绝望，愤怒，无助，喝了很多酒。终于下定决心，既完成那个约定，又毁掉毛国柱，以此报复景未阳。"聂子清哀伤地看着天花板。

"我在附近街上找到了胡乱转悠的毛国柱，并催眠他跟我一起，从小巷翻墙进入了小区里。然后埋伏在墙边的绿化带中。我妥善地处理掉了自己的足迹，当然，故意保留了毛国柱的足迹。深夜时分，季琳经过了，我催眠毛国柱上前抓住她，用胶带封住她的口鼻、眼睛，把她拖进了地下车库的角落里。

"我又进行了最后一次暗示，让他用电线勒死季琳。而我则坐在之前就停放好的桑塔纳内，监控着这一幕。这时，一件令我意想不到的事情发生了。"

"哦？发生了什么情况？"我好奇地问道。

"我本意只是想让毛国柱勒死季琳，没想到，他居然兽性大发，不但强暴了她，还发力折断了她的大腿。这完全不在我的催眠控制之下，也不属于计划的一部分。更可怕的是，他在狂乱的状态下，用力勒死了季琳后，居然从催眠的状态中逐渐苏醒过来，开始疯狂地大吼大叫。

"我顿时手足无措，如果把居民吸引过来，发现了这一幕，那我就完蛋了。此时毛国柱正背对着我，他的脑袋此时就在我的车头前，于是我便发动轿车撞向他的后脑，他立刻晕厥了过去，但我的左车前灯也撞坏了。"聂子清回忆起当时的一幕，仿佛依然惊魂未定。

原来如此。这就解释了，为什么我问毛国柱杀害季琳后发生了什么时，他说"黑漆漆，什么都看不到了"，还说了"没气，没声音"。那时我还认为他是形容季琳的感受，没想到，说的是他自己。

还有车库墙壁的两个大手印，原来是蹲在地上施暴的他，受撞击后本能地扶了一下墙而留下的。此外，我们替毛国柱理过毛发后，发现他的头上有瘀青和挫伤，本以为是他自己造成的，谁知居然是这么回事。

我终于明白了这些细节的起因。正是聂子清意料之外的情况，导致了破案的契机。

"就在我忙于收拾残局时，就听到远处有人向地下车库走来。我大惊失色，立刻将昏迷的毛国柱和季琳的尸体都拖进了车厢内。然后自己也低头躲在驾驶座底部。所幸那个来巡逻的张老汉只是东张西望了一会，没有发现什么，就出去了。

"然后惊恐万分的我，冷静下来继续布置现场。我的本意是催眠毛国柱抱着尸体翻过围墙，去隔壁的垃圾场抛尸的。但现在他昏迷不醒，只好自己来了，我便穿着他的鞋子，在地下车库又伪造了他走出去的足迹。"

"真是细心啊。否则，只有他进来的足迹，没有出去的，自然会令我们起疑心。虽然我确实发现，两道足迹略有不同。"我说道。

"接着我处理干净自己的足迹，就开车离开了。这一切动作都很快，来到大门时，张老汉还没巡逻回来，于是我便下车亲自打开大门，开车出去，再关好大门。"

"你当时一定不知道，这些举动都被一个黄毛丫头看在眼里吧。"我笑了笑。

"是的，当那个女孩和季琳的哥哥一起出现在我的咨询室中时，我就有非常坏的预感。如果不是她的话,事情也许就会走向另外的方向了。那天我顺着红叶街向东慢慢开着车,想找个没人的地方,把仍处于昏迷中的毛国柱丢下去,但有个出租司机一直蹲在路边盯着我看。于是我只好继续往山里开,兜了一圈才开回到那个巷子口,自己走下去将尸体藏进垃圾场。然后又把毛国柱扔在巷子中……"

"难怪他母亲会说他那天睡得特别久,大概是轻微脑震荡后的恢复期。我倒想知道,为什么你一定要抛尸?伪造成毛国柱见色起意强暴杀人后,把尸体直接丢在车库里,不就行了么?"

"不可以的。毛国柱虽然有精神问题,没有受过什么教育,但并不是一个真的傻子。即便是他杀了人,也会有抛尸的想法的,如果不这样做,肯定会被严谨的心理医师发现蹊跷。"聂子清摇了摇头。

"你说的是景未阳吧,以他的水平,应当会从中发现不符合毛国柱行为的漏洞来。"我不禁佩服起聂子清的谨慎和细心,甚至比起祁世炀来,也是有过之而无不及。

"嗯。而且我早就发现垃圾处理场外的铁丝网上,有一个破掉的大洞,处理起尸体来也很容易。加上连日的大雨,我甚至不需要考虑清除足迹。"

"我在审问毛国柱时,他对抛尸的这一环节也回答得模棱两可,估计他自己也分不清有没有做过吧。可想而知,你之前一定催眠暗示了多次。"

"是的,我几乎每天夜里,都会找到夜游的毛国柱,在僻静的角落对他进行一次催眠。通过多重暗示,模拟这一切的发生,让他对整个行动有充分的准备。"聂子清点点头。

"不得不说,在你的行动出现了意外时,依然能够暂时瞒过了警方,迷惑我们将这个案子简单处理了,这与你这么详尽周密而又大胆的安排是分不开的啊。只是,你如果把这些心智都用在事业上多好。"我叹了口气。

"我在母亲身上所花费的精力和时间，数百倍于此，但又有何用处？只能说，一切都是宿命吧。"聂子清也叹息道。

聂子清述说完了关于他作案的情况后，便不再言语了，一副哀莫大过于心死的模样。

我尝试了各种办法，询问他关于与祁世炀的相识及约定等问题，都没有得到任何回应。只能劝慰自己，反正对于这两起案件而言，这些疑问只是旁枝末节罢了。

结束了审讯，我将所有的资料都整理好，和同事们一起开始着手案件的后续工作。

我本以为，这起复杂的交换杀人案件，已经基本理清了所有的头绪，可以很快完成破案报告书了……然而，就在几天之后，我亲自来到聂子清的住所复查时，在一块略有异样的地板下，发现了一样令我大为震惊的东西。

[第二十章]

PART 20

季风之章（十）

接到白烨警官的电话时,我觉得挺诧异。

就在一天前,他已眉飞色舞地将这起交换谋杀的案件,向我与颜泓详尽叙述了一遍。并且,他还安慰我说,妹妹的在天之灵应该看到,正是我俩的不懈努力与勇气,才使得案件顺利结案,而她也应该能够欣慰地安息了。

没想到,这会儿他又会打电话给我,告诉我新发现了重大的情报,想请我和颜泓去他的家中,一起研究下。

当我和颜泓怀着极大的好奇与疑问,按照地址来到白烨的家中时,他少见地阴沉着脸,把我俩带进了一个房间。

房间装修得很有现代感,靠墙处有一台很大的电视,放置在洋红色的电视柜上,柜子里满是各种影音设备。他让我俩坐在电视前的沙发上,然后从电视柜中抽出一盒录像带,递给了我,并说道:"这是我在聂子清家中的地板夹缝里发现的。"

我接过一看,那录像带是用纸盒包装起来的,包装的正面是纯白一片。然而当翻到背面时,我的心顿时扑通扑通狂跳起来。颜泓看了一眼,也"啊"地惊叫了一声。

在录像带包装盒的背面,赫然画有一个红色的符号,一根骨头向上分叉,形成了两个并不一致的箭头。与在祁世炀住处的地窖中所发现的一模一样!

"为什么,这盘录像带的盒子上,也会有这个符号?"我颤抖着问道。

"我想,比起这个符号来,这盘录像带里的内容,会令你们更为惊讶,"白烨拿回了那盘带子,"话说回来,现在有一次机会,你们可以选择不看。因为,我不确定你们观看后会有什么反应。"

"这……也太那啥了吧。叫也是你叫我们来的,现在又吊我们胃口……难道,这里面有很多血腥的场景吗……"颜泓胆怯地问道。

"这倒不是，没什么血腥残暴的画面。而且，录像的内容不超过五分钟。"白烨淡淡地说。

"那我们还是看看吧，希望能提供一些帮助。"我朝他点了点头。

"好，记住这只是我们私下的交流。"他把录像带取出，插入了电视机柜中的录像机里。

电视画面上一片雪花，然后跳动了几个画面，终于定格在一间黑暗的屋子内，拍摄的角度似乎是固定在屋子的顶部斜向下。

一片满是噪点的黑暗笼罩着狭小的空间。黑暗之中，模模糊糊可以辨出一把椅子。随后，画面逐渐变亮了一点。原因是，有个装束怪异的人，手捧着一根蜡烛，插在了地上的一个盘子中。

借助蜡烛的光亮，可以看见这个人穿着件纯黑色的斗篷，整个面部都被兜帽遮住了，黑漆漆地看不清五官。这人以一种离奇的姿势，坐到那把椅子上，双手还在比画着奇怪的手势。

过了一会，画面底部出现了两名身穿同样装束的人。只是，他们的斗篷颜色略有不同，是比纯黑色略淡的深灰色。那两个人背朝着镜头，毕恭毕敬地站着，身高体形相仿，占据了狭小空间中很大的一部分。尽管没有声音，却不难猜测出，他们三人似乎在交流着什么。

又过了数分钟，坐着的那人将双臂伸直，手背向上，继而手臂反转，变成了手心向上。随后两名深灰斗篷的人各自伸出一只手，放在了坐着那人摊开的手里。坐着的黑衣人将双手并拢，引领着那两人的手接触在了一起，随后松开了手。两个站着的人深深鞠了一躬，然后转身退下了。其中一个人在转身时，似乎碰到了什么东西。

那东西晃动了几下，出现在了镜头的边缘里。这时，画面又恢复了雪花状。

白烨正要将录像机关闭，我连忙说道："请等一下，能再让我看一眼最后的镜头吗?好像有什么东西出现在了画面里。"

白烨笑了笑:"你也发现了啊。"然后将录像退格到两名男子转身的瞬间,用慢放功能播放着。

这一次,我终于看清了那个物体,不由浑身毛骨悚然……不仅是我,颜泓也发现了,她一下拉紧了我的手臂,紧张得说不出话来。

因为,画面里晃动的物体——是一具白骨。

"这难道便是在祁世炀的那个地窖中拍摄的?而且,还是在那道黑帘之后!"我大声说道。

"没错,"白烨警官点了点头,"只不过,那个地窖似乎并非是祁世炀所有的。或者说,他只是住在上面的屋子时,利用了底下的地窖罢了。"

"什么,这究竟是怎么一回事?"颜泓急切地问道。

"不要着急,我们先来分析下这段录像,"白烨取出录像带,塞进了包装盒,坐到了我们俩身边的沙发上,"你们看,这个符号和地窖中的符号,几乎是一模一样,肯定是代表着什么事物,或者说,代表了某个组织。然后呢,这三个人身穿极其怪异的服饰,在这样一个空间里,摆出诡异的姿势和造型,我猜想,是在进行一种仪式。"

"就像一些秘密邪教团体所进行的一样。我经常在漫画里看到呢。"颜泓插嘴道。

"嗯,大概是类似的吧,或者说,是借鉴了那种形式。这盘录像是在聂子清家中发现的,我们可以借此推测出,画面中的两名身着灰色斗篷的人,便是他与祁世炀。那么进一步地,可以联想到,这是一个契约的仪式,也就是他们能够约定交换谋杀的原因。"白烨缓缓说道。

"啊,难怪你说他们俩都坚决不肯表明,当初是如何找到对方的,又是如何约定的。那么坐在那边的黑衣人,说不定就是一个类似中介的人物。"颜泓接着推理道。

"与其说是中介,不如说是他们俩的上级。我们可以大胆猜测,这是一个规模不明的组织,里面有至少两个等级,可以从衣着颜色区分。坐着的人,可能既是一个引领者,也可以说是中介,又是他们契约的见证人。这样,两人就互相保守了这些秘密,并必须要完成对于指定目标的谋杀。"白烨用两根手指敲了敲沙发前的茶几。

"那么,这盘录像带,便是他们契约的见证?这样说来,祁世炀那里肯定也藏有一盒同样的。"我推测道。

"应该是这样。但我们仔细搜查了祁世炀的住处,并没有发现。也许是他完成契约后,就出于防范,销毁了那盘带子也说不定。"

"真的是够神秘的。可是他们又是如何加入这个组织的呢?"颜泓问道。

"加入的方式我们目前还没查明。但是,我有种直觉,这个组织的规模一定是很小的,并且对于加入其中的成员,有着相当严格的挑选标准。我们可以看到,祁世炀和聂子清,都具备很高的学历,丰富的知识,谨慎冷静的性格,且都有着很强的行动力和独自执行计划的能力。"白烨冷峻地分析着,目光炯炯有神。

"难道说,他们是一个高智商犯罪的团伙?"颜泓看着他问道。

"很有可能。并且,这个组织的普通成员之间,很可能互相都不知道对方及上级的真实身份。因为在我们调查中发现,祁世炀完全不清楚契约对象的身份是聂子清,对他几乎一无所知。而聂子清也是如此。"

"也就是说,他们就更不可能知道那名黑衣人的身份了。"我说道。

"是的。对于这名黑衣人,我们可说几乎没有任何线索。但根据这个地窖中也有着同样的符号这一点,我们对地窖及其上的房屋,展开了调查。不过在此之前,我想问问你们,有没有听说过沧芜镇二十五年前的一起案件?"白烨话锋一转,引到了另一个事件上。

"啊……听说过的!其实呢,在我们前往沧芜镇的长途车上,也打听到了不少关于那案子的消息呢。"颜泓答道。

"挺好。我这儿刚好有一份当初负责侦查此案的老领导留下的案件笔记。你们可以一起看一看,这可是非常非常珍贵的资料啊。"白烨从身边一个牛皮纸袋里,取出了几张笔记一样的纸页来。通过墨迹的褪色程度与纸张的色泽不难看出,这些笔记都是很多年前留下的。

我与颜泓一页页地翻看着那些笔记,虽然每一篇的篇幅不长,却字字都触目惊心,讲述着一桩尘封的血腥往事。不过,我却对最后一页特别感兴趣。

时间:一九七三冬　十二月二十四号　小雪
地点:宁滨市郊沧芜镇派出所

今天,根据附近村民的报告,我与梁恒友同志在曹应亮住所附近的青牛山上,发现了他的尸体。死亡时间是十二月十三日晚十一点左右。尸体的胸腔部位有一处明显的贯穿伤,死因也是胸部刀伤导致心脏破损从而死亡。这与之前发生在尹才贵家中的命案手法类似。

尸体具体的发现位置,是青牛山间一座山神庙的横梁上,现场无打斗痕迹,无明显尸体移动痕迹,随身财物丢失。

死者曹应亮:男,60岁。东栅村村民,小学文化水平,从事蔬菜种植。

目前案件推测:曹应亮在山间行走,被歹徒抢劫行凶致死,又被凶手抛尸庙中横梁上。

评注:在尹才贵家中血案发生后,曹应亮的尸体又被发现。且死因与之前案件中的三名死者非常相似。但上级部门并未并案处理。

此案极为蹊跷。若尹才贵家中的血案凶手另有其人,而此人又在三日后杀死了曹应亮。但那起血案案发时,雪地上无他人脚印,且尹才贵家中门户从内侧锁上,无任何可进出之途径。排除了会有凶手作案后逃离的可能。

看完这最后一页，我觉得，如果没有这一篇，之前的所有案情都可归结为一个愤怒的丈夫，进入到自己妻子与他人偷情的房屋，从里面锁上了大门，抱着同归于尽的态度，杀掉了妻子、情夫与情夫的孩子，自己也身中刀伤而亡。

但是，案发当天曹应亮的失踪，三天后他的离奇身亡，以及相似的伤口和死因，难道这之间真的没有任何关联吗？

结合到刚刚发生的案子，我的思绪开始混乱。会不会，这也是一起双人作案的例子？

作案的凶手互相约定了使用相同的手法，其中一名凶手死在了尹才贵家中，而另外一名凶手则杀掉了曹应亮呢？又或者，那名凶手只是模仿了前一名凶手的手法？

见我陷入了沉思之中，白烨拍了拍我说道："怎样，这个二十五年前的旧案子也非常诡异吧。老实说，在处理季琳的案件之前，我正在琢磨它呢。现在，我来告诉你一条刚刚获取的信息吧。"

"啊，是和这起血案有关的吗？"颜泓听到这句，赶忙从深思中抬起头来。

"算是吧。我们从沧芜镇的前任老镇长那了解到，祁世炀所住的房屋，是在他住进后翻修过的。而那间屋子，曾经被废弃了二十五年，它的上一任主人，就是曹应亮。"白烨露出一丝微笑。

"这，难道那个地窖里所有物品……也是属于曹应亮的？那些工具、刀具和剪报本，都是他的？那个骨头和箭头的符号也是他画的吗？还有那些骷髅，又是怎么回事，是被曹应亮秘密杀死在地窖中的人吗？"颜泓的问题一个接一个蹦了出来。

"关于这些，我正在独自调查中。因为事情隔得太久远，当事人又已身亡，想要取证还是挺艰难的。不过，若能证明与此次交换谋杀的案子有任何关联，我断然不会放过。"白烨点了点头说道。

"莫非是祁世炀在翻新房屋时,无意中发现了这个地窖?"我也好奇地问道。

"他依然不肯透露关于这些的任何情况。但是我个人觉得,这种可能性很大。因为之前这间屋子一直废弃在那,没有人居住,所以……地窖一直都没被发现。"

"那这个叫曹应亮的人,又是什么来头呢?从那篇案件笔记来看,是个很普通的村民啊。"我又说道。

"是的,至少从目前的了解来看,曹应亮只是当地一个普通的庄稼汉,学历和文化程度都不高。而且,他在村里可算是没什么存在感的那种人,既无任何仇家,也没有什么密切来往的朋友。所以,综合这些考虑,最后只能推断是意外的抢劫致死。"白烨说道。

"啊,不对!"颜泓忽然叫出声来,"我觉得,在曹应亮失踪被杀后,一定还有人去过那个地窖里。"

"呵,为什么你做出这样的推断呢?"白烨眯起了眼睛,满含笑意地看着她。

"你们还记得那个剪报本吗?在最后一页上,贴着的正是沧芜镇的那起血案,而这则新闻,是在一周后才发布到报纸上的。那时候,曹应亮已经被害了。这不就说明,肯定有其他人也知道这个地窖,并且,那人还特地把这起案件的新闻报道,贴在了剪报本的最后吗?"

"精彩,"白烨不由鼓起了掌,"这也正是我不久前才想到的。那么也就是说,我们虽然破获了这起交换谋杀案,但是,案件背后依然有更大的谜团存在。这盘录像带,这间恐怖地窖,这个神秘组织,二十五年前的诡异血案,还有很多很多的疑问等着解答。"

他站起身来,走到我俩身前,伸出手来:"我,代表警方,会全力完成案件的后续调查。作为你们的朋友,我也会分享一些情报给你们,希望能得到你们的推理和建议。但我警告你们,千万不可再做那么危险的事情。"

"明白了,谢谢你,白警官。"我紧紧握住他的手。

"太好了,作为一个具备探案潜质的美少女,我决不会吝惜自己的聪明才智哦。"颜泓露出兴奋的笑容。

我与颜泓从白烨的家中离开时,街头已经华灯初上。

沐浴在柔和的灯光里,我们并肩走在繁华的街道,感受着这夏日最后的气息。颜泓忽而趴在商店明亮的橱窗上,看着里面琳琅满目的展品;忽而盯着街边的烧烤架,一个劲地吞着口水,宛若一个迷离光影中不停跳动的彩色精灵。

"再过几天,就要开学了吧?"我问她道。

"唉,别提这个了。想到开学就要参加残酷的军训,还有一大堆的功课,我就头大。"她苦恼地望着我,真像一个长不大的孩子。

"其实,有句话一直想对你说来着。"我注视着她的双眼,缓缓说道。

"啊?什么什么?什么话哦?"颜泓停下脚步,歪着头,满怀期待地看着我。

"这一个月来,你一直努力帮助着我。用你的热情、勇气和才智,鼓舞着我,最终得以破获了妹妹的案子。谢谢你。"我真诚地说。

"什么嘛,就是这个啊。唉,好吧,你的感激之情我心领了。"颜泓转过头去,看着路边的广告招牌。

"不过,我一直都对一件关于你的事情感到很好奇。现在,很想听听你的答案。"

"哦?关于我吗?什么事情呀?"颜泓回过头。

"你还记得那天吗,在去往四叶草心理咨询中心的路上,我们乘公交车的时候,你默默地哭了。究竟是为什么呢?"我问道。

"哦，这个嘛，这是我的秘密，不可以告诉你的哦。"颜泓眨了眨眼睛，露出狡黠的笑容。

（第一部完）

后记

作为一个多部曲系列的第一作，原本是没有在这第一部后便单列后记的必要，可是某些未曾料到的原因，让我觉得必须得写下点什么。

本文的核心诡计，是源自灵光一现的突发灵感：本来是想要写找不到动机的那种无差别随机谋杀的，但又觉得不够犀利。于是2015年的一天，我开着车在路上，脑中忽然想到，如果两个犯人交换作案的对象，动机都被掩藏了，岂不就变成了两个随机谋杀了吗？

电光石火之间，觉得太佩服自己了，居然冒出了个交换杀人的点子来。以我不能说多却也不算少的推理小说阅读量来看，这样的犯罪手法好像运用得并不多。当我尝试着搜索了一下"交换杀人"后，基本也验证了我的想法。更欣喜的是，虽然小说里运用得不多，但现实里，居然真的有这样的案例。这令我觉得非常兴奋。盖因我一贯更推崇社会派的缘故吧，真实的案件更让我觉得有味道。

然而，当我突然发现一部翻拍希区柯克《火车怪客》的电影即将上映时，我有点呆住了。这不仅是名家原著，翻拍者的来头也甚是了得：大卫·芬奇。这家伙拍完《消失的爱人》之后，又盯上了《火车怪客》吗？最要命的是，《火车怪客》也是叙述了一桩交换杀人的案件。如果大家都看了这部电影，挟着对剧情及手法的追捧热潮，广泛热议讨论，便如《消失的爱人》播放后那般，我这篇小说的创意不就全部白搭了吗。不说别的，大家说不定一眼就看出我设置的谜底了，这对于一名推理小说作者来说，是多大的挫折感！无奈中，我看了看它的上映日期，2017 年。还好，留给我的时间虽然不多，但也算足够，我便日思夜想，笔耕不辍，终于完成了第一部。

然而不知什么原因，大卫・芬奇的《火车怪客》撤档不再翻拍了。听到这消息，心里当时那叫一个高兴啊：我的交换杀人创意，至少不会因为这部电影而被更多人所知。

谁能想到，就在我的书最终获得了出版许可的 2019 年，一件令我觉得命运弄人的事情又发生了：一部叫做《轮到你了》的日剧，引起了很多人的关注。而这部剧的核心元素，偏偏就是交换杀人！真的是人算不如天算，逃过了《火车怪客》，没逃过《轮到你了》。作为一个悬疑推理作者，我不得不承认，这部剧的火爆对我的打击是相当巨大的，至少会让我整个故事的新奇性和突破性，都下降了不止一个档次。

苦恼之余，我还是决意把这视为创作之路上的一次挑战和考验，逼着我再去构思更新奇、更前无古人的创意来。所以在接下来的第二作，我必须打起精神，用更好的悬念和更个性化的核心诡计，来吸引喜爱我作品的读者。

写法上，比起本格派的离奇诡异，我更推崇社会派的现实与发人深思。当然，如若能似东野圭吾那般兼容二者，融会贯通，便更厉害了。我喜欢现实的，接地气的，带有画面感，老少咸宜的推理文字，也尽力在这方面努力。虽然朋友说，描写得太详细具体，叙述得面面俱到，就丧失了些许文学性。然我宁愿在第一部作品里，踏踏实实地去写一些大家都能一眼看明白，轻松理顺其中逻辑的段落来。并希望通过竭力营造有画面感的文字，激发读者的共鸣，更好地展开想象空间。

写作中,我决意不学只挖坑不填坑的前辈们。我将每个余留的悬念和大坑都做好了标记,每个人物都进行了注释,以供后面查缺补漏,一一印证。剧情的构思上,也尝试双主线的叙述,将两位主角的信息获取异化,使得谜题到最后才会被揭晓。当然,对于读者而言,是可以即刻获得全部线索的。希望通过合理的推断、缜密的逻辑,能够缔造出别样的剧情来。

眠眠
2019.8.12